THE MAGICIAN OF LUBLIN

ISAAC BASHEVIS SINGER

楚尘
文化
Chu Chen

北京楚尘文化传媒有限公司 出品

卢布林的
魔术师

[美]艾萨克·巴什维斯·辛格 著

小二 译

中信出版集团 | 北京

图书在版编目（CIP）数据

卢布林的魔术师 /（美）艾萨克·巴什维斯·辛格著；
小二译. -- 北京：中信出版社，2022.6
书名原文：THE MAGICIAN OF LUBLIN
ISBN 978-7-5217-4063-9

Ⅰ.①卢… Ⅱ.①艾… ②小… Ⅲ.①长篇小说－美
国－现代 Ⅳ.① I712.45

中国版本图书馆 CIP 数据核字 (2022) 第 044070 号

THE MAGICIAN OF LUBLIN: A NOVEL by Isaac Bashevis Singer
Copyright © 1960 by Isaac Bashevis Singer, renewed © 1988 by Isaac Bashevis Singer
Published by arrangement with Farrar, Straus and Giroux, LLC, New York.
Chinese simplified translation copyright © 2022 by Chu Chen Books.
All rights reserved.
本书仅限中国大陆发行销售

卢布林的魔术师
著　　者：[美] 艾萨克·巴什维斯·辛格
译　　者：小二
出版发行：中信出版集团股份有限公司
　　　　　（北京市朝阳区惠新东街甲 4 号富盛大厦 2 座　邮编　100029）
承　印　者：浙江新华数码印务有限公司

开　　本：880mm×1230mm　1/32　印　　张：8.875　字　　数：168千字
版　　次：2022 年 6 月第 1 版　印　　次：2022 年 6 月第 1 次印刷
京权图字：01-2022-0257　书　　号：ISBN 978-7-5217-4063-9
定价：59.00 元

版权所有·侵权必究
如有印刷、装订问题，本公司负责调换。
服务热线：400-600-8099
投稿邮箱：author@citicpub.com

鸣　谢[*]

我想对促成本书出版的所有人表示由衷的感谢。伊莱恩·戈特利布和约瑟夫·辛格（我已故的哥哥、《阿什肯纳兹兄弟》等书的作者 I.J. 辛格的儿子）竭尽全力让译本忠实于意第绪语[1]原著。最后的编辑工作是由伊莱恩·戈特利布完成的。

维奥拉·迪克和伊丽莎白·波莱仔细阅读了本书的手稿和校样，并提出了宝贵的建议。

最后我想感谢我的朋友，正午出版社的编辑塞西尔·赫姆利和德怀特·韦伯，多年来他们一直鼓励我把意第绪语的作品介绍给美国的读者。他们在成书各个阶段的建议和帮助对我来说都是无价的。

艾萨克·巴什维斯·辛格

---

[*] 本书据美国法勒、斯特劳斯和吉鲁出版社（Farrar, Straus and Giroux）2010 年版英译本译成。
[1] 意第绪语：阿什肯纳兹（德系）犹太人使用的一种语言，来源于中古德语，用希伯来语字母拼写。——译者注（以下如无特殊标注，均为译者注）

第一章

1

　　那天早晨，被老家以外的人称作"卢布林[1]的魔术师"的雅沙·马祖尔很早醒来。每次外出归来，雅沙总要在床上躺上一两天，他需要连续不断的睡眠来消除疲劳。妻子埃丝特会给他端来饼干、牛奶和燕麦片。吃完他又昏昏睡去。鹦鹉发出一声声尖叫，猴子约克坦喋喋不休地嚷着，金丝雀在啼啭，雅沙不理睬它们，只是提醒埃丝特别忘了给马饮水。他根本不用操这份心，埃丝特从来不会忘记打来井水给灰母马卡拉和希瓦饮用，雅沙给它们起

---

[1] 卢布林（Lublin），波兰东部的一个大城市，卢布林省的首府。

的绰号分别是"灰尘"和"灰烬"。

尽管他只是个魔术师,大家还是觉得雅沙很有钱;他有一栋房子,带有谷仓、地窖、马厩和存放干草的阁楼,有种着两棵苹果树的院子,甚至还有一块供埃丝特种菜的园子。他唯一缺少的是孩子。埃丝特不能生育。除此之外,她是位非常好的妻子:她会编织、缝婚纱、烘烤姜饼和果馅饼,会孵小鸡,用吸罐或水蛭给人治病,甚至还会给病人放血。年轻的时候,她尝试过各种治疗不孕的偏方,不过现在已经太晚了——她马上就到四十岁了。

就像所有的魔术师一样,雅沙在社区里不太受人尊敬。他不蓄须,只在新年[1]和赎罪日[2]去犹太会堂,还得是假如他恰好在卢布林的话。而埃丝特则戴传统方巾并按照犹太教规做饭。她遵守安息日的规则和所有的律法。雅沙在安息日和乐师朋友抽烟聊天。对那些试图改变他生活方式的热忱说教者,雅沙总是如此作答:"你去过天堂吗?上帝长什么样?"

和他争辩是有风险的,因为他可不是个傻瓜,他会俄文和波兰文,对犹太人的事务也了如指掌。一个胆大包天的家伙!为了赢得赌局,他曾在墓地里待了一整夜。他会走钢丝,在钢丝上穿

---

1 指犹太新年(Rosh Hashonah),犹太历新年头两天,即提斯利月一日、二日,在公历九、十月间。
2 赎罪日(Yom Kippur),提斯利月十日,是犹太教一年中最神圣的节日。

冰鞋滑行，翻墙，随便什么样的锁都能打开。锁匠亚伯拉罕·雷布斯曾和雅沙赌五个卢布，说他能做出一把雅沙打不开的锁。他花了五个月来做这把锁，而雅沙仅用一把鞋匠用的锥子就把它打开了。卢布林人说，要是雅沙选择犯罪这条路，这里的房子没有一栋是安全的。

他两天的赖床结束了，那天早晨雅沙跟着太阳一起起身。他个头不高，宽肩窄臀。一头乱蓬蓬的亚麻色头发，一双水汪汪的蓝眼睛，薄嘴唇，尖下巴，斯拉夫式的短鼻子。他的右眼比左眼稍大一点，这让他看上去有点傲慢，总像是在嘲弄别人似的眨着眼睛。他今年四十岁了，但看上去要年轻十岁。他的脚趾头几乎和手指头一样长和灵活，他可以用它们夹住一支钢笔，花哨地签上自己的名字。他还可以用这些脚趾头剥豆子。他的身体可以朝任意一个方向弯曲——有人说他的骨头是软的，关节是液体做的。他极少在卢布林演出，不过少数几个看过他演出的人对他赞不绝口。他可以倒立行走，吞食火焰，像猴子一样翻跟头。没有人能够重复他的技巧。头天晚上把他关进房间，门从外面锁上，第二天早上却看见他若无其事地在集市上闲逛，而门上的锁还好好地锁着。即便把他的手脚用链条捆住，雅沙仍然可以脱身。有些人坚信他练习过巫术，有一顶可以让自己隐身的帽子，还能从墙缝里钻出去，其他人则认为他不过是个幻觉大师。

现在他起床了，没像要求的那样往手上浇水[1]，也没有做晨祷。他穿上绿裤子、家用的红拖鞋和缀着银圆片的黑色天鹅绒马甲。穿衣服的时候，他像小学生一样又蹦又跳，冲着金丝雀吹口哨，对着猴子约克坦发表演说，还跟那条叫哈曼的狗和那只叫梅兹托采的猫说话。这些动物只是他动物园的一部分。院子里还有一只公孔雀和一只母孔雀，一对火鸡和一群兔子，甚至有一条每隔一天就要喂它一只活老鼠的蛇。

这是一个温暖的早晨，马上就到五旬节[2]了。埃丝特的菜地里已经冒出了绿苗。雅沙打开马厩的门走进去。他深吸了一口马粪的气味，拍了拍母马，给它们梳梳毛，又给其他动物喂了点食。有时候，他外出归来会发现自己的宠物少掉一个，但这次所有的动物都活得好好的。

他兴致勃勃地漫步在自己的领地里。院子里绿草青青，盛开着各种花卉，黄色的、白色的、带斑点的花苞，微风吹来阵阵花香。灌木和大蓟都快长到厕所的屋檐了。蝴蝶飞来飞去，蜜蜂嗡嗡叫，从这朵花飞到那朵花。每片叶子和每根茎秆上都有它们自己的居民：蠕虫、昆虫、蠓虫和肉眼几乎分辨不出的生物。和往常一样，雅沙的脑子里充满惊奇。它们是从哪里来的？怎样生

---

[1] 按照犹太教规，每天起床后，应首先行洗手礼。
[2] 五旬节（Pentecost），从逾越节开始的第五十天，故称"五旬节"。这一天，纪念摩西在西奈山领受律法。

存？晚上又在做什么？它们在冬天死去，然而夏天一到，又成群结队地飞回来。那又是怎么一回事？小酒馆里，雅沙经常扮演无神论者的角色，但实际上他相信上帝的存在。上帝之手无处不在。每个生长的果实、每颗石子和每粒沙子都在彰显他的存在。被露水打湿的苹果树叶像一支支小蜡烛在晨光里闪烁。他的房子离城市的边缘很近，可以看见大片的麦地。麦子现在是绿色的，但六周后将会是一片金黄，就可以收割了。这又是谁创造的？雅沙会问自己。太阳？那么或许太阳就是上帝。雅沙从一本圣书上读到亚伯拉罕在接受耶和华之前曾崇拜过太阳。

雅沙也不是个不学无术的人。他父亲是位学者，还是小孩子的时候，雅沙就在学习《塔木德》[1]。父亲去世后，有人劝他继续上学，他却加入了一个跑江湖的马戏团。他一半是犹太人，一半是异教徒——所以，他既不是犹太人也不是异教徒。他创立了自己的宗教。存在一个造物主，但他从来不向世人显身，也不明确说明哪些是允许的，哪些是禁止的。那些以他的名义说话的人都是骗子。

2

雅沙在院子里打发时间，埃丝特在为他准备早餐：涂上黄

---

[1] 《塔木德》（Talmud），犹太教口传律法的汇编，是仅次于《圣经》的犹太经典。

油和白干酪的硬面包、青葱、小萝卜、黄瓜和加牛奶冲出来的现磨咖啡。埃丝特身材瘦小,肤色暗沉。她有一张年轻的脸,鼻梁挺直,有一双能映射出欢乐和悲伤的黑眼睛。这双眼睛有时甚至会闪烁出调皮的光芒。微笑时,她的上嘴唇会顽皮地往上翘,露出细小的牙齿,脸庞上长着酒窝。由于没有生过孩子,她更愿意和年轻姑娘而不是结了婚的妇女来往。她雇了两个女裁缝,总是和她们有说有笑,不过听说她独自一人时会哭泣。就像《摩西五经》[1]里写的那样,上帝封住了她的子宫。有传言说,她把自己挣来的钱的好大一部分花在了江湖郎中和巫师身上。有一次,她哭着说,她甚至忌妒那些孩子已经躺在墓地里的母亲。

此刻,她在照料雅沙用餐。她坐在他对面的条凳上打量着他,目光里带着嘲讽、品评和好奇。他从旅途劳累中恢复过来之前,她从不去打扰他,不过今天早晨他的脸色表明他恢复得差不多了。他常年离家在外,这对他们的关系有一定的影响。他俩之间没有老夫老妻的那种亲密。埃丝特和他的闲聊与一般熟人的聊天没有什么差别。

"怎么样,大千世界里有啥新闻哪?"

"还是那个老样子。"

"你的魔术呢?"

---

[1] 《摩西五经》(Pentateuch),《圣经》开头五卷。

"也还是老一套。"

"姑娘呢？有什么变化吗？"

"什么姑娘？压根就没有。"

"没有，没有，当然没有。我真希望你到手一个姑娘我就能有二十个银币的进账。"

"你要那么多钱干什么？"他问道，朝她眨眨眼，然后又回到自己的食物上，一边咀嚼一边凝视着她身后的某个地方。她一直在怀疑，不过他什么都不承认，每次回来都向她保证他只信奉一个上帝和一个妻子。

"搞女人的人走不了钢丝。他们在地上爬行都很困难。这一点你和我一样清楚。"他争论道。

"我怎么会知道？"她问道，"你在外面的时候，我又没有站在你的床脚看着。"

她给他的笑容里混杂着爱恋和怨恨。他不像别人的丈夫可以被看管着。他在外面的时间比在家里多得多，遇见各色各样的女人，游荡得比吉卜赛人还要远。确实，他像风一样自由，不过感谢上帝，他总是回到她身边，带着礼物。拥抱和亲吻她的时候，流露出的激情表明他在外面像圣徒一样生活，不过一个弱女子又怎么知道男人的口味？埃丝特常常后悔自己嫁了个魔术师，而不是某个整天待在家里，总在你眼前晃荡的裁缝或鞋匠。不过她对雅沙的爱经久不衰。对她而言，他既是丈夫又是儿子，和他在一起的每一天都像是在过节。

他吃饭的时候，埃丝特不停地琢磨着他。不知道为什么雅沙做事的方式与常人不同。吃饭的时候，他会突然停下来，像是陷入了沉思，然后又接着咀嚼。另一个奇怪的习惯是，他用手随意地摆弄一根绳子，漫不经心地打着结，但是动作如此的纯熟，每个绳结之间的距离都一样长。埃丝特经常观察他的眼睛，想把他看透，但总被他的泰然自若打败。他深藏不露，很少敞开心扉，总是把自己的烦扰隐藏起来。即便他生病了，发着高烧，埃丝特还是无法在智力上胜他一筹。她经常询问他的演出，那些让他在波兰出名的表演，可是他不是三言两语敷衍过去，就是开个玩笑来躲避回答。他一会儿和她亲密无间，一会儿又对她拒之千里，她从来不厌倦他的每一个动作、每一句话和每一个手势。即便是在他情绪高昂、像个小学生一样喋喋不休的时候，他的每一句话都是有用意的。有时候，等到他再次出门后，埃丝特才明白过来他话里的意思。

他们已经结婚二十年了，但他还像新婚时那样和她嬉笑打闹。他会拉扯她的方巾，拧她的鼻子，用一些稀奇古怪的绰号称呼她，比如流星啦、绒毛球啦、鹅胗啦——她知道这些都是乐师的行话。白天是一出戏，晚上是另一出。一会儿兴高采烈，像公鸡在打鸣，猪在尖叫，马在嘶鸣；一会儿又莫名其妙地闷闷不乐。在家时，雅沙大部分时间把自己关在他的房间里，各种装置和工具占住了他的手脚：锁头、链子、绳子、锉刀、钳子，各种杂七杂八的东西。看过他特技表演的人说起那些表演，都觉得他轻松自如，但是埃丝特目睹过他为了完善自己的装备所花费的日日夜夜。她见过他训练乌鸦像人一样说话，看过他教猴子约克坦抽烟斗。她担心他操劳过度，被动物咬伤或从钢丝上摔下来。在埃丝特眼中，他所做的一切都是为了魔术。甚至在夜里，她也能听见他在咂舌头或扭动脚趾头。他像猫一样，在黑暗中也看得见。他知道怎样找到丢失的物品，甚至知道她脑子里在想什么。有一次，她和一位裁缝吵架，很晚才回家的雅沙回来前几乎没和她说过话，却猜中她白天和别人吵架了。另一次，她把婚戒弄丢了，告诉雅沙之前她四处都找遍了。他牵着她的手，把她领到水桶跟前，戒指就在水桶底下。她很早前就得出结论，她永远也不会知道他到底有多复杂。雅沙拥有某种神秘的力量，而他的秘密比带来福气的新年石榴的籽还要多。

3

中午，贝拉小酒馆里几乎没有顾客。贝拉在后面一个房间里打盹，酒吧由小助理西坡拉照料。地板上撒着新鲜的锯末，柜台上放着烤鹅、冻牛蹄、鲱鱼排、鸡蛋饼干和椒盐脆饼。雅沙和乐师施穆尔坐在一张桌子跟前。施穆尔是个大块头，长着茂密的黑头发，黑眼睛，留着鬓角和小胡子。他的穿着是俄国风格的：缎子罩衫、流苏腰带和高筒靴。施穆尔曾给一个日托米尔[1]的贵族工作过好几年，不过在和主人管家的老婆好上后，他不得不溜之大吉。他被认为是卢布林技艺最精湛的小提琴家，经常在奢华的婚礼上演奏。不过眼下正介于逾越节和五旬节之间，没有人举办婚礼。施穆尔的面前放着一大杯啤酒，他靠着墙，一只眼睛眯着，另一只眼睛注视着那杯酒，像是在思考喝还是不喝。桌上放着一个面包卷，面包卷上歇着一只金绿色的大苍蝇，它似乎也下不了决心，飞走还是留在那里？

雅沙还没有品尝他的啤酒。他似乎被啤酒的泡沫迷住了。溢出酒杯的泡沫一个接一个地破灭，直到杯子里的酒只剩下四分之三。雅沙嘴里念念有词："泡沫、泡沫，骗局、骗局。"施穆尔正在吹嘘他的一个爱情历险，此刻正处在故事的结尾，而另一个故事还没有开始，两人闷坐着，都陷入了沉思。雅沙爱听施穆尔讲故事，要是他愿意的话，本可以善意地应和几句，不过施穆尔的故事带来的愉悦伴随着一种内心折磨，一个巨大的怀疑。假如他说的是真的，雅沙心想，那么谁在欺骗谁？他大声说道："听起来也没什么了不起的。你俘获了一个打算投降的士兵。"

"不过，你还是要在恰当的时候捕获她们。在卢布林没你想得

---

[1] 日托米尔（Zhitomir），乌克兰西北部日托米尔州首府。

那么容易。你见到一个姑娘。她要你，你要她——问题是那只猫怎样才能爬上篱笆？比如你参加一个婚礼，婚礼结束后她和丈夫回家了，你甚至都不知道她住在哪里。即使知道了又有什么用？那里还住着她妈、她婆婆、她的姐姐妹妹，还有大姑小姑。你没有这个问题，雅沙，一旦跨出城门，世界就是你的了。"

"那么，跟我一起走吧。"

"你会带上我？"

"不仅带你走。还会给你钱用。"

"那倒是好，不过妍泰尔会怎么说？男人有了孩子后就不再自由了。你不会相信的，我会想孩子。离开几天我就会发疯的。你懂吗？"

"我？我什么都懂。"

"尽管不是心甘情愿，但你陷进去了。这就好像拿绳子把自己捆起来了。"

"要是你老婆干出像你刚才告诉我的那位一样的勾当，你会怎么做？"

施穆尔突然严肃起来："相信我，我会掐死她的。"他把酒杯举到嘴边，喝干了杯子里的东西。

算了，他和别人没两样。雅沙一边想一边抿了一口啤酒。大家想要的东西都一样。但怎样才能处置得当呢？

雅沙陷入困境已有一段时间了，这件事搞得他日夜不得安宁。

不用说，雅沙一向乐于探索心灵，爱幻想，经常胡思乱想。但自从埃米莉亚出现后，他内心的平静就被打破了。他逐渐变成了一个不折不扣的哲学家。现在他不把啤酒咽下肚，而是让这股苦味在舌头、牙龈和上颚之间打转。他经历过的事情不算少，许多情况下陷进去后又把自己拔出来，不过到头来，他的婚姻对他仍然是神圣的。他从来不隐瞒自己有妻子，总是告诉别人不管做什么他都不会伤害这个关系。但是埃米莉亚要求他牺牲一切：他的家、他的宗教——这些还不够，他还必须弄到一大笔钱。可是他怎样才能诚实地做到这些呢？

不行，我必须做个了断，他告诉自己，越快越好。

施穆尔捻着小胡子，用唾液濡湿它，让胡须的尖端翘起来。"玛格达最近怎样？"他问道。

雅沙从他的白日梦里醒来。"她能怎样？还是老样子。"

"她母亲还活着？"

"活着。"

"你有没有教会那个姑娘一点东西？"

"教会了一点。"

"什么？举个例子。"

"她会用脚旋转木桶，还会翻跟头。"

"就这些？"

"就这些。"

"有人给我看了华沙的报纸，上面好多和你有关的东西。真是轰动一时呀！他们说你和拿破仑三世的魔术师一样优秀。多么娴熟的手法，呵，雅沙？你可真是个骗人的高手啊。"

施穆尔的话让他不快，雅沙不喜欢谈论他的魔术，他在心里斗争了一会儿，最终决定不予回答。不过他大声说道："我从来不骗人。"

"当然，当然。你真的把剑吞下去了。"

"当然了。"

"说给你奶奶听吧。"

"你这个大傻瓜，眼睛怎么能被欺骗？你碰巧听到'欺骗'这个词，就像鹦鹉一样不停地重复。你知道这个词的意思吗？听好了，那把剑确实进到喉咙而不是背心口袋里。"

"剑刃进到你的喉咙里？"

"先是喉咙，然后肚子。"

"你还活得好好的？"

"迄今为止，我都活得好好的。"

"哦，雅沙，别指望我会相信。"

"谁在乎你信还是不信？"雅沙突然感到一阵厌倦。施穆尔就是个大嘴巴的傻瓜，不会自个儿动脑子。他们不相信自己亲眼见到的，雅沙想。至于施穆尔的老婆，妍泰尔，他知道的她那些事情会让那个笨蛋发疯的。算了，每个人都有自己不想告诉别人的东西，谁都有秘密。如果世上的人知道了他心里在想什么，他雅沙早被关进疯人院了。

4

黄昏降临。城外还有点亮光，但是城里狭窄的街道上和高楼之间都已暗下来了。商铺里点起了油灯和蜡烛。留着胡须的犹太人穿着长袍和宽头靴，穿过街道去参加晚祷。天空中升起一轮西弯月[1]的新月。尽管太阳晒了一整天，街道上还是有些春天雨水留下的水坑。脏水从下水道溢出，空气中充斥着牛马粪和刚刚挤出来的鲜牛奶的气味。烟囱在冒烟，家庭主妇忙着准备晚餐：麦片汤、麦片炖肉和麦片烧蘑菇。和施穆尔道别后，雅沙离开小酒馆回家。卢布林以外的世界一片混乱。波兰的报纸每天都在叫嚣战争、革命和危机。犹太人被赶出家园。很多人移民美国。但是卢布林却给人一种悠久社区的稳定感。城里的一些犹太会堂早在赫梅利尼茨基[2]时代就已建成。墓地里埋葬着拉比，也埋着经文评注者、法学家和圣徒们，就在墓碑或礼堂的底下。这里盛行的还是

---

1 西弯月（Sivan），犹太历九月，在公历五、六月之间。
2 赫梅利尼茨基（Bogdan Chmelnicki, 1595—1657），乌克兰哥萨克首领，1648年率众起义，反抗波兰，失败后向沙俄求援，使乌克兰为沙俄所有。

旧风俗：女人经商，男人研习《托拉》[1]。

离五旬节还有几天，不过小学生们已开始用图案和剪纸装饰窗户，还有用面和蛋壳做成的小鸟，人们从乡下运来树枝、树叶，用来纪念这个在西奈山向犹太人赐授《托拉》的节日。

雅沙在一间祈祷室前停住脚，朝里面瞟了一眼。祈祷的人们在吟诵晚祷。他听到一片安宁的嗡嗡声，他们在念《十八祝福词》[2]。一年到头都在侍奉他们的造物主的虔诚犹太人拍打着胸脯，哭喊道："我们有罪。我们践约了。"有人举着双手，有人翻起眼睛朝天上看。

一位身穿长袍的老人捻着自己的白胡须喃喃吟诵，他头上的高冠帽下面还压着两顶便帽。七枝烛台上一根纪念蜡烛烛光摇曳，人影在墙上舞蹈。有那么一阵，雅沙在打开的门前徘徊，呼吸着混合有蜡烛、牛脂和某种从小就记得的霉味掺杂在一起的空气。犹太人作为一个整体在和一个没有见过的上帝说话。尽管他给予他们的礼物是瘟疫、饥荒、贫困和大屠杀，他们认为他仁慈怜悯，宣称自己是他的选民。雅沙常常羡慕他们坚韧不拔的信仰。

他在原地站了一会儿。街灯亮起来了，但没什么用。这些街

---

1 《托拉》(Torah)，《圣经》前五卷，即《摩西五经》。
2 《十八祝福词》(Eighteen Benedictions)，犹太人在祈祷时，最开始吟诵的十八段赞美上帝的祝福词。

灯刚够照亮自身的黑暗。他一个顾客也看不见,不明白商铺为什么还不歇业。女店主剃光的头上戴着方巾,坐在那里织补男人的袜子,或给孙儿孙女缝围兜和内衣。雅沙认识她们,十四五岁嫁人,三十来岁就做了祖母。过早到来的老年偷走了她们的牙齿,在她们脸上刻满皱纹,给她们留下善良和慈爱。

虽然雅沙与祖父和父亲一样出生在这里,但他仍然是个陌生人。不仅因为他抛弃了犹太教,而是从各方面看他都是个陌生人,不管在这里还是在华沙,不管在犹太人还是异教徒中间。别人都安顿下来,过上了家庭生活,而他还在四处奔波。他们有了儿孙,他一个都没有。他们有自己的上帝、自己的圣徒、自己的领袖,而他只有怀疑。死亡对于他们意味着天堂,但对他来说只是一种恐惧。人死后还剩下什么?存在一个叫灵魂的东西吗?灵魂离开人体后又会怎样?从童年起,他就听过各种恶魔、鬼怪、狼人和妖精的传说。他自己也经历过自然规律无法解释的事件,但这些又能说明什么?他变得更加困惑和内向。在他内心深处,各种力量激烈碰撞,激情让他陷入恐慌。

走在黑暗中,埃米莉亚的面孔在他面前若隐若现:窄窄的脸,橄榄色的皮肤,一双犹太人的黑眼睛,上翘的斯拉夫鼻子,带酒窝的脸庞,高额头,头发直着往后梳,上嘴唇有一抹深色的绒毛。她在微笑,害羞中带着渴望,好奇地看着他,眼光世俗,又带着姐妹的关怀。他想伸手触摸她。是他的想象如此的生动,还是眼前真有一个幻影？她的影子在倒退，像宗教游行队伍里高举的圣像。他看见她头饰上的细节、脖子上的蕾丝、耳朵上的耳环。他渴望喊出她的名字。他过去所有的风流韵事都无法与这次相比。不管是睡着还是醒来，他都渴望她。现在他已不再感到疲劳，他盼着五旬节早点过完，他就可以和她再聚华沙。尽管尝试了，他还是无法通过埃丝特缓解自己的激情。

有人撞了他一下。是送水的哈斯克尔，他的轭架上放着两桶水。他像是从地底下冒出来的，红色的胡须上闪着一丝不知从哪儿来的亮光。

"哈斯克尔，是你吗？"

"那还会是谁？"

"这么晚了还在送水？"

"我需要钱过节。"

雅沙翻了翻口袋，找到一个二十分的硬币。"拿着，哈斯克尔。"

哈斯克尔火了。"干吗？我不接受施舍。"

"不是施舍，是给你儿子买黄油饼干的。"

"那好吧，收下了，谢谢。"

哈斯克尔脏兮兮的手指和雅沙的接触了一下。

来到家门口，雅沙透过窗户朝里面看。两位女裁缝正在缝制一件新娘的嫁衣。带着针箍的手指在飞针走线。灯光下，一位裁缝的红头发像是着了火一样。埃丝特在炉前忙得团团转，给煮晚饭的三角炉添加松枝。屋子中央揉面槽里的面团上盖着旧布和垫子。埃丝特打算烤一批过五旬节的黄油饼干。我能离开她吗？雅沙想。这些年来，她是我唯一的支柱。没有她的奉献，我早就像狂风中的一片树叶，不知飘到哪里了……

  他没有直接进屋，而是先沿着走廊去院子里看望母马。这个院子像城市中的一片乡土。青草上沾着露水，苹果是青的，还没熟，但已散发出香味。这里的天空似乎更低一些，星星的密度也更大。雅沙走进院子，一颗拖着发光尾巴的流星从天空中坠落。空气里有种半甘甜半辛辣的刺鼻的气味，到处是充满生机的沙沙声、骚动声和蟋蟀的叫声，这些声音每隔一会儿便形成一阵响亮的齐鸣。鼹鼠在地上拱出土包，鸟儿在树枝上、谷仓里和屋檐下筑巢。小鸡在草垛上打盹。每天晚上，家禽都在为争夺游廊上的地盘轻声争吵。雅沙深吸了几口气。真奇怪，天上的每一颗星都比地球大，距离地球几百万英里。如果有人朝着地下挖一条几千英里的沟，他就会从美国那边走出来……他打开马厩的门，藏在黑暗中的马儿神秘地出现在他面前。充满眼眶的眼球闪着金色的火花。雅沙回忆起他父亲——愿他早升天国——曾经告诉他的：动物可以看见邪恶的力量。卡拉摆了摆尾巴，用蹄子踏踏地面。母马对主人流露出感人的忠诚。

5

所有的圣殿、祈祷室和哈西德派[1]教徒集会的房间里都挤满了过五旬节的人，连埃丝特也戴上了她为自己婚礼做的帽子，手拿烫金的祈祷书去了妇女会堂。但雅沙待在家里。既然上帝不应答，为什么要和他说话？他开始读那本厚厚的《自然法则》，这本波兰文的书是他在华沙买的。每一件事情都在书里得到解释：万有引力定律，每个磁铁都有一个南极一个北极，同极相斥，异极相吸。所有的东西都包括在里面：船为什么会浮起来，水压机怎样工作，避雷针怎样导引闪电，蒸汽怎样推动火车。这些信息对雅沙的职业和兴趣同样重要。他走钢丝那么多年，并不知道他之所以能在钢丝上站立，全靠他保持平衡，把自己的重心保持在绳索的正上方。但是读完这本富于启发的书后，他还是有许多疑问。为什么地面吸住岩石？引力到底是什么？为什么磁铁吸铁不吸铜？什么是电？天空、地球、太阳、月亮和星星，这一切都来自何处？书中提到了康德和拉普拉斯[2]的太阳系理论，但雅沙感觉不太真实。埃米莉亚给过雅沙一卷关于基督教的书，是一位神学教授写的，但对雅沙来说，书中对圣灵感孕和对三位一体——圣父、圣子和

---

[1] 哈西德派，犹太教正统派的一支，18世纪兴起于东欧。
[2] 拉普拉斯（Pierre-Simon Laplace，1749—1827），法国著名的天文学家和数学家，著有《宇宙体系论》等。

圣灵——的解释，比哈西德教徒归功于他们拉比的那些神迹更加难以置信。她怎么会相信那些？他问自己。不信，她只是假装相信。他们都在假装。整个世界都在上演一出闹剧，因为每个人都羞于承认：我不知道。

他来回踱步。每当别人去了圣殿，留他独自待在家里的时候，他的思想总是特别活跃。这到底是怎么一回事？他父亲是一位虔诚的犹太教信徒，一个没有什么钱的五金店店主。雅沙七岁的时候母亲去世，父亲没有再婚，男孩不得不自己照顾自己。他会去宗教学校上一天学，然后连着逃学三天。他父亲的店里放着大量的钥匙和锁，雅沙一直对它们充满好奇。他会摆弄一把锁直到不用钥匙也能打开它。华沙和其他大城市的魔术师来卢布林的时候，雅沙会跟着他们走街串巷，观察他们的戏法，过后他会尝试重复那些戏法。看见别人用扑克牌变一个戏法，他会拿副牌来不停地玩，直到完全掌握为止。看见杂技演员走钢丝，他回家后马上去尝试。摔下来后，他会再站上去。他在房顶上奔跑跳跃，在深水里游泳，从阳台上往下跳（跳到逾越节前丢弃的床垫里的旧稻草上），不过什么也伤害不到他。他祷告的时候作弊，亵渎安息日，但仍然相信有一位守护天使在关照他，让他免遭危险。尽管他有不信教、爱恶作剧和野蛮人的名声，一个品行端正的姑娘埃丝特却爱上了他。他跟着马戏团、训熊师，甚至一个在各地消防站里表演的波兰流浪剧团四处跑，埃丝特耐心地等着他，原谅他所有的过错。因为她，雅沙才有了自己的家、自己的财产。知道埃丝特在等着他，激发了雅沙提高自己身份的野心，这才使他进军华沙马戏团和夏季剧场，扬名波兰。现在，他不再是个背着手风琴、牵着一只猴子游走街头的艺人。他是一名艺术家。报纸在赞扬他，称雅沙为大师，才华超群，贵族和贵妇们去后台和他打招呼。所有人都说，要是他生活在西欧，现在早已扬名世界了。

这么多年过去了，他说不清这些日子是怎么过去的。有时他觉得自己还是个孩子，有时却像是百岁老人了。他自学了波兰语、俄语、语法和算术。他读过代数、物理、地理、化学和历史课本。他脑子里填满了事实、日期和消息。他记忆力超强，过目不忘。看一眼就能确定一个人的性格。你只要一张嘴，雅沙就知道你要说什么。他蒙上眼睛也能阅读，精通心灵感应、魔力控制和催眠术。但在埃米莉亚（一位出身高贵的教授遗孀）和他之间却完全颠倒了。不是他在用魔力控制她，而是反过来了。尽管他们相隔很远，她从来就没有离开过他。他能感受到她的凝视，听得见她的声音，嗅得到她的芳香。他紧张得像是在走钢丝，刚入眠她就来到他跟前——以精灵的形式，活灵活现，低声说着甜言蜜语，亲吻，拥抱，向他倾注感情，奇怪的是，她女儿哈利娜也会出现在这样的场合。

门开了，埃丝特走了进来，一只手拿着祈祷书，另一只手提着那条带褶裥的丝绸长袍，她插着羽毛的帽子让雅沙想起结婚后第一个星期六的情景，新娘子埃丝特被领进圣殿。此刻，她眼里闪烁着快乐的光芒——是那种与别人分享圣典后的高昂情绪。

"节日快乐！"

"节日快乐，埃丝特！"

他拥抱了她，她却像新娘子一样涨红了脸。长久的分离让他们保持着新婚夫妻才有的渴望。

"圣殿里有啥新鲜事？"

"男人的还是女人的？"

"女人的。"

埃丝特笑了。

"女人就是女人。祷告一会儿，八卦一会儿。你真该来听那首歌颂智慧的赞美诗。太辉煌了。可以和最好的歌剧媲美！"

她立刻着手准备节日大餐。不管雅沙怎么想，她决心像其他人一样有一个美好的犹太家庭。她在桌上放了一瓶葡萄酒、一对装盐和蜂蜜的罐子、一个安息日面包和一把手柄上镶嵌着珍珠的面包刀。雅沙对着葡萄酒做了赐福祷告，在这件事上他不敢违背她。他们独自待着时，埃丝特就会想到自己没有生儿育女。孩子会让一切不一样。她伤心地微笑着，用绣花围裙的一角擦去一滴眼泪。她做了鱼、掺了奶的面条、加了奶酪和肉桂的三角馄饨，甜食包括炖李子和黄油蛋糕，还有咖啡。雅沙总是回家过节，这是他们仅有的在一起的时间。埃丝特一边吃一边打量自己的丈夫。

他是谁？她为什么爱他？她知道他过着一种邪恶的生活。她没有流露出自己所有的想法，只有上帝知道他有多么堕落。但埃丝特并不怨恨他。所有人都在妖魔化他和同情她，但埃丝特宁可要他，不管其他的男人有多优秀，哪怕是拉比。

晚饭后，夫妻俩走进卧室。通常天黑之前男人和妻子不躺在一起，不过当他去外面关百叶窗的时候，她并没有反对。他刚把她揽入怀中，她就像少女一样兴奋起来，没有怀过孕的女人永葆童贞。

第二章

1

五旬节刚过完,雅沙又要上路了。离家前的最后一晚,他说了些让埃丝特胆战心惊的话。

"要是我再也不回来了,你怎么办?"他问她,"假如我死在外面了,你会怎样?"

埃丝特用手捂住他的嘴,央求他千万别再说这样的话,但他坚持说道:"你知道这样的事情是会发生的。就在不久前,我爬上市政大厅的塔楼,当时我很可能就在那儿滑倒。"他还提到了他的遗嘱,劝她如果他死了不要服丧太久,然后领她看了一个地方,他在那里藏了好几百个金卢布。埃丝特抗议说,他毁掉了他们在一起的最后几个小时,而且要到敬畏日[1]他们才能再次团聚,他反问道:"假如我爱上了别人,要离开你,你怎么办?"

"什么?你爱上别人了?"

"别犯傻。"

"最好对我说实话。"

他亲吻她,发誓说爱她永不变心。这样的场景在他们之间已经不新鲜了。他喜欢用各种意外事件作弄她,拿困惑费解的问题折磨她。如果他被关进监狱,她会等他多久?或者他去了美国?或者他染上肺炎被迫住进了疗养院?埃丝特的回答始终如一:她再也不会爱上别人。失去他,她的生命就结束了。但他还是三番五次地盘问她。此刻他问道:"假如我成了苦行僧,像立陶宛的那位圣徒一样用砖头把自己砌在一间没有门的小屋子里忏悔,那又会怎样?你还会对我忠贞吗?你会通过墙上的小洞给我送饭吗?"

埃丝特说:"就算忏悔,也没必要把自己关进一间小屋子呀。"

"那要看控制的是什么样的激情。"他回答道。

"要是那样的话,我会把自己关进同一间小屋。"她说。

这样的对话总是以新的一轮爱抚、亲昵和忠贞不渝的誓言结束。后来,埃丝特睡觉时做了一个噩梦,第二天中午之前她都在禁食。她轻声背诵了一句祈祷书上看到的祷告词:"万能的上帝,

---

[1] 敬畏日(Days of Awe),从犹太新年到赎罪日这十天,称为敬畏日。

我是你的,我的梦是你的……"她同时往神迹创造者雷布[1]·迈尔的施舍箱里放了六个铜币。她让雅沙对天发誓,不再用这些无意义的话来折磨她,因为谁能预知未来?一切都是上天安排的。

节过完了。雅沙备好马车准备上路。他带上了猴子、乌鸦和鹦鹉。埃丝特的眼睛都哭肿了,头的一侧疼得厉害,左胸上像是压着一块重物。平时她不怎么喝酒,但每次他离开后的前几天里,她经常抿一口樱桃白兰地提神。两个女裁缝也因她的悲伤遭殃,她们的每一个针脚都被她挑出毛病。奇怪的是,雅沙离开后,那两个女孩子也闷闷不乐——他就是这么"幸运"。

周六晚上他上路了。埃丝特跟着马车一直把他送到公路旁。她本想再往前送一程,但他开玩笑地用鞭子把她往回赶。他不想让她一人在黑暗中走那么远的路回家。他最后一次亲吻了她,留下她站在那里。她流着泪,伸着双臂。他们像这样分别已有很多年,但这次的告别似乎比以往更加困难。

他"嘚"了一声,马儿撒开蹄子小跑起来。夜晚的天气温暖,天空中挂着快要满月的月亮。雅沙的眼睛有点湿润了,过了一会儿,他松开了缰绳。月亮在跟着他往前走,洒满月光的田野里,绿色的麦苗尖儿闪着银光。他能分辨出每一个稻草人、每一条小路和小路边的每一株矢车菊。露水像从天上的筛子里漏下来的面

---

[1] 雷布(Reb),是对正统犹太已婚男子的尊称,相当于"先生"。

粉。田野里沸沸扬扬，好像看不见的谷物被倒进看不见的水磨里，就连马儿也会偶尔掉头看上一眼。你几乎能听见植物的根在泥土里吮吸，茎秆在拔节，涓涓溪流在地底下流淌。偶尔会有一个阴影，像神话中的鸟儿一样飞过田野。时而传来一阵嗡嗡声，不像人，也不像动物的声音，倒是有点像徘徊的魔鬼发出的声音。雅沙深吸了一口气，摸了摸怀里防备劫匪的手枪。他正走在去皮亚斯基的路上，城外住着玛格达的母亲，一个铁匠的寡妇。仅在皮亚斯基城里，他认识的人就包括那伙臭名昭著的窃贼，以及一个被丈夫抛弃、叫泽芙特尔的女人，他和她有一段私情。

很快，那间被煤烟熏黑的铁匠铺就出现在眼前，扭曲的屋顶已经开裂，看上去像一个被遗弃的鸟巢，墙壁倾斜，窗户像一个黑洞。以前，玛格达的父亲亚当·兹巴尔斯基就在这里锻造斧头和犁铧。他是一个贵族的儿子，他父亲因1831年的起义而倾家荡产。他把玛格达送到卢布林上学，他自己则死于一场瘟疫。八年来，玛格达一直在给雅沙当助手。为了耍杂技，她把头发剪得短短的，演出时穿一条紧身连衣裤，她表演翻跟头，用脚旋转木桶，还要在雅沙表演杂耍时给他传递道具。他们在华沙的老城区合租一套公寓。她以女佣的名义在市政府登记。

马儿一定认出了那间铁匠铺，它们加快了步伐。马车穿过种着荞麦和马铃薯的农田。路边的一个神龛里供奉着怀抱圣子的圣母玛利亚，月光下的圣像出奇地生动。前方山丘上有一块天主教墓地,被一圈矮栅栏围着。雅沙凝视着墓地,那里躺着永远安息的人。他总是在墓地里寻找人死后的生命征象。他听说过各种墓地鬼火和鬼魂幽灵的故事。有传说雅沙的祖父死后数周乃至数月还在向后人甚至陌生人显灵。有人说,有一次他甚至敲了他女儿的窗户。但现在雅沙什么也看不见。挤在一起的桦树像是石化了一样。虽然没有风,树叶却沙沙作响,像是在颤抖。墓碑互相凝视,像说完临终遗言的人一样沉默不语。

2

已经很晚了,兹巴尔斯基母女俩还没有睡觉,她们都在等雅沙。铁匠的寡妇埃尔兹贝泰·兹巴尔斯基粗壮得像一个稻草垛。她用发卡把白头发别在脑后,和她的体型相比,她的面孔还算温柔。此刻,她正坐在那里玩纸牌游戏"比耐心"[1]。尽管大字不识一个,而且很小就成了孤儿,她的纸牌水平却毫不含糊地显示出她的贵族血统。她肯定漂亮过,就算现在她的五官仍很端正,微微上翘的鼻子线条分明,嘴唇薄而有型,牙齿不缺一颗,眼睛明亮有神。不过她有个厚厚的双下巴,下面坠着一个几乎垂到胸脯的甲状腺肿瘤,她的乳房像阳台一样凸在前面,胳膊比常人粗壮得

---

1 "比耐心"(patience),一种单人纸牌游戏。

多,身体像一个塞满肉的面口袋,鼓鼓囊囊的。她的腿脚有疾,即便在家里也得拄拐棍。那副皱皱巴巴的纸牌上污迹斑斑。她喃喃自语地说道:"又是黑桃 A!不祥的征兆啊。要出事了,孩子,要出事了!……"

"能出什么事啊,妈妈?别迷信了!"玛格达嚷叫道。

玛格达已经把自己的东西收进一个带铜箍的箱子,箱子是雅沙送给她的礼物。她今年二十七八岁,但看上去要年轻得多,观众以为她最多十八岁。她身材瘦小,皮肤黝黑,胸脯扁平,瘦得皮包骨了,很难相信她是埃尔兹贝泰的女儿。她长着灰绿色的眼睛,狮子鼻,厚厚的嘴唇总是撅着,像是等着别人来亲吻她,也像要哭的孩子的嘴唇。她的脖子又细又长,灰头发,凸出的颧骨上泛着玫瑰疹红。她的皮肤疙疙瘩瘩,寄宿学校的同学给她起了个"癞蛤蟆"的绰号。乖戾且内向的她给人鬼鬼祟祟的感觉。她还经常做出一些荒唐不经的举动。那个时候就能看出她的手脚非同寻常的灵活。她能敏捷地爬上一棵树,精通最流行的舞蹈,而且,熄灯以后,能从窗户溜出宿舍,再沿原路返回。玛格达直到现在说起寄宿学校仍然像是在诉说地狱一样。她学习成绩差,由于父亲是铁匠而被同学嘲笑,就连老师也对她有几分敌意。她好几次想要逃离学校,经常和同学吵架。有一次,在受到惩罚后,她朝一位修女的脸上啐了一口唾沫。父亲去世后,玛格达离开了学校,没有拿到毕业文凭。没多久,她就被雅沙雇为帮手。

玛格达还很年轻的时候就有人说过，等有了男人，她身上的疹子就会消失，因为那显然是青春痘，可她已经做了好几年雅沙的情妇，皮肤却还是那么糟糕。玛格达从来不掩饰她与主人的关系。每次雅沙来兹巴尔斯基家过夜，她都和他睡在小房间的大床上，到了早晨，她母亲甚至给床上的两人端来奶茶。埃尔兹贝泰称雅沙为"我儿"。刚开始，玛格达的弟弟博莱克对雅沙恨之入骨，发誓要报复他，不过最终连博莱克也习以为常了。雅沙负担着这个家庭，给博莱克钱花，让他去酗酒，上牌桌赌博。每当烂醉如泥的博莱克威胁要报复这个玷污了兹巴尔斯基姓氏的该死的犹太佬时，埃尔兹贝泰就会用拳头敲打自己的脑袋，玛格达则会说："只要你敢碰他一根头发，我就和你同归于尽！带你一起进坟墓。我用死去的父亲起誓……"

她像面对一条狗的猫那样，弓起后背，嘴里发出"咝咝"声。

这个家庭彻底堕落了。玛格达跟着一个魔术师走南闯北。博莱克替皮亚斯基的窃贼赶车。他们派他去销赃，他常和那帮亡命徒睡在一张床上。埃尔兹贝泰则得了贪食症。她胖得几乎出不了家门。从早晨起床到临睡前念最后一句"圣父"，她不停地往嘴里塞着各种美味佳肴：酸菜煮红肠、猪油蛋糕、滴着油的洋葱煎蛋、塞满肉的馅饼或燕麦饼。两条腿沉得让她再也去不了教堂，哪怕是星期天。她对自己的孩子抱怨说："我们被抛弃了，被抛弃了！自从你父亲，愿他在天之灵得到安宁，去世以后，我们就是一摊烂泥……没有人照顾我们……"

邻居们则认为,埃尔兹贝泰在为博莱克牺牲玛格达。埃尔兹贝泰盲目地溺爱儿子,对他百依百顺,为他的过错辩护,把自己最后的一个铜板花在他身上。尽管她不去教堂了,但她仍然在向耶稣祷告,给圣徒们点蜡烛,跪在圣像前,口中念念有词。一个恐惧终日纠缠着埃尔兹贝泰——万一哪天他们的恩人雅沙出了什么事,万一他,但愿永远不会发生,对玛格达失去了兴趣。这个家的存亡取决于他的慷慨。她,埃尔兹贝泰,就像一摊碎片,得了关节炎的四肢,因疼痛而扭曲的脊椎,腿上曲张的血管,乳房里的肿块像鹅卵石一样坚硬。她对肿块的焦虑挥之不去,害怕它会像她母亲的肿块那样扩散,愿她在天堂安息……

博莱克一大早就去了皮亚斯基,没人知道他是否会在那帮狐朋狗友那里过夜,那是埃尔兹贝泰对那帮窃贼的称呼。他在城里还有一个情人。所以说那天晚上埃尔兹贝泰同时在等雅沙和博莱克,而纸牌"比耐心"不仅能预测未来,还会告诉她谁会先到家,在什么时候。每张牌都在向她预示着什么。而且,只要洗牌,同样的 K,同样的 Q 或 J 会代表完全不同的意思。在她眼里,纸牌上的肖像活灵活现,既心照不宣又神秘莫测。当她听见她的狗布雷克的吠叫声和马车轮子的嘎吱声后,她感激地在胸前划了个十字。感谢耶稣,他来了,她在卢布林的宝贝孩子,她的施主。她知道雅沙在卢布林有妻子，还和皮亚斯基的那帮流氓有来往，但她不让自己往那方面想，多想又有什么用？你得抓住能拿到的东西。她一个穷寡妇，孩子是孤儿，而且，又有谁能看透男人？这么做总比把女儿送去工厂做苦工，让她咳出肺痨来，或送她去妓院要好吧。每当雅沙的马车临近，埃尔兹贝泰都有同样的感觉——邪恶的力量妄图吞噬她，但她向救世主祈祷和哀求，以此粉碎它们。她拍着手得意地看着玛格达，但是她女儿依然面无表情，一如既往地骄傲，不过她母亲清楚她内心的喜悦。对这个姑娘来说，雅沙既是恋人又是父亲。除了他，谁会在意这样一个干瘪的女人？瘦得像一把干柴，胸脯又那么扁平。

埃尔兹贝泰开始叹气，她气喘吁吁地把屁股底下的椅子向后推开，费力地往起站，玛格达又迟疑了一小会儿，然后飞奔出门，张开双臂朝雅沙跑去："亲爱的！……"

他从马车上下来，亲吻拥抱她。她的皮肤像是在发烧。布雷克从一开始就在讨好来宾。鹦鹉在笼子里数落，猴子在尖叫，乌鸦在聒噪和说话。埃尔兹贝泰等他们亲热完了才出现在门口。她站在那里，像一个用雪堆出来的人，庞大而笨拙。她耐心地等着他像绅士一样上前亲吻她的手。每次他来到这里，她都会拥抱他，亲吻他的前额，用同样的问候迎接他："贵客来访，蓬荜生辉……"

接下来，她哭泣起来，撩起围裙，轻轻擦去眼角的眼泪。

3

  埃尔兹贝泰盼望着雅沙的到来，不仅为了女儿，也为她自己。他总是给她带来卢布林的特产：熟食、鹅肝、芝麻糖，还有从商铺买来的糕点。不过相比于美食，她更渴望一个能和她聊天的人。尽管她对博莱克逆来顺受，为他牺牲付出了很多，他拒绝听她唠叨。她刚开了个头，他就残忍地打断她："很好，妈妈，接着吹，接着吹呀。"

  博莱克的粗暴把埃尔兹贝泰的话堵在嗓子眼里。她开始咳嗽，脸涨得通红，喘息，打嗝，不得不让博莱克这个畜生给她倒水喝，拍打她的脖颈和后背来疏通嗓子里的堵塞。

  而玛格达却相反，她难得说上一句话。你可以对着她说上三个小时，讲的都是非同寻常的事情，可她连眼皮都不抬一下。只有雅沙，这个犹太佬，这位魔术师，会逗埃尔兹贝泰说话，鼓励她讲故事，像对待丈母娘一样对待她，不是那种招人恨而是招人喜欢的丈母娘。他自己呢，那个可怜的小男孩，很小就成了孤儿，埃尔兹贝泰对他来说就像母亲一样。她私底下觉得他们之所以能与雅沙相处多年，完全是她的功劳，玛格达欠着她一份人情呢。是她，埃尔兹贝泰，给雅沙做他最爱吃的饭菜，给他各种有用的建议，提醒他要当心的敌人，甚至为他释梦解惑。她把自己从祖母那儿继承来的微雕小象送给了他，他走钢丝或表演其他危险特技的时候总把这个小象别在领子底下。

尽管他来到后再三说自己不饿,埃尔兹贝泰总要为他做上一顿饭菜。所有的东西都已准备就绪:刚洗干净的桌布、柴火、他喝酒的瓷杯子、他用餐的带蓝色图案的盘子。一样都不少,连餐巾纸也没落下。埃尔兹贝泰是公认的优秀主妇。尽管她丈夫只是一位铁匠,但她的祖父是恰平斯基的大地主,曾经拥有四百个佃农,还和贵族拉济维尔一起狩猎过。

埃尔兹贝泰已经吃过晚饭,但雅沙的到来重新唤起了她的食欲。互致问候后,雅沙和玛格达先去小房间休息,埃尔兹贝泰开始做饭。她的疲劳神奇地消失了,通常到了晚上,她的腿沉重得像是灌了铅一样,现在腿上的麻木似乎被护身符赶跑了。她立刻生起炉子,煎炸烹煮,动作惊人的敏捷。她愉快地叹着气。玛格达崇拜他,这有什么好奇怪的?他甚至给她——埃尔兹贝泰——注入了新的生命。

接下来是老一套。他向她保证自己一点也不饿,但是食物已经端到他跟前,香味弥漫到房间的每个角落。她做了樱桃奶酪薄煎饼,上面撒着白糖和肉桂粉。桌上放着一瓶樱桃白兰地,还有雅沙上次来访时从华沙带来的甜酒。刚尝了一口,雅沙立刻食欲大增。玛格达胃口一直不好,消化也有问题,但此刻也突然胃口大开。狗儿摇着尾巴围着雅沙的膝盖打转。用罢咖啡和猪油饼干,埃尔兹贝泰开始回忆,她丈夫生前对她多么的忠心,他怎样把她抱起来。有一次，为了重装一只丢失的马蹄铁，沙皇的马车怎样停在铁匠铺前，而沙皇本人则在等候的时候走进他们家，她，埃尔兹贝泰，给他倒了一杯伏特加。她做过最冒险的事情是在1863年起义期间窝藏起义者，也曾警告波兰军队哥萨克的逼近。她语气生动，流着眼泪，说自己曾从俄国士兵的鞭子底下救出一位贵妇。那时玛格达还是个小孩子，但埃尔兹贝泰向她寻求佐证："你不记得了，玛格达？你坐在将军的腿上，他穿着带红条纹的裤子，你坐在那里玩他的勋章。你不记得了？啊，孩子们……他们的头长得像包菜……吃呀，乖孩子，再来一块薄煎饼。没事的。我奶奶——愿她在天堂为我们求情——过去常说：'肠子是没有尽头的。'"

一个故事扯出另一个故事。埃尔兹贝泰备受疾病的折磨，她的一个乳房曾被切开又用针缝上。她拉下衬衫的领口露出那块伤疤。有一次，她眼看就不行了，神父给她行了临终涂油礼，别人量好了她的身材准备棺材。她像死了一样躺在那里，看见了天使、魔鬼和各种幻影。突然，她已故的父亲现身了，大声赶走所有的幽灵："我女儿还有未成年的孩子。她不能死！……"就在那一刻，她开始冒汗，汗珠有糖豆粒那么大。

那架有木头钟摆的大钟已经指向了零点，但埃尔兹贝泰刚刚热完身。她还有一打的故事要讲。雅沙礼貌地听着，提出恰当的问题，在需要的时刻点头附和。她描述的奇迹和预兆听上去与卢布林的那些犹太佬说的奇怪地相似。玛格达打起了哈欠,脸也涨红了。

"妈,同一个故事,你上次讲得和现在完全不一样。"

"你说什么,孩子?你怎么能这么说话?当着我宝贝孩子的面羞辱我。是呀,你母亲是个低三下四的寡妇,没钱没脸面,但她从来不说谎——从不!"

"妈,你忘记了。"

"我什么都没忘记。我的一生像一幅挂毯,就挂在我眼前。"她开始讲一个与严寒有关的故事。那年冬季开始得太早,导致犹太人在住棚节[1]无法住进那些小棚子。风把茅草屋顶刮跑了。汹涌的洪水冲垮水闸,撕开大坝,淹没了半个村子。过后,雪堆积得像小山包,人们像陷入沼泽地一样被雪埋葬,他们的尸体直到来年开春才被找到。饥饿的狼群离开森林侵入村庄,叼走摇篮里的婴孩。森林里的情况更严峻,橡树都被冻裂了。就在这时,博莱克晃了进来,一个中等身材的小伙子,他长得很壮实,脸上有红色的麻点,淡蓝色的眼睛,黄头发,狮子鼻,鼻孔像斗牛犬一样宽大。他身穿绣花马甲、马裤和高筒靴,帽子上插着一根羽毛——打扮得像个猎人!嘴角叼着一根香烟。他吹着口哨走进来,

---

[1] 住棚节(the Feast of the Tabernacles),又称"结茅节",始于赎罪日之后五天,为期一周,即提斯利月十五日至二十二日,在公历九、十月间。住棚节期间,犹太人会住在棚子里,以四种植物来庆祝节日。

像醉鬼一样被门槛绊了一下。看见雅沙后,他大笑了几声,然后沉下脸来,面露凶相。

"哇,哇——你来了。"

"互相亲吻一下,姐夫和小舅子!"埃尔兹贝泰的声音在颤抖。

"你们毕竟是亲戚……只要雅沙和玛格达一起,他就像你的兄弟,博莱克,比那还要亲。"

"别说了,妈!"

"说到底,我求你们什么了?只不过要你们和睦相处。神父布道时说过,和睦像天上降落的雨露滋润大地。那次来我们这儿布道的是琴斯托霍瓦[1]的主教。我记得清清楚楚,就像今天刚发生的一样,他戴着一顶红色的便帽。"

埃尔兹贝泰哽咽了,眼泪再次流了下来。

4

雅沙急着去华沙,但他不得不在这里逗留一两天。又聊了一会儿,他先回小房间的大床上睡觉了。埃尔兹贝泰往床垫里塞了新稻草,也换上了干净的床单和枕巾。玛格达没有立刻跟着他进

---

[1] 琴斯托霍瓦(Czestochow),波兰南部西里西亚省的一个城市,市内有著名的朝圣地光明山修道院。

来。她要先去梳洗一下,她母亲帮她擦肥皂,洗完给她换上了胸口和下摆都镶着花边的长睡袍。雅沙安静地躺着,惊讶自己的表现。"主要是我太无聊了。"他对自己说。他专心地听着外面的动静。母女俩在争吵。埃尔兹贝泰喜欢在玛格达上床前给她一些建议。她还想让女儿系上一个薰衣草香囊。博莱克四仰八叉地躺在木板床上,在打呼。真是不可思议,而他,雅沙,一生都像是在走钢丝,灾难近在咫尺。一个错误的行动,博莱克肯定会把刀子插进他的胸膛。

雅沙睡着了,他梦见自己在飞翔。他从地面升起,飞呀,飞呀。他诧异自己过去怎么没去尝试飞行,真容易,太容易了。他几乎每晚都做这样的梦,每次醒来都感觉到眼前出现一种失真的现实。他经常确定不了那是一场梦,还是自己的胡思乱想。好几年了,装上一对翅膀去飞翔的念头深深吸引着他。鸟能飞,人为什么不能?翅膀要足够大,材料要用做热气球的结实丝绸。要给这种翅膀缝上骨架,像雨伞那样能够撑开和收拢。如果翅膀还不够的话,可以在两腿之间装上翼膜,像蝙蝠那样来增加浮力。人是要比鸟重,老鹰也不轻呀,但它们可以叼起一只羊飞走。雅沙把他没在思念埃米莉亚的时间全部花在了这个问题上。抽屉里塞满了设计和图纸,从报纸杂志上剪下来的成捆的报道。当然,很多尝试飞行的人为此付出了生命,但事实上他们飞过,哪怕只有那么一小会儿。只要所用的材料足够结实,骨架可以伸缩,飞行的人身体灵活，体重轻，精力充沛，就一定能成功。要是他，雅沙，飞过华沙，甚至罗马、巴黎或伦敦大街小巷的屋顶，那将会引起怎样的轰动啊。

尽管一直睁着眼躺着，他显然又睡着了，玛格达上床时，他一下子惊醒了。她身上散发着甘菊的芳香。此刻，她有点害羞，她一向都很害羞。她像羞怯的处女一样接近他，道歉似的微笑着。她躺在他身边——骨瘦如柴，全身冰凉，缩在一件宽大的睡衣里，头发还是湿的。他的手滑过她瘦弱的肋部。

"怎么搞的？你不吃饭吗？"

"吃呀，我吃呀。"

"你要是飞的话太容易了。你和一只鹅差不多重。"

一旦上了路，他们就会彼此熟悉起来，但经过了漫长的分离——他离开她和妻子埃丝特待在一起的那几个星期——他们有点陌生了，需要重新熟悉对方。这有点像新婚之夜，她背对着他躺着，他不得不闷声不响地向她求欢，让她转过身来。由于母亲和弟弟在，她有点害臊。每当他发出的声音太响，她就会用手掌捂住他的嘴。他搂着她，她像一只小母鸡一样在他怀里骚动不安。她在他耳边窃窃私语，声音轻得几乎听不见。他为什么离开这么久？她显然担心他不再回来了。母亲走到哪儿都在唠叨，抱怨个没完……担心他会抛弃玛格达。博莱克和那伙窃贼混在一起。多丢脸啊，真丢脸。他可能会被关进监狱。他酒喝得太多。喝醉了到处惹是生非。这几个星期,雅沙在卢布林都干了些什么?日子过得像往外倒糖浆一样缓慢。

令人惊讶的是,这个害羞的姑娘会变得如此热情奔放,像是着魔了一样。她用亲吻覆盖雅沙,用他教过她的所有方式把自己奉献给他——不过是在沉默中,担心弟弟或母亲会醒来。这就像在午夜精灵面前举行的秘密仪式。尽管她上学时学过完美无瑕的波兰语,此刻却在用他几乎听不懂的土话喋喋不休地说个没完,说出的词语怪异、生硬,那是世代务农的祖辈流传下来的方言。

他说:"万一我离开你,记住我会回来的。不要变心。"

"好的,亲爱的,至死不变!"

"我会给你装上翅膀,让你飞起来。"

"哦,我的主人……我在飞。"

5

今天皮亚斯基逢集,博莱克吃完早饭就去了那里。雅沙声称要去商铺买东西,也要走着去皮亚斯基。埃尔兹贝泰想留他下来吃午饭,但玛格达摇头阻止了她。她从来不干涉他。他亲吻她,她低声下气地说:"别忘了回家的路。"

天刚亮,集市就开张了,但晚到的农人还在赶往这里的路上。有个人牵着一头待宰的瘦牛,另一个人赶着一头猪或是一只羊。

女人头戴用木框撑起的头巾——表明她们的已婚身份，提着装着货物的碗、水罐和篮子，上面盖着亚麻布。她们笑着和雅沙打招呼。她们还记得多年前他在各村的巡回演出。一辆马车上坐着农家的新娘新郎和一队乐师。这队人马身上装饰着绿枝和花环。乐师们一边拉着小提琴，一边唱着一首没完没了的歌曲。一群农家姑娘像鹅一样挤在一辆马车上，车上传来一首发誓报复男人的歌曲：

> 我多么的黑啊，哦，真的黑。
> 我还要再黑一点
> 亲爱的小伙子，我会是你在乎的人里
> 最黑的一个。

> 我多么的白啊，哦，真的白。
> 我还要再白一点
> 亲爱的小男孩，看到我你会想我，
> 但我一点也不在乎。

弃妇泽芙特尔就住在屠宰场后面的山坡上。她丈夫雷布斯·莱卡赫不久前从亚努夫的监狱逃脱，但没人知道他去了哪里。有人说他逃去美国了，还有人说他藏身在俄国的荒郊野岭。已经好几个月没有他的消息了。窃贼们有自己的兄弟会，有头目和会规，他们每周给泽芙特尔两个荷兰盾，他们通常都是这么办的，只要家里的男人被关进监狱；但是种种迹象表明，雷布斯永久地消失了。夫妻俩没孩子，泽芙特尔不是本地姑娘，她来自维斯瓦河的另一边。通常，窃贼入狱后，他们的老婆会生活检点，而泽芙特尔却让人生疑。即使在平日里，她也戴着首饰，而且不戴头巾，还在安息日生火做饭。她的津贴随时会被取消。

所有这些雅沙都知道，但他还是和这个女人鬼混，不仅如此，他还钻背街小巷去看她，给她钱。此刻，他给她带了一件来自华沙的礼物——一串珊瑚项链。真疯狂啊。他有老婆，他有玛格达，他疯狂地迷恋着埃米莉亚，这一大堆事情还不够他忙活的？他多次下决心了结这段关系，但一到皮亚斯基，他又被她吸引了。他就像要和自己的第一个女人上床的中学生那样，怀着忐忑和期盼直奔她家。他不是从卢布林大街而是背面的小巷子走近她家。尽管已经过了五旬节，地面还是有点泥泞，不过泽芙特尔的家里很干净，挂着窗帘，摆着一盏台灯，上有流苏纸灯罩，床上放着靠垫，地板刚擦过，撒了细沙，像是为星期五晚上祝福仪式点蜡烛准备的。泽芙特尔站在房间的中央，一位年轻的卷发妇人，眼睛像吉卜赛人一样黑，左脸庞上贴着一个"美人贴"，脖子上挂着一串玻璃珠。她朝他狡黠地微笑着，露出洁白的牙齿，用她维斯瓦河另一边的方言说道："我以为你肯定不会来了！"

"我说要来就一定会来。"雅沙答道,声音很坚决。

"一位意外的客人!"

所有这一切都让他感到丢脸:亲吻、赠送礼物,等着她用菊苣根萃取咖啡。不过就像窃贼需要偷盗钱财,他需要偷盗爱情。她闩上大门防止外人打扰,又用报纸塞住锁眼。她的磨磨蹭蹭与他的急不可耐形成鲜明对比。他一直意味深长地看着那张床,但她却拉开印花布窗帘,暗示还没到时间。

"外面有啥大事呀?"她问道。

"我连自己的事都不知道。"

"你要是不知道还有谁知道?我们都困在这里了,你却像小鸟一样自由自在。"

她坐得离他很近,圆圆的膝盖抵着他的膝盖。她把裙子往上撩,撩到刚好让他看到黑长袜的上端和红色的吊袜带。

"我几乎见不着你,"她抱怨说,"我都不记得上次见到你是哪一天了。"

"有你丈夫的消息吗?"

"消失了,石沉大海一样。"她微笑着,笑容里混杂着谦卑、傲慢和虚伪。

他不得不听她唠叨,一个嘴碎的女人不把要说的话说完是停不下来的。哪怕是在抱怨,她的话也像射豆枪里射出的豆子一样圆润。她在皮亚斯基能有什么前途?雷布斯肯定不会回来了。大洋的另一边还不如说是另外一个世界。她实际上已经是寡妇了。他们每周发给她两个荷兰盾，但这又能持续多久呢？他们的小金库快空了。一半的兄弟在蹲监狱。而且这点钱她能买什么？杯水车薪。她欠所有人债，没有一件能穿出门的衣服。所有的女人都是她的敌人。她们总在背后议论她，她的耳朵无时无刻不在发烧。现在夏天还没过去，她还能坚持，但是一旦下起雨来，她就会疯掉的。在讲述自己的命运时，泽芙特尔不停地摆弄着脖子上的项链。一个酒窝突然出现在她的右脸庞上。

"哦，雅沙尔，带上我吧。"

"你知道我做不到。"

"为什么？你有一个班子和一辆马车。"

"玛格达会怎么说？你的邻居又会怎么说？"

"反正堵不住他们的嘴。你那个波兰娘们儿能做的，我也能做。有可能做得更好。"

"你会翻跟头吗？"

"不会，我可以学呀。"

都是废话。她太胖了，做不了杂技演员。她的腿也太短了，屁股太大，胸脯太凸出了。

除了做用人，她还能干什么，还能干一件事，雅沙想。虽然雅沙肯定自己不爱她，但他还是顿生醋意。他在路上的那几周，她的行为检点吗？算了，这是我最后一次来这儿了，他想。我只不过是无聊，想暂时忘记一切——他在为自己的行为辩护。就像醉鬼用酒来淹没自己的悲伤一样，他想。他永远理解不了一个人怎么能够住在一个地方，和一个女人过一辈子而不得忧郁症。他，雅沙，始终处于抑郁的边缘。他突然掏出三个银卢布，带着孩子气的庄重，把它们放在她裙子盖着的腿上——一个靠近膝盖，另一个稍往上一点，第三个放在她的大腿上。泽芙特尔带着好奇的笑容看着他。

"没有用的。"

"但肯定没坏处。"

他和她说话很粗鲁，把自己降到她的水准。他的特质之一就是能根据对方调整自己。这个特质运用到催眠术上非常有效。泽芙特尔不慌不忙地捡起钱币，把它们放进碗柜上的一个研钵里。

"好吧，还是要谢谢你。"

"我还有急事。"

"急什么？我一直见不到你。好几周听不到一点你的消息。你过得怎样，雅沙尔？不管怎么样，我们也算是好朋友了。"

"当然，当然……"

"这么心不在焉？我知道了——肯定是有新姑娘了！告诉我，雅沙尔，告诉我。我不是那种爱忌妒的人。我知道是怎么回事。女人对于你就像花对于蜜蜂。总有新鲜的。这儿嗅嗅，那儿舔舔，然后'嘘！'——你就嗡嗡地飞走了。我太羡慕你了！要是能做男人，我情愿交出我的最后一条内裤！"

6

"是有一个新的。"雅沙说。他需要找个人聊聊。和泽芙特尔一起，他有种无拘无束的感觉。他不担心她会忌妒，也不怕她发怒。她像村姑屈服地主一样顺从他。她的眼睛开始发亮，露出那些从委屈中获得快乐的人特有的苦笑。

"我就知道。她是谁？"

"一位教授的遗孀。"

"寡妇？有意思，有意思。"

"有个屁意思。"

"你爱上她了？"

"一点点。"

"一个男人说'一点点'，他是指很多。她长得怎样——年轻吗？漂亮吗？"

"不算年轻。她有一个十四岁的女儿。"

"你爱上了哪一个，妈妈还是女儿？"

"两个都爱。"

泽芙特尔的嗓子在蠕动，像是在咽东西。"兄弟，你不可能两个都要吧？"

"目前来说，有母亲就够了。"

"教授是干什么的，像医生一样？"

"他过去在大学里教数学。"

"什么是数学？"

"算术。"

她想了一会儿。"我知道。我就知道。我，你是骗不了的。只要看男人一眼，我就什么都知道了。你准备怎么着，娶她？"

"我已经有老婆了。"

"老婆对你算得了什么？你是怎么认识她的？"

"别人在剧场介绍我们认识的。不对。我在做读心术，我告诉她，她是个寡妇，还有其他一些事情。"

"你是怎么知道的？"

"那是我的秘密。"

"好吧，还有什么？"

"她爱上了我。她愿意丢下一切和我出国。"

"就那样？"

"她想嫁给我。"

"一个犹太人？"

"她要我稍微改变一下我的信仰……"

"稍微？——你为什么非要出国？"

雅沙突然沉下脸来："我为什么非要待在这里？二十五年来，我一直在演出，但我仍然是个穷光蛋。我还能走几年钢丝？最多十年吧。所有人都在夸我，但没人愿意付钱。外国人欣赏我这样的人。有个只会耍几样把戏的家伙有钱又有名。他给皇室成员表演，出门乘坐华丽的马车。如果我在西欧出了名，在这儿，波兰，也会受到不同的待遇。你明白我说的吗？这儿的人什么都模仿国外的。一个歌剧演员可以唱得像猫头鹰叫，但假如他在意大利唱过，所有人都会大声叫好。"

"是这样的，但你必须改变自己的信仰啊。"

"那又怎样？你划个十字，他们往你身上洒点水。我怎么知道哪个上帝是真的？没人进过天堂。反正我也不祷告。"

"一旦成了天主教徒，你会祷告的，相信我。"

"在国外，没人在乎那个。我是魔术师，不是神父。——你知道，眼下流行一种新玩意儿。关了灯，你召唤死者的鬼魂。你坐在桌子边上，双手放在桌子上方，桌子就抬起来了。所有的报纸都在说这个。"

"真的鬼魂？"

"别犯傻了。都是灵媒的把戏。他伸脚把桌子顶起来。他扭一下大脚趾头，表示鬼魂在发信息。参加这些降灵会的都是些有钱的人，特别是女人。比方说，某个人的儿子死了，他们希望与他沟通。他们给灵媒钱，他就把他们儿子的鬼魂招来。

泽芙特尔睁大了眼睛。"真的吗?"

"傻瓜。"

"也许是巫术?"

"他们根本就不会巫术。"

"我听说卢布林有个人,他能把死人从黑镜子里显示出来。他们说,我能从那里看见雷布斯。"

"那你干吗不去呢?他们会给你看一张照片,然后告诉你那就是雷布斯。"

"但他们确实给你看了东西呀。"

"白痴。"雅沙说,惊讶自己会和泽芙特尔讨论这种问题,"你想看谁我都可以给你看,哪怕你奶奶。"

"没有上帝,是不是?"

"当然有,但是没有人和他说过话。上帝怎么说话?如果他说意第绪语,基督徒就听不懂;如果他说法语,英国人就会抱怨。《托拉》号称他说希伯来语,可是我没听见哪。至于鬼魂,它们也存在,但没有魔术师能把它们变出来。"

"灵魂又是怎么回事?哦,我好害怕。"

"怕什么?"

"晚上躺下后,我都合不上眼。所有死去的人在我面前游走。我看见妈妈被怎样埋进坟墓。她全身上下都是白的……我们到底为什么活着?我太想你了,雅沙尔。我不想给你出主意,但那个异教徒会把你拖进地狱的。"

雅沙火了。"她为什么要那样?她爱我。"

"没用。你做什么都可以,但不能脱离犹太教。你老婆又会怎样?"

"如果我死了,她怎么办?丈夫去世了,四周后,女人就急急忙忙地再次站在婚礼的华盖下。泽芙特尔,我对你很坦诚,我俩之间没有秘密。我想要再试一次。"

"那我怎么办?"

"即使发了财,我也不会忘记你的。"

"不对,你会忘记的。你一跨出大门,就会把我忘得一干二净。不要以为我是在忌妒。刚认识你的时候,我心跳过。我愿意为你洗脚,喝你的洗澡水。不过对你更了解后,我告诫自己:'泽芙特尔,所有这些心动颤抖,都太不值得了。'我不是个有文化的女人,知道的不多,不过我肩膀上长着一个脑袋。我想了很多,各种想法。风吹过烟囱时,我会闷闷不乐。你不会相信的,雅沙尔,最近我甚至想到了自杀。"

"为什么要这样?"

"因为我厌倦了,手头正好有根绳子。我看见房梁上有个钩子。就是油灯边上的那个钩子。我站上脚凳,正好够得着。然后,我笑了起来。"

"为什么?"

"没有原因。一拉绳子,一切都结束了……雅沙尔,带我去华沙吧。"

"这些家具怎么办?"

"把所有的东西都卖掉。让别人捡个便宜。"

"去了华沙你做什么?"

"别担心,我不会赖上你的。我会像故事里的乞讨女人一样走掉。我会停在别人的家门口,说:'让我留下吧。'不管走到哪儿,我都可以干点洗衣买菜的活儿。"

第三章

1

雅沙原计划回埃尔兹贝泰家吃晚饭,但泽芙特尔说什么也不干。她做了他喜欢的饭菜:加了奶酪和肉桂的宽面条。泽芙特尔刚打开门,拉上窗帘,访客们就陆续来到。女人们上门来炫耀她们在集市上捡到的便宜货,还有男人们送给她们的礼物。她们当中年纪较大的穿着破旧的拖鞋和看不出式样的长裙子,头巾脏兮兮的。她们咧着没牙的嘴巴,冲着雅沙微笑,丑陋地卖弄着风情。出于对客人的尊敬,少妇们盛装打扮,身上挂满不值钱的首饰。泽芙特尔本该隐瞒他俩的关系,但她却得意地拿出雅沙送给她的珊瑚项链,给每个吹牛的女人看。几位妇女试戴了一下,干笑几声，眼神意味深长。放荡的生活方式不属于山上的人。蹲监狱窃贼的老婆会保持忠贞，等着丈夫释放出来。但泽芙特尔是外地人——比吉卜赛人还要低贱。此外，她是个被抛弃的妻子。而雅沙，那位魔术师是个有名的浪荡子。女人们交头接耳，朝雅沙抛着媚眼。这里的人都知道雅沙魔术的威力。窃贼们经常声称，他要是入伙的话，他行走的路上将撒满黄金。山上的人普遍认为，哪怕做窃贼的老婆也比嫁给雅沙这样的人要好，和一个异教徒姑娘满世界游荡，逢年过节才能回家，除了耻辱什么都不能带给妻子。

过了一会儿，男人们也陆续到来。矮个宽肩，长着黄胡子、黄脸和黄眼睛的查姆-莱布走进屋里，向雅沙要一根华沙的香烟，雅沙给了他一整包。泽芙特尔在查姆-莱布的面前放了一瓶烈酒和一盘洋葱面包。他是个惯偷，不过身体垮了，不中用了。所有的监狱都让他蹲遍了。他的肋部被人捅过一刀。他的一个兄弟，布劳奇·克洛兹，是个盗马贼，被村民用开水活活烫死了。查姆-莱布若有所思地抽着来自华沙的香烟，喝了一杯伏特加，问道："华沙有什么新闻吗？那座老旧的帕维克监狱现在怎样了？"

瞎子梅切尔人高马大，生就一副巨人的肩膀，他的颈背挺直，额头上有个伤疤，一个眼窝被撕裂了。他随身带着一个纸包。雅沙已经知道纸包里是什么：一把等着他打开的挂锁。梅切尔本人是位开锁专家，他总是随身带着一根铁撬棍。在以偷盗为业之前，他是个技术纯熟的锁匠。多年来，梅切尔一直期望造出一把雅沙撬不开的锁。此刻，他腼腆地坐在桌旁，耐心地等着话题转到锁上面来。不管他造的锁多么复杂和富于匠心，迄今为止，他还没有难倒过雅沙。雅沙总能在几分钟内把锁打开，常常只用一根钉子或一只发卡。不过梅切尔不死心，仍然打赌说他能造出一个连天使加百利也撬不开的"保险柜"。每次造访卢布林，梅切尔都要和锁匠亚伯拉罕·雷布斯以及其他的铁匠和技工切磋。梅切尔的房间布置得像一间工具房，有榔头、钢锯、各种铁棍、钩子、钻头、老虎钳和烙铁。他老婆黑贝拉声称，梅切尔对工具的兴趣已经到了如痴如醉的程度。雅沙朝他眨了眨眼，微笑着和他打了个招呼。就像梅切尔确信雅沙这次肯定会输，雅沙则相信借助某种无法解释的力量，这儿拧一把，那儿转一下，他就会打开那个机械装置，像变魔术一样。

人终于到齐了：门德尔·凯什克、约赛尔·凯奇和拉泽里尔·卡拉兹密奇。这些人眼下的头儿叫伯里希·维索克尔，一个瘦小的家伙，长着一双躲闪的眼睛，秃了的尖脑袋，尖鼻子，尖下巴，像猩猩一样的长胳膊。和泽芙特尔一样，伯里希·维索克尔也来自大波兰[1]。他穿得像个纨绔子弟，色彩鲜艳的裤子、黄鞋子、紫色的马甲和绣花衬衫。他总是戴着一顶插着一根羽毛的帽

---

1 大波兰（Greater Poland），一个位于波兰中西部的历史地区，首府为波兹南。

子。高跟靴子增加了他的身高。伯里希的手法纯熟到能从小偷那里偷走一块手表。他懂俄语、波兰语和德语，和官方保持着良好的关系，与其说他是个小偷，不如说他是个中间人。多年前，他曾坐过一次牢，不是因为偷窃，而是因为在和一位贵族玩一种"小链子"的纸牌游戏时作弊。就像瞎子梅切尔精通锁一样，伯里希·维索克尔精通纸牌游戏。不过，他也不是雅沙的对手。雅沙总会在伯里希面前露几手，让他摸不着头脑。即便这一刻他口袋里也揣着几副牌，做了记号和没做记号的都有。伯里希是出了名的闲不住，没法在椅子上坐稳。别人都围着桌子坐，而他则像一头关在笼子里的野兽，或一只想要咬住自己尾巴的狼一样动个不停。他歪着脑袋，用嘴角说话。"你什么时候入伙，嗯？"他用很重的鼻音问雅沙，"握握手，入伙吧。"

"然后烂死在监狱里？"

"长点心眼，捞一把就跑。"

"算了吧，再聪明也没用。"瞎子梅切尔大声嚷嚷道，"谁都有可能被逮着。"

"只需要知道怎样辨别风向。"伯里希·维索克尔大声反驳道。

雅沙非常清楚自己不能在此久留。埃尔兹贝泰会等得不耐烦。玛格达也在等他回去。博莱克看不起他，就差一个借口好干掉他。但是雅沙不能就这么走掉。他从孩提时起就认识这些人。他们看着他从一个训熊师帮手，成长为波兰剧场的明星。男人和他称兄道弟，女人和他调情。他们都称赞他为大师。他发雪茄、香烟给他们抽。人群中还有几位老情人，尽管她们已经体面地结婚生子，但还是风骚地看着他，脸上露出怀旧的笑容。尽管他从一开始就谨慎处理与泽芙特尔的关系，她却早已泄露了他们的关系。对于一个堕落的女人，情人是值得广而告之的。

刚开始，他们聊些时事。外面的世界有啥新闻？什么时候和土耳其重新开战？那些反叛者在扔炸弹，试图谋杀沙皇，还号召铁路工人罢工，他们到底要干什么？巴勒斯坦又有什么新闻？在干涸的沼泽地里建立殖民地的异教徒又是谁？雅沙一一做出解释。他不仅读《犹太日报》，还读华沙所有的报纸。哪怕是希伯来语的报纸，他也会瞟上一眼，尽管他并不懂那些现代的表述方式。在这里，皮亚斯基的居民就像蹲在树墩上的蛤蟆，外面的世界早已日新月异了。普鲁士已成为强国。法国吞并了非洲的一部分，那里居住着黑人。在英国，人们在建造十天就能横渡大洋的轮船。在美国，火车可以从屋顶上开过，一座三十层高的大楼已经落成。即便是华沙，城市也在逐年扩大，变得更加美丽，木头人行道拆除了，室内安装了自来水管，也允许犹太人的孩子上高级中学和去国外念大学。

窃贼们听着，不时挠挠头。女人们呢，她们涨红了脸，互相交换着眼神。雅沙给他们讲美国黑手党，讲他们怎样把一张下方画着一只黑手的纸条送给百万富翁：速送美元若干，否则你的脑袋会挨枪子。哪怕这位百万富翁有一千个保镖，如果不付勒索金，他也会被杀掉。

伯里希·维索克尔突然打断他说："这里也可以这么干。"

"那把信送给谁呢，送水的特雷特尔？"

窃贼们哄堂大笑，重新点着熄灭了的香烟。

2

瞎子梅切尔有点等不及了，他说："雅沙，和你说个事。"

雅沙挤挤眼："知道了，知道了，把货亮出来吧。"

梅切尔慢慢拆开包装纸，露出一把配着夹子和其他附件的大锁。雅沙立刻活跃起来。他用斗鸡眼打量着那把锁，那副困惑外加讥讽的滑稽表情，总能给坐满小酒馆的农民和华沙阿尔罕布拉夏季剧场里的观众带来欢笑。一眨眼的工夫，他彻底变了个样，嘴里发出嘶嘶声，皱起鼻子，甚至灵巧地扇动起耳朵。妇女们咯咯地笑出声来。

"你从哪儿挖出这么个奇妙装置？"

"还是显显你的本事吧。"瞎子梅切尔有点恼怒。

"就是上帝来了也打不开这样一个封死的尿壶啊。"雅沙开玩笑地说，"一旦做出一把这样的锁来，那就没戏了。不过要是你蒙上我的眼睛，我倒是能把它撬开。也许你想打个赌，嗯？要不我用十个卢布赌你一个？"

"成交。"

"拿出钱来说话。"查姆-莱布大声说道。

"不需要把钱拿出来。我相信他。"

"孩子们，把我的眼睛蒙上，"雅沙说，"要蒙得让我什么都看不见。"

"用我的围裙蒙。"小个子玛尔卡说，她的红头发用一条手帕扎在脑后。她丈夫正在亚努夫的监狱服刑。她解开腰上的围裙，站在雅沙背后，一边把围裙捆在雅沙的眼睛上，一边用食指挠了挠他的脖颈。雅沙没有出声。

"他们在这个装置里做了什么手脚？"他琢磨着。尽管像以往一样自信，他承认存在失败的可能。一个锁匠曾给他做了一把没有钥匙或撬棍可以打开的锁：他把锁芯焊死了。玛尔卡把羊驼呢围裙在他头上绕了几圈，打了个死结，尽管她的手不大，力气却不小。不过，像往常一样，鼻梁和眼睛之间有条缝，他可以透过这条缝隙看见外面。不过雅沙并不需要看。他从口袋里掏出一根一头尖的粗铁丝。这是一把万能钥匙。他先把铁丝给大家看了看，然后用它轻轻叩着锁的外部，就像医生用听诊器轻叩病人的身体一样。蒙着眼睛的他找到了锁眼，把铁丝的尖头插了进去。进到里面后，他转动铁丝，把它往里推进，一直进到了锁芯。他探寻了一会儿，暗自赞叹着自己的技能。那根铁丝探查清了所有的秘密、所有卢布林的专家们在那把锁里装置的机关。看似复杂的锁，却像小学生相互提问的谜语一样幼稚和简单。如果你猜对其中一个，你就猜出了所有的谜语。雅沙本可以立刻把锁打开，但他不愿意这样羞辱瞎子梅切尔。他决定稍稍表演一番。

"要说，这真是一块难啃的硬骨头！"他抱怨道，"他们在那里构造了一个什么样的蜂窝啊？那么多的齿轮和挂钩，一台不折不扣的机器啊！"他把铁丝又是拉又是推，耸耸肩，像是在说："这里面到底有什么？我可是一点头绪也没有啊。"人群鸦雀无声，只有查姆-莱布长满息肉的豁鼻子里发出的呼哧声。几个女人开始窃窃私语，咯咯地笑起来，气氛紧张起来了。这时雅沙说了句他在无数次表演中说过的话："锁就像女人，早晚会投降的。"

女人中间爆发出一阵大笑。

"并不是所有的女人都一样。"

"取决于耐心。"

"别那么自信。"瞎子满怀期望地说。

"别催我，梅切尔。你捣鼓这玩意有半年了吧？你把什么都放进去了。再说了，我又不是摩西。"

"不肯就范，嗯？"

"会就范的，会就范的。只需要按一下它的肚脐眼。"

就在这时，锁一下子弹开了。接下来是笑声、掌声和喧闹声。

"玛尔卡，给我解开。"雅沙说。

玛尔卡用颤抖的手解开围裙。那把锁没精打采地躺在桌子上。每个人的眼睛里都流露出欢快，但瞎子梅切尔的那只独眼仍然狰狞地往外冒火。

"你要不是个巫师，我就不叫梅切尔！"

"那当然，我在巴比伦从事巫术。我可以把你和玛尔卡变成兔子。"

"干吗挑我？我丈夫需要一个老婆，不需要一只兔子。"

"兔子有什么不好？你可以穿过铁栅栏，跳进他的牢房。"

坐在这帮臭名昭著的盗贼中间，雅沙感到羞耻。要是埃米莉亚知道了他和谁来往的话，那就糟了！她觉得他才华出众，是一个高雅的艺术家。他们讨论宗教、哲学和灵魂不朽。他给她援引《塔木德》上的至理名言。他们谈论哥白尼、伽利略——而此时此刻，他却在和皮亚斯基的窃贼们鬼混。不过他就是这样一个人。他总想扮演另一个角色。他的性格错综复杂——虔诚又异端，善良又邪恶，虚伪又真诚。他可以同时爱着多个女人。眼看就要放弃自己的信仰了，然而，看见从圣书上掉下来的书页，他总是捡起来并放到嘴唇上亲吻。每个人都像一把锁，有自己的钥匙。只有雅沙这样的人才能打开所有的心灵。

"好吧，你的钱！"

瞎子梅切尔从一个很深的钱袋里掏出一个银卢布。有那么一阵，雅沙想要拒绝，但他意识到那对梅切尔来说将是极大的侮辱,特别是目前团伙的资金匮乏。兄弟之间把荣誉看得高于一切。拒绝可能会让他挨上一刀。雅沙接过递过来的卢布,在手掌里掂了掂。

"不费吹灰之力的外快。"

"你的每个手指尖都该被亲吻一遍!"瞎子梅切尔用一种巨人的低沉嗓音说道,那声音仿佛是从他厚厚的肚皮里发出来的。

"那是上帝的礼物。"小个子玛尔卡说。泽芙特尔的眼中闪烁着成功的喜悦,她的面庞泛红,嘴唇无声地暗示着亲吻和爱抚。雅沙知道这里的人都崇拜他,无论男女。他是皮亚斯基市民光芒四射的灯塔。查姆-莱布的脸则像泽芙特尔放在桌上的俄式铜茶壶一样黄。

"如果你能成为我们当中的一员,世界都是你的。"

"我还信奉第八诫[1]。"

"听他瞎说!他以为自己是个圣徒!"伯里希·维索克尔唾沫四溅地说,"每个人都偷盗。普鲁士人干了什么?他们掠夺了法国一大块地方,还索要十亿马克。他们卡住法国的咽喉。这难道不算是偷盗?"

"战争就是战争。"查姆-莱布说。

"只要可能,就掠夺。从来都是这样的。大盗吃肥鹅,毛贼上

---

[1] 在"摩西十诫"中,第八诫为"不可偷盗"。

绞架……怎么样，玩一把牌？"

"你想玩？"雅沙问，声音有点戏弄。

"你从华沙带来新戏法了？"伯里希·维索克尔问道，"露一手给我们看看吧。"

"这儿是剧场吗？"

雅沙从伯里希·维索克尔手里接过一副牌，飞快地洗起牌来。纸牌像从渔网里跃出的鱼一样一张张飞向空中。突然，他手一抖，纸牌像手风琴一样扇开了。

第四章

1

重新和玛格达单独待在马车里,雅沙的心情十分平静。正值盛夏时节,田野一片金黄,果园里的水果成熟了。醉人的泥土芳香让人懒洋洋的,感到一种远离尘世的宁静。"哦,全能的上帝啊,我可不是什么魔术师,你才是呢!"雅沙轻声私语道,"从一丁点黑泥巴里变出植物、鲜花和五颜六色!"

可是,这一切又是怎么发生的呢?黑麦的茎秆怎么知道抽穗?麦子又怎么知道繁衍自身?不——它们并不知道,它们这么做出于本能。但肯定有人知道。雅沙和玛格达坐在驾驶座上,松开缰绳让马儿自个儿往前走。现在它们已经认识路了。各种动物在小路上穿行：一只田鼠，一只松鼠，甚至还有一只乌龟。看不见的鸟儿兴奋地唱着歌儿。树林的一块空地上，雅沙看见一群灰色的鸟儿。它们排成排，像是在开会似的。

玛格达依偎在他身旁，一声不吭。她那双农人的眼睛似乎看见了城里人看不见的东西。雅沙也看得很入神。夜晚将临，太阳落山了，马车行走在一条林间小道上，这时候他清晰地感觉到了埃米莉亚的面孔。像松树梢上的月亮，在向后移动。黑色的眼睛在微笑，嘴唇动个不停。他用胳膊搂着玛格达，她的头枕着他的肩膀，但他的心并不在她身上。他半醒半睡，想做个决定，但怎么也下不了决心。他的幻想变得生动起来，他想象他坐的不是一辆马车，而是一列开往意大利的火车，里面坐着他、埃米莉亚和哈利娜。他几乎听见了火车的汽笛声。车窗外面，柏树、棕榈树、山峦、城堡、葡萄园、橘园和橄榄园一一掠过。每样东西似乎都不同了：农人、他们的女人、房子、草垛。我在哪儿见过这些？雅沙很纳闷。画里？歌剧里？就好像我在早先的生活中经历过一样。

他通常在旅途中要停歇两次，但现在雅沙决定继续赶路，明天早晨赶到华沙。据说路上有劫匪出没，不过雅沙口袋里有把枪。他坐在马车上，却想象自己在欧洲的剧场里演出。包厢里贵妇人的单柄眼镜对着他。大使、大亨和将军们来后台向他致敬。现在，靠一副人造翅膀，他飞过世界各国的首都。成千上万的人涌上街头，用手指着他，大喊大叫。飞行过程中，他收到信鸽带给他的信息——来自元首、亲王和红衣主教的邀请。而埃米莉亚和哈利娜则在他意大利南部的庄园里等着他。他，雅沙，不再是个魔术师，而是一位神圣的催眠大师，他能控制军队，治病救人，让罪犯无处藏身，确定藏宝的位置并让海底的沉船浮出水面。他，雅沙，已成为全世界的君王。他嘲笑自己的想入非非，但却无法驱散它们。它们像蝗虫一样落在他身上：这些白日梦包括成群的妻妾、奴仆、超常的技巧、魔法药水、魔力，还有能解开所有秘密并赋予你无穷力量的咒语。他的想象甚至包括引领犹太人摆脱离乡背井的生活，把以色列归还给他们，重建耶路撒冷圣殿。他突然甩了甩马鞭，像是要赶走侵入他脑子里的恶魔。此刻，他比任何时候都需要一个清醒的头脑。他在节目单上增添了一系列新奇且惊险的特技。其中之一是在钢丝上翻跟头，一个其他表演者从未尝试过的特技。最重要的是，要就埃米莉亚的事做个决定。他真的准备舍弃埃丝特，和埃米莉亚一起去意大利？面对埃丝特多年的付出和忠诚，他狠得下心来吗？而且他，雅沙，甘心改变自己的信仰，成为一名基督徒吗？他郑重承诺过埃米莉亚，发过誓——但是他准备好付诸行动了吗？还有一件大事：没有一大笔钱，他根本无法完成他和埃米莉亚的计划，这么做至少需要一万五千卢布。这几个月来，他一直在考虑干一票偷窃的可行性，可是他真的敢去做贼吗？就在不久前，他还告诉查姆-莱布第八诫对于他很神圣。他,雅沙,一向以诚实为傲。如果埃米莉亚知道了他的打算会怎样反应?埃丝特又会说什么?对了,还有他在另一个世界的父母?不管怎么说,他相信灵魂不灭。不久前,他母亲甚至救了他一命。他听见她警告他的声音:"往后退,儿子,往后退!"几分钟后,一盏沉重的枝形吊灯落在了他刚才站立的地方。要不是听到亡母的警告,他肯定被砸死了。

他迟迟下不了决心,但也无法再拖延下去了。埃米莉亚在等他的决定。他还得想好怎么向沃尔斯基交代,沃尔斯基是他的经纪人,经手他所有的演出合约。就是这个沃尔斯基让他,雅沙,摆脱了贫困,事业得以发展。他,雅沙,可不能对沃尔斯基恩将仇报。雅沙对埃米莉亚的爱有多强烈,爱产生的诱惑力就有多大。

今晚,他就得做出决定,在自己的信仰和十字架、埃丝特和埃米莉亚、正直和犯罪(只犯一次,在上帝的帮助下,将来他会做出赔偿)之间做出选择。但是他的大脑什么也决定不了。他不是在解决主要问题,而是在惶惑不定,偏离正题,脑袋已乱成一团。就他的年纪而言,要有孩子的话,都已长大成人了,但他仍然像那个摆弄父亲的钥匙和锁、跟着魔术师在卢布林走街串巷的小学生。他甚至不能确定他对埃米莉亚的爱到底有多深,拿不准他的情感是否真的是所谓的爱情。他会对她始终不渝吗?魔鬼已在诱惑他了,使他对哈利娜产生种种想法,她怎样长大,迷上他,成为她母亲的情敌。

我真的是堕落了，他想。我父亲叫我什么来着？恶棍。近来，他每晚都梦见父亲。一闭上眼睛，雅沙就会见到他。老人会给他讲道理，告诫他，劝导他。

"你在想什么？"玛格达问。

"哦，没想什么。"

"小偷泽芙特尔真的要来华沙？"

雅沙一惊："谁说的？"

"博莱克。"

"你为什么等到现在才说？"

"我没说的还多着呢。"

"她要来，但和我有什么关系？她丈夫离开了她，她在挨饿。她要去找一份女佣或厨师的工作。"

"你和她上床了。"

"没有。"

"你在华沙也有一个女人。"

"胡说八道。"

"一个叫埃米莉亚的寡妇。你这么急着赶路，就是要去见她。"

雅沙惊呆了。她是怎么知道埃米莉亚的？他说过什么吗？是的，他说过。他一向爱吹牛，这是他的天性。他甚至向泽芙特尔坦白过。

他停顿了一会儿，说："玛格达，你不用担心，我对你的爱不会变。"

"她想跟你一起去意大利。"

"别管她想要干什么。我再怎么也不会忘记你的,就像不会忘记我母亲。"

他不知道自己是在说真话还是在撒谎。玛格达沉默不语,重新把头靠在他的肩膀上。

2

天气突然暖和起来,好像半夜里出了太阳。月亮被遮住了,天空中乌云翻滚,雷电交加。一道闪电划破天空,天边的田野都被照亮了。大雨如注,麦秆折弯了腰。没等雅沙回过神来,倾盆大雨像雹子一样砸向马车。车架上的防水帆布松开了,猴子发出惊恐的尖叫。不到一分钟,公路便泥泞不堪了。玛格达像个发不出声音的动物一样紧紧依偎着雅沙。雅沙开始抽打马儿。马科夫离这儿不远了,他们可以去那里找个地方避雨。

真是个奇迹,车轮居然没有偏出公路。马儿蹚着快齐臀深的水向前走,总算把大车拉进了马科夫,可是雅沙不知道镇上哪儿有客栈或酒馆。他把马车赶到一个犹太会堂的院子里。雨停了,天空开始放晴。乌云向西飘移,在冉冉升起的朝阳的照耀下,云彩的边缘像烧完的煤渣一样闪烁着。水坑和水沟里的水红得像血。雅沙把马车留在院子里,和玛格达一起进到习经室去把身上的衣服弄干。陪一个异教徒进入礼拜场所是不应该的，但现在事关生死，她已经开始咳嗽和打喷嚏了。

屋外的天已经亮了，但祈祷室里仍然像是夜晚，祈祷台前的七枝烛台上有一根纪念蜡烛在闪烁。读经架旁坐着一位老人，捧着一本厚厚的祈祷书在吟诵。雅沙注意到落在老人头上的灰尘。"他在干什么？"雅沙心里纳闷，"我已经快把自己的传统忘光了？"雅沙冲老人点点头，他颔首回礼，把手指放在自己的唇上，示意雅沙此刻不能说话。玛格达在火炉旁的一张凳子上坐下，雅沙转身朝向她。这里没有擦雨水的东西，他们只能等着身上自动晾干。这里很暖和，玛格达的脸像一个苍白的斑点在黑暗中发光。她身下已经积了一摊水，雅沙偷偷亲吻着她的额头。他看着带四根桌柱的读经桌、约柜、领唱人经架和一排排的圣书。他站在那里，浑身湿透，雨水和汗水一起往下滴，借助纪念蜡烛的光亮，他试图去读由镀金狮子支撑着的约柜上的匾文："我是耶和华……你不可有别的神……当孝敬父母……不可奸淫……不可杀人……不可偷盗……不可贪恋……"黑暗的祈祷室里突然充满了紫光，像是天国里的神灯放射出来的。突然，雅沙想起来老人在干什么：他还在吟诵午夜祈祷词，哀悼圣殿的毁灭！

没多久，其他犹太教徒陆续到来，多数是老人，弯着腰，胡子灰白，勉强拖着双腿。天哪，他，雅沙，已有多久没踏进圣殿一步了？似乎所有的东西对他来说都很新鲜：犹太教徒吟诵祈祷引语的方式,他们怎样披上祈祷巾、亲吻带流苏的衣服、戴上经文匣和解开皮带子。所有这一切对他来说既陌生又熟悉。玛格达回到了马车上,像是惧怕所有这一切强烈的犹太景象。他,雅沙,选择再逗留一会儿。他是犹太人的一员,同根同源。身上流着犹太人的血。他听得懂他们的祷告。一位老人说:"上帝,我的灵魂。"第二位缓缓讲述上帝怎样试验亚伯拉罕,令他贡献自己的儿子以撒作为牺牲。第三位吟诵道:"我们是什么?我们的生命是什么?我们的虔诚是什么?强大的人在汝面前微不足道,显赫的人不再显赫,他们毫无作为,在汝面前,他们的生命是一片空虚。"他用悲哀的声调吟诵着,并一直看着雅沙,好像知道他脑子里在想什么。雅沙大口呼吸着,他闻到一股油脂、蜡和某种混着鹿角酒的陈腐气味,跟他小时候在赎罪日闻到的气味一样。一个留着红胡子的小个子男人朝雅沙走来。

"你要祈祷吗?"他问,"我去给你拿经文匣和祈祷巾。"

"谢谢你,不过我的马车在等着我。"

"马车跑不了。"

雅沙给了那个男人一个戈比。出门的时候,他亲吻了门柱圣卷[1]。他看见前厅的一个木桶里装满了从圣书上撕下来的书页。他在

---

[1] 门柱圣卷(mezuzah),一块长方形的小羊皮卷,一面写着《圣经·申命记》里的部分经文,另一面写着上帝的名字,羊皮卷放在一个小匣子里,挂在门柱上。犹太教徒进出大门时,用右手手指按一下圣卷,然后吻一下手指。

桶里翻了翻，找到一本破损的圣书。撕破的书页散发着一股浓郁的气味，好像躺在桶里的书在不停地阅读自己。

过了一会儿，雅沙找到一家小客栈。他和玛格达换上了干衣服。他需要修理马车，给车轴上油，让人和马稍事休息。他们得吃早饭，再睡上几个小时。因为和一个异教徒同行，雅沙装作是波兰人，用波兰语和客栈掌柜说话。他和玛格达在一张没铺桌布的长桌旁坐下，一位尖下巴上长着绒毛、戴着头巾的红眼睛犹太妇女，给他们端来黑面包、乡村奶酪和掺了菊苣的咖啡。她看了一眼雅沙揣在口袋里的祈祷书，说："先生，你从哪儿弄来的？"

雅沙愣了一下。"哦，我在你们会堂附近捡到的。这是什么书？圣书？"

"给我吧，先生。反正你也看不懂。它对我们来说很神圣。"

"我想看一遍。"

"你看得懂？这是用希伯来文写的。"

"我有一个朋友，一位神父。他懂希伯来文。"

"这本书已经撕破了，给我吧，先生！"

"少管闲事——"她丈夫在远处用意第绪语咕哝道。

"我不想让他带着一本犹太人的书到处跑。"她反击道。

"这里面写的是什么？"雅沙问，"怎样诓骗基督徒吗？"

"我们不骗人，先生，不管是犹太人还是基督徒。我们靠诚实吃饭。"

一扇侧门打开了，走进来一个小男孩，他戴着绒布帽，晨衣的扣子还没有扣上，露出里面带流苏的衣服。他长着一张窄脸，鬓角像一团乱麻。他显然刚起床，还睡眼惺忪，眼皮沉得抬不起来。

"奶奶，给我牛奶和水。"他说。

"你行洗手礼了吗？"

"行了。"

"你念过'感谢上帝'了吗？"

"念过了。"

他用袖子擦了擦鼻子。

雅沙一边吃饭一边看着男孩。"我能舍弃这一切吗？"他问自己，"不管怎么说，这都是我的，我的……我曾经看上去和这个男孩一模一样。"他被一种奇怪的冲动俘获了，想尽快看看这本破损的圣书里写了什么。涌动的情感拉近了他与这位老奶奶的距离，她每天日出而作，做饭，打扫屋子，接待客人。门柱上挂着施舍箱。她把省下的每一个硬币投进箱子里，用来帮助希望去圣地终老的犹太人。这个家庭充满了安息日、节日、对弥赛亚和世界末日期待的氛围。忙碌的老妇人发白的嘴唇嘟嘟囔囔，像是懂得了不受尘世虚荣欺骗的人才懂得的真理似的点着头。

3

每次来华沙对雅沙来说都是头等大事。这里是他收入的来源。他的经纪人米希斯拉夫·沃尔斯基就住在这里。已经贴出来的海报上写着:"7月1日,著名杂技表演家和催眠大师雅沙·马祖尔将在阿尔罕布拉夏季剧场登台献技,全新的节目将带给您惊心动魄的体验。"雅沙在靠近德卢加大街的弗勒塔街上有一套公寓。快到华沙时,就连母马卡拉和希瓦——灰尘和灰烬——也振作起精神,不再需要催促。一过普拉加大桥,马车就淹没在鳞次栉比的房屋、宫殿、公交车、四轮马车、敞篷马车、商铺和咖啡馆之中。空气中混杂着刚出炉的面包、咖啡、马粪以及从火车和工厂冒出的煤烟的气味。一个军乐队在俄国总督府门前演奏。一定是在过节,每个阳台上都挂着俄国国旗。妇女们已经戴上装饰着人造花果的宽边草帽。年轻人头戴草帽,身穿浅色外套,转动着手杖,无忧无虑地在街头漫步。喧闹声中夹杂着火车头发出的汽笛声和嘶嘶声,还有扳道岔的声音。火车从这里出发,开往彼得堡、莫斯科、维也纳、柏林、海参崴。从1863年的动乱中复苏过来后,波兰进入了工业变革时代。罗兹[1]以美国速度迅速扩展。在华沙,木头人行道被拆除了,室内装上了自来水管,铺设了供马车行走

---

[1] 罗兹(Lodz),波兰中部罗兹省首府。

的轨道，建成了一栋栋高楼，郊区和集市也活跃起来。剧院在上演一季新的戏剧、喜剧、歌剧和音乐会，巴黎、彼得堡、罗马，甚至远至美国的名演员纷纷来此献艺。书店显眼的地方陈列着新出版的小说，还有科学著作、百科全书、专用词典和字典。雅沙深吸了一口气。尽管旅途劳累，但这座城市让他兴奋。如果这里已经这样让人激动，国外肯定更加精彩，他暗自思忖。他很想立刻跑去见埃米莉亚，但他控制住了自己。他不能就这样睡眼惺忪、胡子拉碴、衣冠不整地跑过去。而且，他还得先去见米希斯拉夫·沃尔斯基。雅沙还在卢布林的时候曾给他发过一封电报。

雅沙前一阵在其他省市巡演，人不在华沙。演出途中，他一直在担心自己的公寓遭窃。那里存放着他的图书和古玩，还有他收集的海报、剪报和评论。但是，感谢上帝，门上的两把大锁完好无损，里面所有的东西都整整齐齐地待在原位。到处积了一层厚厚的灰尘，空气里有股霉味。玛格达立刻动手打扫。沃尔斯基乘坐一辆四轮马车赶过来——他是一个异教徒，长得却像犹太人，黑眼睛，鹰钩鼻，额头高高的。他的外套敞开，领结歪歪斜斜地挂在胸前。雅沙收到过多封他发出的去俄国和波兰许多城市的演出邀请。捻着他的黑胡须，沃尔斯基以一个依靠别人的名声生存的人特有的热情侃侃而谈。他甚至为雅沙准备了一份阿尔罕布拉剧场夏季演出结束后的行程。不过，雅沙意识到沃尔斯基的大话没什么用处。只有波兰各省需要他。没有来自莫斯科、基辅和彼得堡的邀请。他在各省挣的钱微不足道。即便在华沙，也一切照旧。阿尔罕布拉剧场的老板很顽固，拒绝给雅沙涨薪。尽管得到无数的赞扬，但他还没有一个外国来的小丑挣得多。剧场老板的固执有点让人费解。沃尔斯基的争取毫无用处。雅沙总是最后一个拿到钱。埃米莉亚是对的，只要他留在波兰，他们就只会拿他当一个三流演员对待。

沃尔斯基走后，雅沙回到卧室躺下。门房会照料马匹，玛格达会给其他动物喂食饮水。三只动物，鹦鹉、乌鸦和猴子住一间房。别看玛格达干瘦如柴，一进门，她就擦起了地板。祖辈务农的她继承了他们的体力和顺从。雅沙睡着，醒来，又睡着了。这是一栋老房子。下方泥土院子里大鹅嘎嘎，鸭子呱呱，公鸡喔喔叫，就像乡下一样。来自维斯瓦河和普拉加森林的微风通过打开的窗户吹进来。楼下，一个乞丐伴着手摇风琴在唱一首古老的华沙歌谣。要不是手脚都麻木了，雅沙会扔给他一个钱币。他做梦时也在思考。难道他还要再次拖着沉重的脚步穿行于泥泞的穷乡僻壤？再去消防站表演魔术？没门，他受够了！他的思绪随着手摇风琴的旋律旋转。他必须离开这里，放弃一切。不管代价有多大，他必须从这片沼泽地脱身。不然的话，有一天，他，雅沙，也会带着一把手摇风琴四处流浪。

刚才还是早晨，一眨眼就已经是黄昏了。玛格达给他端来一盘加了酸乳和荷兰芹的新土豆。他坐在床上吃完，又头粘枕头睡着了。当他再次睁开眼睛，已经是夜里了。房间里黑黢黢的，但也不可能太晚，因为他还能听见鞋匠钉皮鞋的声音。邻里还没有哪家装了煤气灯。主妇们在煤油灯光下缝缝补补，洗盘子，编织，打补丁。一个醉汉在和老婆吵架，他的狗冲着他汪汪叫。

雅沙叫了一声玛格达，但她显然睡着了。只有乌鸦答应了他，雅沙教会它像人一样说话。每次回到华沙，雅沙总盼望着时来运转，但是命运啊，那个对形形色色的半吊子和门外汉如此慷慨的命运，对他雅沙却百般吝啬。命运从来不让他占到任何便宜。相反，所有人都在占他的便宜。雅沙知道之所以这样是因为他的态度。他觉得自己低人一等，而且别人也感觉到了，并利用它来剥削他。整天和下等人混在一起的他，得到的奖励是被当作他们中的一员。埃米莉亚是他此生唯一的奇迹，是把他从自己挖下的深坑里拯救出来的唯一希望。

他们的相识笼罩着一层神秘的色彩。刚开始，他没有记住她的名字。他开始思念她，难以释怀。他的思念按捺不住地往外冒。他莫名其妙地觉得她也在思念他，和他的思念同样的强烈，觉得她也渴望见到他。他像个梦游者，游荡在华沙的大街小巷，在马车窗口、商铺、咖啡馆、剧场休息室寻找她的身影。他在马歇尔科夫斯卡大道上，在新世界路上，在萨克森花园的小径上寻找她。他站在剧院广场上的柱子旁等她。一天傍晚，深信能够找到她，他出门了。他走过整条马歇尔科夫斯卡大道。当他走近一家商铺的橱窗时,她就在那里,在等他,像他们事先安排好的一场约会——她围着皮毛领子,拿着暖手筒,她的黑眼睛直直地盯着他。他走近她,她面露微笑,既心领神会又神秘莫测。他低头向她致意,她递上一只手,同时脱口而出:"多么奇怪的巧合啊!"

不过,后来她承认实际上她一直在那儿等他。她有一个预感:他听到了她的召唤。

4

有钱人的家里已经装上了电话,可是埃米莉亚负担不起这样的奢侈品。埃米莉亚和女儿哈利娜依靠一点点退休金生活。教授生前只给她们留下一套公寓和一位名叫亚德维嘉的老女佣,而她已经有好几年没领工资了。

雅沙很早醒来。他刮了胡子。公寓里有个木澡盆,玛格达用热水壶给澡盆加满水。她给雅沙涂上香皂,帮他按摩。她做这些的时候狡猾地观察着他。"拜访贵妇人,身上一定要香喷喷的。"

"我才不是去拜访贵妇人,玛格达。"

"哦,当然,当然,你的玛格达是个傻瓜,但她知道一加一等于几。"

吃早饭时,雅沙突然变得开朗了。他只在那里说怎样验证他的飞行理论,这件事越早尝试越好。他也会给玛格达量身定做一副翅膀。他们会像一对野鹅那样飞起来,像一百年前的孟戈菲[1]一样扬名世界。他拥抱玛格达,亲吻她,承诺无论发生什么,他永远不会抛弃她。"我出国的时候,你也许要单独待上一阵,但是别担心,我会派人来接你的。我只要求一件事——相信我。"说这些话的时候,他看着她的眼睛。他抚平她的头发,又揉揉她的太阳穴。他对她的控制力大到能让她在一分钟内睡着。哪怕身处热浪之中,他都可以告诉她,说她感到寒冷,她立刻就哆嗦起来。数九寒冬时,他可以让她相信她热得不行了,她的身体就会发热冒汗。他可以用一根针扎她,却让她一滴血也不流。他拿她做过无数次实验。但他已经开始在她清醒的时候对她施加系统化的催眠。他会告诉她某个东西,那个东西就会印在她的脑海里。他会提前几周甚至几个月给她下达指令,而她到时就会坚决地执行。他已经开始做她的思想工作,为自己和埃米莉亚的离开做准备。玛格达听出他话里的意思,带着庄稼人的狡黠沉默地微笑着。她知道他所有的花招,但她只能默默接受,既没能力也没愿望反抗。有时候,她的态度和古怪的表情让他想起他的鹦鹉、猴子和乌鸦。

---

1 指孟戈菲兄弟,也就是约瑟夫-米歇尔·孟戈菲(Joseph-Michel Montgolfier, 1740—1810)和雅克-艾蒂安·孟戈菲(Jacques-Étienne Montgolfier, 1745—1799),他们是法国的造纸商、发明家,同时也是热气球的发明者。

吃完早饭，他穿上一套浅色的衣服和小羊皮靴子，头戴圆顶高帽，领子上系了一条黑丝领带。他吻了吻玛格达，一声不吭地离开了。他扬手叫了一辆马车。埃米莉亚住在克罗莱夫斯卡街，就在萨克森花园的对面。路上，他让车夫在花店门口停一下，下车买了一束玫瑰。他在另一家商铺买了一瓶葡萄酒、一磅鲟鱼和一听沙丁鱼。埃米莉亚经常打趣说，他像圣诞前夜的圣诞老人，提着大包小包的礼物走进来，不过这对他来说已经是一种惯例。他知道母女俩在勉强度日。此外，哈利娜的肺不好，而这正是她母亲想去意大利南部的原因。由于没钱交学费，哈利娜已经不去寄宿学校上学了。因为没钱雇裁缝，埃米莉亚自己在缝补翻新衣服。马车里，雅沙紧紧地抱着那些大包小包，防止它们滑脱，他看着外面熟悉又陌生的城市。曾经，华沙似乎是一个无法企及的梦想。那时，他最希望看见自己的名字印在华沙的报纸或剧院的海报上。可是此刻他已经想着逃离这座城市，尽管华沙号称国际大都市，却仍然停留在省城的档次，直到现在才开始扩建。马车在成堆的砖头、沙土和石灰中滚滚向前。六月的空气里弥漫着丁香花、油漆、生土和阴沟里污水的气味。一群群劳工正在挖路，一直挖到了地基下面。

克罗莱夫斯卡街上的空气要清新一点。萨克森花园里树木上的残花正在凋谢。透过篱笆可以看见花圃和长满异国植物的温室，还有一家咖啡馆，几对年轻男女在室外吃着第二顿早餐。现在也是彩票季节，有各种各样的公益抽奖活动。保姆和女管家推着童车；穿着海员服的男孩子用小棍子滚着铁环；打扮得像时髦贵妇的女孩子拿着彩色的小铲子在沙堆上挖洞，在卵石间挖掘。其他人则围成圈跳舞。公园里也有一个夏季剧场，不过雅沙从来没有在那里演出过。由于是犹太人，他被禁止进入那家剧场。他的犹太血统使得他比那些留着胡子和鬓角的虔诚犹太人付出更高的代价。在欧洲其他地方，这些限制已不再有效，埃米莉亚曾告诉过他。在那里，只根据才华来衡量艺术家。

"好吧，走着瞧，我们走着瞧吧，"他喃喃自语道，"既然命中注定，那就这么着吧。"

无论雅沙在剧场走钢丝或表演读心术时胆子有多大，每次去埃米莉亚家他都缺乏信心。他不确定自己的外貌、行为是否堪为一个世界公民的典范，自己在语法或礼仪上有没有差错。他是不是来得太早了？如果埃米莉亚不在家，他又该怎么办？是把花束和礼物一起留下，还是只留下鲜花？别那么害怕，雅沙尔，他劝自己说。没有人会吃了你，毕竟……她在为你疯狂，那个小娘们。她欲火中烧啊。她已经等不及了。他撅起嘴唇，吹起了口哨。如果他想要在皇宫里演出，他绝不能被一个身无分文的寡妇吓倒。谁知道呢？说不定伯爵夫人和王妃也想博得他的青睐呢？女人就是女人，无论是在皮亚斯基还是在巴黎……

他付了马车夫的钱，穿过院门，顺着大理石楼梯上楼，按响了门铃。亚德维嘉马上来开门，她是位头发灰白的小个子妇人，白围裙白帽子，脸皱得像颗无花果。他向她打听赫拉博茨基夫人。她在家吗？亚德维嘉肯定地点点头，会心一笑，接过鲜花、大包小包、他的手杖和帽子。她拉开客厅的门。上次他来这里时正赶上寒潮。埃米莉亚生病了，脖子上裹着围巾。现在房间里是一片夏天的景象。阳光透过窗帘进到房间里，照亮地毯和镶木地板，在花瓶、镜框、钢琴琴键上跳跃。种在桶里的橡胶树长出了新叶。长沙发上放着一块布料，上面还扎着一根针，显然埃米莉亚正在刺绣。雅沙开始来回踱步。这和雷布斯·莱卡赫的老婆泽芙特尔简直是天壤之别啊！——不过，其实都一样。

门开了，埃米莉亚走了进来。雅沙睁大眼睛，几乎吹起了口哨。这一刻之前，他只见过身穿黑色衣服的她。她一直在为已故的丈夫斯蒂芬·赫拉博茨基教授服丧，也在悼念1863年那场夭折的起义和在西伯利亚受尽折磨失去性命的烈士。埃米莉亚读过叔本华，迷恋拜伦、斯沃瓦茨基[1]、莱奥帕尔迪的诗歌，崇拜波兰神秘主义者诺尔维特[2]和托维安斯基[3]。她甚至告诉雅沙她娘家姓沃洛夫斯基，是名人弗兰基斯特·以利沙·舒尔的曾外孙女。是的，像大多数的波兰贵族一样，她的血管里流着犹太人的血。此刻，她

---

1 斯沃瓦茨基（Juliusz Slowacki, 1809—1849），波兰诗人、剧作家。
2 诺尔维特（Cyprian Norwid, 1821—1883），波兰诗人、画家、雕塑家。
3 托维安斯基（Andrzej Towianski, 1799—1878），波兰哲学家、宗教神秘主义者。

穿着一件浅奶咖啡色的长裙子。她从来没像现在这样漂亮：亭亭玉立、温婉可人，一位高颧骨、长着斯拉夫鼻子的波兰美人儿，却有一双充满智慧和激情的犹太人的黑色眼睛。她脑后的头发往上梳，盘成一个花环似的辫子。她的腰身纤细，胸脯高耸，看上去要比她三十五六岁的实际年龄小整整十岁。就连上嘴唇处的汗毛也讨人喜欢，给她增添了几分男孩子气。她笑得腼腆，却有几分淫荡。他们此前已经像恋人那样拥抱接吻。她经常坦白说，她需要极大的克制力，才能避免委身于他。不过她希望在教堂里结婚，在纯洁的基础上开始他们的婚姻生活。他已经答应她，为了讨好她，他将改信基督教。

"谢谢您的鲜花。"她说，向他伸出手，手不算小，但白皙纤细。他把她的手举到自己的唇边亲吻，又把它放在自己的手里握了一会儿。紫丁香和晚春的芳香围绕着他们。

"什么时候回来的？"她问道，"我昨天就在等您。"

"我太累了。"

"哈利娜一直在打听您的消息。昨天的《华沙信使报》上有一篇写您的文章。"

"是的，沃尔斯基给我看了。"

"在钢丝绳上翻跟头？"

"是的。"

"老天爷，人还有什么事情没有尝试过。"她大声惊叹道，

"嗯，这就是天赋，我估计。您的气色很不错嘛！"她声调一变，"卢布林似乎很适合您啊。"

"我在那儿休息。"

"和所有的女人？"

他没有回答。她说："您还没有吻我呢。"说着，向他张开双臂。

5

他们搂在一起亲吻，就像是在比赛谁先喘不过气来。突然，她挣脱开来。她总是让他承诺控制住自己。她已经在没有男人的状况下生活了四年，但受点苦总比乱搞要强。她始终信奉：上帝无所不见。死者的灵魂无所不在，在看着亲人的一举一动。埃米莉亚有她自己的宗教信仰。天主教的教条对她来说只不过是一套清规戒律。她读过斯威登堡[1]和雅各布·波墨[2]的神秘主义作品，还常和雅沙探讨神视、预感、读心术和怎样同亡魂沟通。斯蒂芬·赫拉博茨基去世后，她在自家客厅里举办过降神会，据说

---

1 斯威登堡（Emanuel Swedenborg, 1688—1772），瑞典科学家、哲学家、神学家和神秘主义者。著有《宇宙中的生命》《真正的基督教信仰》等。
2 雅各布·波墨（Jakob Boehme, 1575—1624），德国哲学家、基督教神秘主义者，著有《曙光》《伟大的神秘》等。

通过桌子的倾斜程度，她与赫拉博茨基互致问候。后来，她意识到那个灵媒，一个妇人，是个江湖骗子。在埃米莉亚身上，神秘主义通过奇怪的方式与怀疑主义以及幽默感结合在了一起。埃米莉亚嘲笑亚德维嘉和她枕头底下放着的埃及释梦书——然而，她，埃米莉亚，自己也相信梦。赫拉博茨基去世后，他的好几位同事向她求婚，但她死去的丈夫出现在她的梦里，敦促她拒绝。有一次，他甚至在她面前现身，当时正值黄昏，而她正在上楼梯。她向雅沙透露，她之所以爱他是因为他的性格与赫拉博茨基非常像，而且她觉得有迹象表明，赫拉博茨基赞成这个结合。此刻，她拉着雅沙的手腕，把他引到一把椅子跟前，像对待一个调皮捣蛋的孩子一样让他坐好。

"坐好。等着。"她说。

"要等多久？"

"那取决于您的表现。"

她面对他，坐在一张躺椅上。从他怀里挣脱对她来说是个力气活。她坐着，涨红了脸，像是对自己的欲望感到惊奇一样。

他们像两个久别重逢、想再续旧缘的密友，用断断续续的句子交谈着。哈利娜病了两周了。她，埃米莉亚，也患上了流感。"我写信告诉您了，有没有？好吧，我记错了……是的，现在一切都好了……哈利娜？去公园看书了。她现在对书籍很入迷——不过都是些垃圾！天哪，文学作品怎么变得那么糟糕！平庸、低俗……今年五月天气还算冷吧？下雪，甚至……剧场？没有，我们哪儿都没去。除了票贵得离谱，剧的质量也荒唐到了极点……所有的东西都是从法国翻译过来的，而且翻译得很差。没完没了的三角关系……不过您不想说说您自己吗？这几周您都在哪儿转悠？您离开后，一切都显得不那么真实。对我来说，一切都像是一场梦。不过收到信后，这个世界又正常了。噢，哈利娜突然激动地跑进家——《信使报》提到您了……什么？评论而已。哈利娜相信只要报纸提到一个人的名字，他就值得崇拜，哪怕是因为他被公共汽车撞倒了……您怎么样？气色看上去很不错嘛。您好像不怎么想我们。我对您到底有多了解？您过去一直是，现在仍然是个谜。您说自己说得越多，我越是弄不清楚您。您在波兰各地都有女人，像吉卜赛人一样乘着大篷车满世界跑。真有趣。像您这样有才华的人却那么落伍。我经常觉得，您所有的行为对自己对世界都是个玩笑……您说什么？关于我们，我肯定没法告诉您什么。所有的计划都是空中楼阁。我担心所有的事情都会像这样拖下去，直到我俩都白了头……"

"现在我来到了你的身边。我们再也不分开！"他惊讶自己说出的话。直到这一刻，他还没有做出任何决定。

"您说什么？噢，我一直都在等这一句话。这是我最想听到的！"

她的眼睛湿润了。她转过脸，他看着她的侧面。她起身盼咐亚德维嘉上咖啡。老妇人没等她吩咐就煮好了咖啡。她按照波兰的古老传统，用咖啡研钵把咖啡豆碾碎。咖啡的香味充满了客厅。客厅里只剩下雅沙一个人。好吧，一切都是命中注定的，他对自己咕哝了一声，不能自制地战栗起来。说给埃米莉亚听的几句话就此决定了他的命运。但埃丝特会怎样？还有玛格达？而且他上哪儿去弄他需要的钱？他真的能够改变自己的宗教信仰吗？离开她，我活不了！他回答自己说。突然，他像一个等待释放的囚犯一样焦躁起来，每一个钟点都像永恒一样久长。他站了起来。尽管心情沉重，他的双脚却异乎寻常地轻盈。就现在，别说在钢丝上翻一个跟头，连着翻三个都可以！我怎么会把这件事拖这么久？雅沙一步跃到窗前，拉开窗帘，看着窗外萨克森花园里茂盛的栗子树和所有的小学生、纨绔子弟、保姆和沿着小径散步的情侣。比如说，那个亚麻色头发的小伙子和头戴装饰着樱桃的草帽的姑娘！他们像两只小鸟一样趾高气扬，走走停停，在一个地方走来走去，互相凝视，嗅闻对方，玩着只有恋人才懂的游戏。他们突然像是扭打起来，或是在跳一种双人舞。不过他到底看上她哪儿了？今天的天空真蓝啊！蔚蓝色的，就像敬畏日会堂里挂着的帷幔。

　　这样的比喻让雅沙感到一阵怀疑的痛苦。唉，上帝就是上帝，不管你是在会堂还是在教堂向他祈祷。埃米莉亚回来了，他径直朝她走去。

"她一煮咖啡,满屋子都是咖啡的气味。做饭也一样。"

"她怎么办?"他问,"我们带上她去意大利?"

埃米莉亚考虑了一下。

"我们到那一步了吗?"

"我打定主意了。"

"好吧,我们也需要一个用人。不过这只是随便说说吧。"

"不是,埃米莉亚,我觉得你已经是我的妻子了。"

6

响起了门铃。埃米莉亚说了声对不起,又把雅沙一人留下了。他一动不动地坐着,像是在躲藏,害怕把自己暴露给正在找他的人。他已经让埃米莉亚饱受怀疑,不过她还是不想让亲戚们知道他。他成了一个能看见别人却不被别人看见的隐身人。他坐在那里,呆呆地看着客厅里的家具、地毯。落地钟的钟摆缓慢地摆动着。星星点点的阳光在枝形吊灯的棱柱和红丝绒封面的相册上闪烁。邻居家里飘来钢琴的和弦声。他一直羡慕这间公寓的洁净,富人家特有的整洁。每一样东西都放在应该摆放的位置,一尘不染。住在这儿的人似乎从来不产生垃圾和废物,没有异味,没有令人不安的念头。

雅沙侧耳听着外面的声音。埃米莉亚在城里有几位远房亲戚。

他们常常不请自到。有时雅沙不得不从厨房门溜走。他一边听一边评估自己的处境。实现自己的计划，他需要钱，至少一万五千卢布。他只有一个办法能弄到那么多的钱。但另一方面，他做好迈出这一步的准备了吗？与众多女人明来暗往，使他成为一个活在当下的人，只按冲动和灵感行事。他做计划，但什么都决定不了。他谈论爱情，但其实说不清自己说的爱情是什么，也说不清埃米莉亚理解的爱情是什么。他在干那些越轨勾当的时候，总能感觉到上帝的旨意。隐蔽的力量在推着他前行，甚至在他演出的时候。但是他能期待上帝引领他去偷盗和叛教吗？听着钢琴的曲调，他同时听到了自己脑子里的思绪。每次行动之前，他身体内部通常会发出一个声音，说得清清楚楚，指令严格且计划周密。但这一次他有种预感：会节外生枝，会有意料之外的事情发生。他的笔记本里记录着一系列的银行和把钱放在保险柜的富人的地址，不过他并没有采取进一步的行动。他已经为自己打算做的事情找好了借口，他发誓一旦在国外成名，他会连本带利归还所有一切，但是良心上他还是过不去。恐惧、厌恶和自我鄙视仍然存在。他出生于正派人家，祖父和外祖父都以诚实闻名。曾祖父曾为了把忘记付的十个铜子还给一个商人，一直追到兰兹诺……

门开了，哈利娜出现在门口：漂亮的她在十四岁上突然长高了，金色的头发梳成辫子，淡蓝的眼睛，鼻梁挺直，嘴唇饱满，皮肤苍白透明，这是患有贫血和肺病的人特有的。在他离开不长的时间里,她长高了,似乎在为此感到难为情。她看着雅沙,既高兴又有点慌乱。哈利娜像她的父亲一样拥有科学家的头脑。她渴望弄明白所有的事情:他,雅沙,变的每一套戏法;她,哈利娜,在场时,他对她母亲说的每一句话。她酷爱读书,收集昆虫,会下象棋,还写诗。她已经在学习意大利语了……她似乎犹豫了片刻,然后像小孩子一样跑过来,扑向雅沙张开的双臂。

"雅沙叔叔!"

她亲吻他,并让他回吻自己。

她立刻向他提出一大堆问题。他什么时候回来的?这次乘的还是马车吗?在森林里,有没有见到野兽?遇到拦路抢劫的土匪了吗?猴子怎么样了?乌鸦呢?鹦鹉呢?他在卢布林院子里的孔雀怎样了?还有那条蛇呢?乌龟呢?他真的要像报纸上说的那样在钢丝绳上翻跟头吗?这么做可能吗?他想她们吗?她和妈妈。她看上去几乎长大成人了,但仍然像小孩子一样叽叽喳喳说个没完。不过这里面除了嬉闹,还有一点矫揉造作的成分。

"你像棵树一样蹿起来了!"雅沙说。

"所有的人都在说我的身高!"她撅着嘴,孩子气地责备道,"好像是我的错似的。我躺在床上,感觉到自己在长个子。有个小精灵在拽我的脚。我根本不想长高。我希望永远不长大。我该怎么办,雅沙叔叔?有不让人长高的运动吗?告诉我,雅沙叔叔!"她吻了吻他的前额。

太可爱了！太可爱了！雅沙暗自思忖。他大声说道："有，有办法。"

"什么办法？"

"我们把你放进一个落地钟里，再把门锁上。你就不会长得比钟柜高了。"

哈利娜立刻活跃起来。

"不管什么，他都有办法！他的脑筋转得多快啊！根本就不用想！你的大脑是怎么工作的，雅沙叔叔？"

"你干吗不揭开盖子往里面看看？和钟的构造一样。"

"又是钟？今天你的脑子里只有钟。你正在排练一个用到钟的新戏法吧？你读过《信使报》了吗？你出名了！整个华沙都在称赞你呢。你为什么离开我们那么久，雅沙叔叔？我生病了，时时刻刻都在想你。我还梦见你了。因为我老是提起你，妈妈都责备我了。她忌妒得要命！"哈利娜说完，顿时羞红了脸。就在这时，埃米莉亚走了进来。

"怎样，你的雅沙叔叔又在这儿了。我都没法告诉您，她念叨您多少回了。"

"别告诉他，妈妈，别告诉他。他会被宠坏的。他觉得自己是个了不起的艺术家，而我们只是些无足轻重的小人物，他可以对我们为所欲为。上帝比你厉害，雅沙叔叔。他可以表演比你高明的戏法。"

埃米莉亚立刻沉下脸来:"别平白无故就提到上帝。这不是一个轻佻的话题。"

"我没在开玩笑,母亲大人。"

"这是最近的时尚:每个毫无意义的话题都要扯上上帝。"

有一阵,哈利娜像是在出神。

"妈妈,我饿了。"

"哦?"

"真的,如果十分钟内不吃点什么,我会饿死的。"

"唉,看看你的样子,像个六岁的孩子。让亚德维嘉给你弄点吃的。"

"你呢,妈妈,你不饿吗?"

"不饿,我好歹能挨到下一顿。"

"可是你几乎什么都不吃啊,妈妈。对你来说,一杯可可就是一顿早饭了。你呢?雅沙叔叔?"

"我可以吃掉一头大象。"

"来吧,我们一起吃掉它。"

7

雅沙和母女俩坐在一起吃她们的第二顿早饭,享用雅沙带来的美食:鲟鱼、沙丁鱼、瑞士奶酪。亚德维嘉端来加了奶油的咖啡。哈利娜吃得兴高采烈,每吃一口,都赞不绝口,都感到津津有味:"味道真好!进到嘴里就化了!"刚出炉的圆面包表皮在她牙齿间发出脆响。埃米莉亚像贵妇一样细嚼慢咽。雅沙也吃得很享受。他一直期待与埃米莉亚和哈利娜这样吃点心。和埃丝特在一起,他没什么好谈的,除了家务和缝纫生意,她什么都不知道。在这里,交谈变得很轻松。话题转到了催眠术。埃米莉亚经常提醒雅沙不要在哈利娜面前讨论那个话题,可是他无法完全避免。报纸把他当作催眠大师宣传,而哈利娜聪明好奇,没法用一句话劝住她。此外,她读成年人的书籍。赫拉博茨基教授留下了很多的书。他大学的同事和以前的学生常给埃米莉亚寄教科书和科学杂志上的单篇论文。哈利娜什么都不放过。她熟悉梅斯梅尔[1],他的理论和试验,读过沙尔科[2]和雅内[3]的书。波兰报纸刊登过与催眠大师费尔德曼有关的文章,他曾在波兰的多个沙龙里引起轰动,甚至被允许在医院和私人诊所演示他的威力。同样的问题,哈利娜问了雅沙上万遍:"一个人怎样把自己的意愿加在另一个人身上?盯着一个人看就能让他睡着,这怎么可能?大热天,或在一个很热的房间里,怎么能让人冷得发抖?"

"我自己也不知道答案,"雅沙说,"这是大实话。"

---

[1] 梅斯梅尔(Franz Anton Mesmer, 1734—1815),德国医生,当代催眠术的先驱。
[2] 沙尔科(Jean Martin Charcot, 1825—1893),法国神经病学家,现代神经病学的奠基人。
[3] 雅内(Pierre Janet, 1859—1947),法国医生、心理学家和哲学家。

"可是你自己就在做这样的事情啊。"

"蜘蛛知道怎样织网吗?"

"哦——他现在把自己比作蜘蛛了!我讨厌蜘蛛,我瞧不上它们!而你,雅沙叔叔,我崇拜你。"

"你的话太多了,哈利娜。"埃米莉亚打断了她。

"我想知道真相。"

"真是她父亲的女儿。她只想知道真相。"

"我们不就是为此而生吗,妈妈?不然写那么多的书干吗?都是为了真理啊。妈妈,我有件事求你。"

"不用说我就知道,答案是不可以!"

"妈咪,我跪下求你了!发发善心吧。"

"不发善心。不行!"

哈利娜是想求她母亲允许雅沙当场表演催眠术。哈利娜甚至希望自己被催眠。但埃米莉亚再三拒绝女儿的恳求。这样的事情可不是闹着玩的。埃米莉亚在哪儿读到过一位催眠师无法唤醒他催眠的对象。受害者事后昏迷了好几天。

"来剧场吧,哈利娜,到时你就会看到那是怎么一回事了。"雅沙说。

"说实话,我很犹豫带她去那里——不三不四的人去的地方。"

"那我该干吗,母亲大人?坐在厨房里拔鸡毛?"

"你还是个孩子。"

"要不让他催眠你吧。"

"我可不想在家里办降神会。"埃米莉亚厉声说道。

雅沙沉默不语。反正她们已经被他催眠了,他心想。爱情完全基于催眠术。第一次见到她时,我就把她催眠了。所以,那天晚上她才会在马歇尔科夫斯卡大道等他。她们都被他催眠了:埃丝特、玛格达、泽芙特尔。我拥有一种力量,一种惊人的力量。但这个力量到底是什么?它又能延伸多远呢?我可以催眠一个银行主管,让他为我打开保险库吗?

他,雅沙,一两年前才第一次听到"催眠术"这个术语。他尝试了一下,立刻就成功了。他曾下令让他的催眠对象入眠,那个男人马上就睡死过去了。他指令一位妇女脱掉衣服,她立刻开始脱衣服。他告诉一个小姑娘,他用针扎她的胳膊时她不会感到疼痛,她没有叫喊,也没有血流出来。从那以后,雅沙见证了许多催眠师的表演,其中几起是由著名的费尔德曼亲自演示的,但雅沙弄不明白这种力量到底是什么,或者说是怎样起作用的。有时,在他看来,催眠师和被催眠的人沉湎于某种狂欢之中,但不管怎么说,那都不是骗术。寒冷的天气里无法假装流汗,针扎进肉里免不了要流血。也许那就是被称作巫术的东西吧。

"哦,妈咪,你太顽固了!"哈利娜说,大声嚼着圆面包上的沙丁鱼,"告诉我这是什么样的力量,雅沙叔叔,我都快好奇死了!"

"是一种力。电又是什么?"

"是啊,电到底是什么?"

"没人知道。从华沙发出信号,电在一秒钟内就能把它传到彼得堡或莫斯科。信号穿过田野、森林,在一秒钟内行走好几百英里。现在还出了个叫电话的东西!可以通过电线听到另一个人的声音。总有一天,你在华沙就可以和远在巴黎的人说话,就像现在我和你说话一样。"

"不过,这到底是怎么一回事呢?啊,妈妈,要学的东西太多了!有些人真是太聪明了!他们怎么会那么聪明?不过全都是男人。女人为什么不去受教育?"

"英国有一位女医生。"雅沙说。

"真的?真滑稽。我忍不住想笑!"

"有什么好笑的?"埃米莉亚说道,"女人也是人。"

"当然。可是女医生!她穿什么样的衣服?像乔治·桑那样?"

"你对乔治·桑又了解多少?我要把藏书室锁起来了!"

"别这样,妈咪。我爱你,非常爱你,你对我太严厉了。除了书籍,我还有什么?我认识的女孩子全都令人讨厌。雅沙叔叔难得来看我们。他和我们玩捉迷藏。我可以陶醉在书本里。你们俩为什么不结婚呢?"脱口说出这些后,哈利娜被自己的话惊呆了。她脸色刷白。而埃米莉亚的脸则一直红到了耳根。

"你疯了,还是怎么了?"

"她说得对。我们很快就会结婚。"雅沙插嘴说,"都决定了。我们三个人一起去意大利。"

哈利娜羞得低下了头。她摆弄起自己的发梢,像是在数头发。埃米莉亚垂着眼皮。她无助地坐着,雅沙的话让她既害臊又满意。女孩叽叽喳喳说个没完,但这番孩子气的蠢话倒是帮了忙。他当场做了正式表态。埃米莉亚抬起眼睛。

"哈利娜,回你的房间去!"

第五章

1

雅沙通常在首场演出前的两周开始排练。今年他准备了一套难度很大的新节目,但他却把排练的时间一天天往后推。阿尔罕布拉剧场的老板拒绝给雅沙涨薪。经纪人沃尔斯基正悄悄地与另一家叫皇宫的夏季剧场洽谈。白天,雅沙坐在卢尔人咖啡馆里,一边喝着黑咖啡一边浏览杂志,一个奇怪的预兆袭上他的心头——这一季他不会登台演出了。他害怕这个恶兆,努力把它从脑子里赶出去,平息它,消除它——但它不停地回到他的脑子里。他会生病吗?还是他大限将至?但愿不是这样。难道还有别的什么?他把手放在额头上,揉了揉太阳穴和颧骨,用手蒙住眼睛。

雅沙卷入的纠纷太多了，他把自己推到了进退两难的境地。他迷恋埃米莉亚，连对哈利娜也想入非非。但是他怎么能够如此狠心地对待埃丝特呢？多年来，她对他忠贞不渝。在他陷入困境时始终支持他，帮他渡过一个又一个难关；她的宽容在虔诚人的眼里只属于上帝。他怎么能用扇耳光来回报她呢？经受那样的打击，她会活不成的，雅沙知道——她会像一根蜡烛那样摇曳熄灭。他不止一次看到有人因伤心过度而死去，因为再也没有活下去的理由了。其中一些人甚至都没患病就过世了。死亡的天使施展魔法时，迅疾且不打招呼。

这一段时间来，他一直在想办法让玛格达对他的离开有所准备。不过她已经心神不宁了。每次他从埃米莉亚那里回来，玛格达都带着无声的责备看着他。她几乎不再和他说话，像一只蛤蜊一样缩进自己的壳里。在床上，她僵硬，冷漠，一声不吭。往年夏天，她脸上的粉刺总会退去，但今年她皮肤上到处都是粉刺。皮疹甚至蔓延到了脖子和胸脯上部。她还开始出错。盘子从她手中滑落。铁锅打翻在火炉上。她烫伤了脚，扎伤了手指，还差点弄瞎了一只眼睛。这样的状态，她怎么表演翻跟头？给他递杂耍用的木棍和球？或用脚转动木桶？就算他，雅沙，在这一季最终决定登台演出，他可能也不得不在最后一刻雇一个新帮手。对了，可怜的埃尔兹贝泰又会怎样？玛格达被抛弃的消息有可能要她的命。

倒是有个能部分解决这个困境的东西：钱。如果他能给埃丝特一万卢布，某种程度上能减轻这样的打击。一笔现金对玛格达和埃尔兹贝泰肯定能起到安抚的作用。除此之外，他自己、埃米莉亚和哈利娜也需要一大笔钱。埃米莉亚计划在意大利南部购置一栋别墅，那里的气候对哈利娜的肺病有好处。他，雅沙，不可能立刻开始演出。他得先学习那里的语言，聘请一位经纪人，建立人脉。他不能像在波兰那样廉价地出售自己的服务。他必须从巅峰状态开始自己的职业。不过做到这些，他至少需要三万里拉的储备金。埃米莉亚向他坦白过，实际上，他也已经知道了，她除了一大摞账单外什么都没有，而她必须付完这些账单才能够离开。

雅沙平时不抽烟。他认为烟斗对心脏和眼睛不好，而且会影响睡眠，所以戒掉了。不过，现在他却抽起了俄国烟卷。他叼着烟头，呷着放在碟子上的黑咖啡，随手翻阅着一本杂志。香烟刺激着他的鼻孔，咖啡刺激他的上颚，杂志上的文章完全不着边际。有篇文章在拼命吹捧一个叫菲菲的巴黎女演员，整个法国都拜倒在她的石榴裙下。作者暗示，菲菲曾经是一朵交际花。"为什么所有的法国人都在崇拜一个婊子？"雅沙很诧异，"难道这就是法国？难道这就是埃米莉亚诚惶诚恐提到的西欧？难道这就是杂志狂热报道的文化、艺术和唯美主义？"他把杂志扔到一边，杂志立刻被一位留着白胡子的绅士拿走了。雅沙在咖啡渣里摁灭香烟。所有的思索和推断不可避免地导向一个结论：他必须弄到一大笔钱，如果不能合法地弄到，就要通过偷窃。可是他应该何时去干这桩犯罪的勾当？在哪里？怎样去做？奇怪的是，尽管这件事他已经琢磨了好几个月，但他从未走进过一家银行，也没去熟悉银行的手续；他甚至不确定下班后银行的钱存放在哪里，也不清楚他们所用的保险柜和锁的型号。他一拖再拖。只要路过一家银行，他总是加快步伐，把脸扭向一边。在舞台上或当着皮亚斯基那帮窃贼的面打开一把锁是一回事，偷偷溜进武装守卫的大楼则是另一回事。你必须是个天生的窃贼才能做到。

雅沙用匙子轻轻敲击碟子，招呼侍者，但那个人要么没听见，要么就是假装没听见。咖啡馆里坐满了人。几乎没有像他这样的单身顾客，多数顾客成群成堆地围坐在一起。男人穿着晨礼服、条纹裤，系着阔领带。有人留着山羊胡，有人留着铲形胡子；有人的胡子往下耷拉，有人的胡子往上卷曲。女人穿着撑开的长裙，头戴点缀着鲜花、水果、别针和羽毛的宽边草帽。起义失败后，被俄国人用闷罐车流放到西伯利亚的爱国者正在成百上千地死去。他们死于坏血病、肺结核和脚气病，但主要是因为厌倦和对祖国的思念。不过咖啡馆里的顾客似乎已向俄国入侵者妥协。他们聊天，大喊大叫，开玩笑，开怀大笑。女人们互相扑倒在别人的怀里，咯咯笑个不停。门外，一辆柩车隆隆驶过，但咖啡馆里的人毫不关心，好像死亡与他们毫无关系。他们聊得热火朝天的内容又是什么呢？雅沙不明白。他们的眼睛为什么亮晶晶的？还有那个留着楔形白胡子、眼睛下方长着苔藓色眼袋的老头——他为什么要在翻领上别一枝玫瑰？他，雅沙，看上去哪儿都和他们差不多，然而却有一道屏障把他们隔开了。但那又是什么呢？他从来没有找到一个清晰的解释。尽管他野心勃勃，对生活充满渴望，但心里还是感到悲伤、空虚和一种既不能弥补又无法忘却的负罪感。如果不知道何为生，何为死，人生的意义又是什么呢？既然死亡可以把一切一笔勾销，那么实证主义、工业变革和进步这些漂亮的词汇又有什么意义呢？他，雅沙，尽管很努力，却时常郁郁不乐。一旦失去对新戏法和新爱情的渴望，怀疑就会像蝗虫一样攻击他。难道只是为了翻几个跟头，骗几个女人，他才出生来到这个世界上？另一方面，他，雅沙，能够敬畏由人创造出来的上帝吗？他，雅沙，能够像那个头上落满灰尘的犹太老人那样坐在那里，哀悼一个毁于两千年前的圣殿吗？他将来能够跪在拿撒勒的耶稣面前画十字吗？据说他源于圣灵，扮演着上帝独生子的角色。

侍者来到桌子跟前。

"先生是想要点什么吗？"

"买单。"雅沙说。

他说得有点含糊——好像想说的是：为我不诚实的人生买单。

2

在这出戏的第一幕里,那位丈夫邀请亚当·波伏尔斯基来别墅消夏,但亚当·波伏尔斯基找了个借口拒绝了。他透露了一个秘密。他有一个情人,是一位年迈贵族年轻的妻子。但那位丈夫很固执。那个情人可以等一等。他想要波伏尔斯基在假期教他女儿弹钢琴,并给他夫人上英语课(法语眼看就不时髦了)。

第二幕,亚当·波伏尔斯基同时与母女俩偷情。为了摆脱那位丈夫,三位主角都在说服他,让他相信自己得了关节炎,必须去皮斯查尼洗泥浴。

第三幕,丈夫发现了这个骗局。"我不需要去皮斯查尼滚泥巴,"他痛苦地叫喊着,"我家里就有一个泥塘。"他要和亚当·波伏尔斯基决斗,但年迈的贵族出现了,这位被波伏尔斯基戴了绿帽子的丈夫把波伏尔斯基带回自己的庄园。戏剧的结尾是,年迈的贵族就爱情纠葛的危险给亚当·波伏尔斯基上了一堂课。

这出闹剧改编自法国原著。今年夏天华沙几乎没上演什么戏剧,但是哪怕天气再炎热,《波伏尔斯基的困境》仍然吸引着观众。从幕布升起到第三幕结束,笑声就没有中断过。女人们一边用手帕擦去笑出的眼泪,一边捂住自己的咯咯笑声。偶尔会听见一声几乎不像是从人嘴里发出的笑声,像枪声一样炸裂,然后衰减成嘶鸣。一个戴绿帽子的在嘲笑另一个同类。他拍打着自己的膝盖，笑得从座位上跌了下来，他妻子把他拉起来，让他在椅子上坐正了。埃米莉亚微笑着扇着扇子。煤气灯增添了剧场的闷热。雅沙勉强维持着和蔼可亲的表情。他看过上百出类似的闹剧。丈夫总是蠢得不行，妻子不忠，情人则诡计多端。想到这些，雅沙的笑容消失了，眉毛拧了起来。到底是谁在嘲笑谁？到处都有这样乌七八糟的人。他们在婚礼上跳舞，在葬礼上号啕大哭，在圣坛前发誓忠贞，暗地里却在践踏婚姻，为一个虚构出来的被遗弃的孤儿哭泣，却在战争、对犹太人的大屠杀和革命中互相残杀。他虽然握着埃米莉亚的手，却怒火中烧。他既不能抛弃埃丝特，改变自己的宗教信仰，也不能因为埃米莉亚突然变成一个窃贼。他从侧面瞟了她一眼。她比其他人笑得含蓄一点，或许是不想表现得那么粗俗，但看上去也很欣赏波伏尔斯基狡猾荒唐的行为和那些双关的妙语。波伏尔斯基可能对她也有吸引力。他，雅沙，身材矮小，而那位闹剧演员却身材高大，肩膀宽阔。在意大利，今后好几年里雅沙将会遇到语言上的障碍，而埃米莉亚会用法语沟通，并迅速学会意大利语。在他每天四处奔波、冒着生命危险表演的时候，她会举办沙龙，邀请客人，给哈利娜找个门当户对的人家，或许为自己找一个意大利的波伏尔斯基。她们全都一个样。个个都是蜘蛛精！

不行，绝对不行！他在心里大喊。我不能落入圈套。明天，我将逃之夭夭。我将留下所有一切——埃米莉亚、沃尔斯基、阿尔罕布拉剧场、魔术、玛格达。我做魔术师做得够久了！我走钢丝的次数太多了！他突然想到了自己计划推出的新特技——在钢丝绳上翻跟头。别人靠在松软的椅背上，而他，一个眼看就要四十岁的人，在一根钢丝绳上翻跟头。如果他摔下来，摔了个稀巴烂，那又会怎样？他们会把他放在大门口，求路人施舍，而他的崇拜者中没有一个会俯下身，往他的帽子里扔一个铜子。

　　他把手从埃米莉亚的手里抽出来。她在找他的手，但他在黑暗中背过身去，并被自己的反叛惊呆了。这并不是什么新的想法。甚至在遇到埃米莉亚之前，他就和这样的问题搏斗过。他贪恋女人，然而却像酒鬼憎恨酒精一样憎恨她们。他在计划新特技的时候，总被恐惧折磨着，担心荒疏了那些老节目，导致自己死于非命。即便在埃米莉亚之前，他已经给自己套上了沉重的羁轭。他负担着玛格达、埃尔兹贝泰和博莱克。他要付华沙公寓的房租。他连着几个月在各省流浪，寄宿在简陋的小旅店，在冰冷的消防站里表演，奔波在危机四伏的小路上。从所做的这一切里，他又得到了什么？最卑微的庄稼汉比他活得更安心，担忧得更少。埃丝特经常抱怨说，他只是在为魔鬼工作。

　　这出闹剧以某种奇怪的方式促使他深思。他还要像这样漂泊多久？他还要再承受多少负担？他还要再经历多少危险和灾难？

演员、观众、埃米莉亚，甚至他自己都让他感到厌恶。那些显赫的贵妇和绅士从来就没有在意过他雅沙，不过他也不把他们当回事。他们把宗教和唯物主义、婚姻和通奸、基督教的爱和尘世间的恨巧妙地融合在一起。但是他，雅沙的灵魂仍在经受着折磨。七情六欲像鞭子一样抽打着他。他无时无刻不在忍受着悔恨、羞耻和对死亡的恐惧。焦虑难熬的夜晚里，他计算着自己的时日。他还有多少年轻的岁月？可怕的是，老年已经徘徊在他身边了。还有什么比一个年迈的魔术师更没有用？有时候，他躺在床上辗转难眠，早已遗忘的经文段落会跳进他的脑子里，祈祷词、祖母智慧的谚语、父亲严厉的训诫，一首赎罪日的小调在他心里响起：

当死亡熄灭了生命之火
一个人还能期盼什么？……

忏悔的念头萦绕着他。或许上帝真的存在？或许《圣经》上所说的都是真实的？说世界是自己形成的，或只是从一团雾中演变出来的，似乎听上去不那么可信。也许最后审判日真的等在那里，真的有一架衡量行善和作恶的天平？如果真是这样，那么每一分钟都很珍贵。如果真是这样，那么他为自己准备了不只是一个而是两个地狱。一个在这个世界，一个在另一个世界！

但是他又能做什么呢？留起胡须和鬓角？披上祈祷巾，戴上经文匣，每天祈祷三次吗？有什么证据在犹太法典里可以找到所有的真理？或许答案在基督徒、伊斯兰教徒或其他教徒的手里呢？他们也有自己的圣经、自己的先知，各种奇迹和启示的传说。他感到了善与恶在他内心的较量。过了一会儿，他做起了白日梦，梦见了飞行装置、新的爱情、新的冒险、旅行、宝藏、新的发现、妻妾成群。

幕布随着第三幕结束而落下。鼓掌欢呼声震耳欲聋。男人们大声地喊着："好，好！"有人送了两个花篮到舞台上。全体演员鼓掌，鞠躬，微笑，眼睛却盯着有钱人的包厢。难道这就是上帝创造万物的目的？雅沙问自己。这是上帝的意愿吗？也许，最好还是去自杀吧。

"怎么了？"埃米莉亚问道，"今天您的情绪看着不高嘛。"

"没有，没什么。"

3

从剧场到克罗莱夫斯卡街上埃米莉亚的家，只有一小段路程，但雅沙还是雇了一辆四轮敞篷马车。他吩咐车夫走慢一点。剧场里面很热，但外面不一样，凉风从维斯瓦河和普拉加森林吹来。煤气灯投下昏暗的灯光。明亮的天空里，群星闪烁。只要抬头仰望天空，心情就会平静下来。雅沙对天文学所知甚少，但他还是读过几本关于那方面的通俗读物。他甚至用天文望远镜观察过土星环和月亮上的山脉。不管真理在哪里，有一点是确定无疑的——天空广袤无垠。星星发出的光要走上几千年才能抵达我们的眼睛。在天空中闪烁、固定不动的是恒星，每一颗恒星都有自己的行星，而行星可能有它们自己的世界。那片淡淡的光斑或许就是银河，由几百万个天体汇聚而成。雅沙从不漏过《华沙信使报》上与天文学和其他科学有关的文章。科学家们不断有新的发现。宇宙不再用英里，而是用光年来测算。一种能够分析最远星球的化学成分的装置也发明出来了。人们造出越来越大的天文望远镜，用来揭示太空的秘密。他们精准地预报每一次月食和日食，彗星的每一次回归。要是当初我不是去搞魔术而是去做研究，那该有多好，雅沙沉思着。但现在太晚了。

四轮马车行驶在与萨克森花园平行的亚历山大广场上。雅沙在做深呼吸。黑暗中的公园里似乎充满了神秘。公园深处闪烁着星星点点的光亮。绿色植物散发着芳香。雅沙抬起埃米莉亚戴着手套的手，亲吻她的手腕。他再次感受到自己对她的爱恋。他垂涎她的身体。她的面孔笼罩在阴影里，眼睛像一对闪亮的宝石，发出金光、火焰和夜的承诺。在去剧场的路上，他买给她一枝玫瑰，现在散发着醉人的芳香。他把鼻子凑近玫瑰花，仿佛在吸入宇宙的气息。如果一点点泥土和水就能产生这样的芳香，那么创世绝不可能是件坏事,他拿定了主意。"我不能再胡思乱想了。"

"您说什么,亲爱的?"

"我说我爱你,都等不及把你娶到手了。"

她等了一会儿。她的膝盖隔着长裙触碰到他的膝盖。一个像电流一样的东西通过丝绸传到他身上。他被欲望征服了,脊背上一阵战栗。

"我比你更难受。"相识以来,她第一次用"你"来称呼他。她费力地轻声吐出这几个字,他更像是用心而不是用耳朵听到的。

他们安静地坐着,马儿悠闲地走着。车夫垂着肩膀,像是在打盹。他俩似乎都在倾听欲望在他和她的膝盖之间来回传动。他们的身体在用无声的语言交谈。"我必须得到你!"一个膝盖对另一个膝盖说。他像在走钢丝时那样,被一种不祥的沉默吞噬。突然,她偏过脑袋挨着他,草帽的边缘盖住了他的头。她的嘴唇碰到了他的耳朵。

"我要给你生个孩子。"她悄声说道。

他抱住她,咬住她的嘴唇。他的嘴在吮吸,吮吸,觉得自己似乎停止了呼吸。埃丝特过去反复在说生孩子的事,但她已有好几年不提这个话题了。玛格达也几次要求给他生个孩子,不过他并没有当真。他似乎已经忘记了生活中的这件大事。但是埃米莉亚并没有忘记。她还年轻,还可以怀孕生育。也许这就是我痛苦的根源,他思索着。我没有后代啊。

"对,生个儿子。"他说。

"什么时候?"

他们的嘴唇又贴在了一起。他们像野兽一样默默地撕咬着对方。马儿突然停住了脚步。车夫像是醒了过来。

"驾!"

他们停在埃米莉亚的家门口,雅沙扶她下车。她没有立刻去拉门铃,而是和他一起站在门前的人行道上。他们没有说话。

"好吧,天不早了。"她拉了一下门铃。

雅沙通过脚步声判断,来开门的不是守门人,而是守门人的老婆。院子里漆黑。埃米莉亚走了进去,雅沙从她身后侧身溜了进来。他的动作敏捷自然,就连埃米莉亚也没有察觉到。守门人的老婆回到自己的小屋。他在黑暗中拉住埃米莉亚的胳膊,吓了她一跳。

"什么人?"

"我。"

"老天爷,你在干什么?"黑暗中的她咯咯地笑了起来,赞赏他的艺高胆大。

他们站在那里,像是在无声地商量着什么。

"不行,这样不行。"她轻声说道。

"我只想亲吻你。"

"你怎么进屋?亚德维嘉要来开门。"

"我来开。"他说。

他和她一起上楼。中途几次停下来接吻。他在门上拨弄了一下,门打开了。走道里黑黢黢的,每个房间都透着午夜的静谧。他拉着埃米莉亚走进客厅。她像是在犹豫。他们无声地拉扯着。他拉着她往长沙发走,她身不由己似的跟着他。

"我不想我们在一起的生活始于罪孽。"她轻声说。

"不会的。"

他想脱她的衣服,丝绸的裙子发出噼啪声,并迸出火花。这火花,他知道是静电,吓了他一跳。她自己也很惊讶。她紧紧抓住他的两个手腕,力气大得把他都弄疼了。

"你怎么离开?"

"从窗户。"

"哈利娜可能会醒来。"

她猛地抽出身子,说:"不行,你必须离开!"

第六章

1

第二天,雅沙很晚才起床。他迷迷糊糊地一直睡到下午一点。玛格达还保持着庄稼人的习惯。她不明白一个人怎么能够一觉睡到中午。不过,她早就习惯了雅沙是个与众不同的人。他可以吃得比别人多,也可以比别人禁食更长的时间。他可以整夜不睡,也可以睡上一整天。从沉睡中一睁开眼,他就可以和她说话,好像他一直在假寐。他的眉毛和太阳穴上的血管都表明,他在清醒地思考着什么。谁知道呢?也许他的新杂技就是这样构思出来的?玛格达踮着脚尖走路。她给他端来和土豆蘑菇煮在一起的燕麦片。吃完,他又睡着了。玛格达用乡下土话嘀咕起来:"用呼噜赶走你的罪孽，你这头猪，你这条狗。让生疥疮的公爵夫人掏空他的身体吧。"玛格达医治伤心的灵丹妙药是工作。雅沙很费衣服，所有的东西都需要缝补。纽扣掉了，裤缝裂了，他一天换一件衬衫，换下来就扔在一边，好像不能再穿了似的。总需要有人跟在他身后捡拾，洗涤，擦净，缝补。他的动物也需要照料：马厩里的马、猴子、鹦鹉和乌鸦。她是他的一切：妻子、用人、舞台助手——而她得到了什么？什么都没得到——一片面包皮而已。实际上，他自己也没有什么。所有的人都在剥削他，蒙骗他。在剧场表演催眠术和读心术时，或阅读书报时，雅沙既聪明又能干，但一遇到实际问题，他就变得愚不可及。而且他也在毁坏自己的健康。他不应该夜复一夜地出去游荡。尽管他的身体很健康，有时候却虚弱得像只苍蝇，像得了重病似的昏倒在地。

玛格达忙着洗刷、擦地、掸尘。邻居们上门来借一个洋葱、一头大蒜、一小杯牛奶和一点煎洋葱的猪油。玛格达总是有求必应。和这些穷人相比，她算是富裕的。此外，她名声不好，不得不讨好她的邻居。她在市政当局的官方登记是用人。邻居和她吵架时骂她婊子和贱货，建议她去申请当妓女的黄卡。喝醉酒的男人在她去商铺或水井时调戏她。年轻人跟在她身后大喊："犹太人的臭婊子！"

圣约翰教堂钟楼上的大钟报时两点。玛格达来小房间看雅沙。他醒了，坐在床上发愣。

"睡得好吗?"她问。

"好,我好累。"

"我们什么时候开始排练?还有一周就要首演了。"

"是的。我知道。"

"到处贴着海报。斗大的字印着你的名字。"

"让他们见鬼去!"

雅沙想洗澡,玛格达立刻给他烧了几壶水。他坐在木盆里,她给他擦肥皂,冲水,按摩。像其他女人一样,玛格达想要个孩子,并做好了为他生个私生子的准备。可惜就连这点愿望也被他剥夺了。他自己想当那个孩子。玛格达帮他洗澡,给他捶背,爱抚他。但他虐待起她来,比最凶残的敌人还要凶狠,不过只要他和她待上几个小时,表现出他需要她,她对他的爱就会比过去还要狂热。

他突然问道:"你有夏天穿的衣服吗?"

她顿时流出了眼泪。

"你现在想起来了?"

"你为什么不提醒我?你知道我记性不好。"

"我不会跟你要的。我会把它留给你的新女人。"

"我待会儿就给你买上一衣柜的衣服。我说过,我会记住你的。不管发生什么,等着我。"

"好,我会等你的。"

"把衣服脱了。我们一起洗吧。"

玛格达被这个建议吓住了,但他把她拉过来,脱掉她的衣服。让玛格达感到为情的,并非赤身裸体,而是自己寒碜的身体。她的肋骨往外突出,胸骨扁平,几乎没有乳房。膝盖尖削,胳膊瘦得像根棍子。红疹已经从脸上蔓延到后背。她站在他面前,一具面带愧色的骨架。他从澡盆里爬出来,把她按在里面。他给她洗澡,擦肥皂,抚摸她。他挠她,直到她忍不住大笑起来。完了他把她抱进小房间,拉上蚊帐。这段时间,他和她做爱过于频繁,而且时间都很长,这让她害怕。他显然是个有魔力的巫师。

最近,他一直在躲避她,她有好几天都听不见他的声音了。此刻他像以往那样和她说话。他向她打听乡下的风俗,她描述各种丰收的仪式。她说起藏在玉米里的小精灵,他们逃过收割人的镰刀和打谷人的连枷。她说起男孩子们扔进河里的女稻草人,说起庄稼人祈雨的一棵树,尽管神父禁止他们这么做,说起藏在村里长老阁楼上的一只木头公鸡,遇到干旱,人们就把它拿来泡在水里,作为求雨的法器。听她说完这些后,他开始提问。

"你信上帝吗?"他问。

"信,我信。"

"那么他为什么要创造这些呢?算了。我裤兜里有十个卢布,拿去找一个女裁缝。"

"我不喜欢翻你的口袋。"

"去吧,趁钱还在赶紧拿走吧。"

她去挂着他裤子的房间,从口袋里掏出那张十卢布的钞票。等她回来,他又睡着了。她想亲吻他的额头,又担心弄醒他。她站在走道里,久久凝视着雅沙,痛苦地意识到不管认识他有多久,她永远也无法了解他。对她来说,他过去是,且将一直是个谜,从身体到心灵。或许这正是她见到他就颤抖和对他恋恋不舍的原因。最终,她去收拾洗澡的地方。楼里有一位女裁缝,就住在二道门附近。玛格达朝钞票上吐了一口唾沫,把钱塞进胸口。这一天出乎意料地愉快起来了。

2

炎热的夏天,雅沙睡了一整天。已经下过一场雨,天又放晴了。他睁开眼睛。小房间里光线昏暗。他闻到了厨房里饭菜的香味。玛格达在煎炒土豆、肉片和酸菜。除了燕麦片,雅沙还没吃过别的东西,一醒来肚子就饿得咕咕叫。他飞快地穿好衣服,走进厨房。他吻了一下玛格达,吃起已经准备好的食物:抹了鲱鱼鱼白的面包。他又拿起煎锅里一片半生不熟的肉。玛格达温柔地责备他,然后说:"我希望每一天都像今天一样。"

她正说着话,前门传来一阵沙沙声。门把手在转动,雅沙打开门。门口站着一个调皮的小姑娘,裹着一条大围巾。她显然认识他，因为她开口说道："雅沙先生，有一位太太在楼下大门口等你。"

"什么太太？"

"她叫泽芙特尔。"

"谢谢。告诉她我马上下来。"他给了小孩子两个铜子。

他一关上门，玛格达就抓住他的双手。"不行！你不能去！你的晚饭要凉了！"

"我不能让她等在那里呀。"

"我知道是谁——皮亚斯基的骚货！"

她死死抓住他，他不得不使劲才挣脱她。她的脸立刻变了形，头发竖了起来，眼睛像猫一样发出绿光。他一把推开她，她差点跌进水桶里。事情总是这样。只要他对谁好一点，她就想控制他。他关上身后的门，听到玛格达在哭泣，像蛇一样发出"咝咝"声，朝他嚷嚷着他听不懂的话。他同情她，但他总不能让泽芙特尔站在大街上等着吧。他一边下楼，一边呼吸着公寓里的气息。小孩在哭闹，病人在唉声叹气，姑娘们在唱情歌。屋顶某处，猫儿在叫春。他在暮色中停下脚步，盘算着接下来该怎么做。

我给她点什么，打发走她，他做了决定。没有她，我的生活都已经够复杂的了。就在这时，雅沙想起了他和埃米莉亚还有个约会。今晚他本该上她家吃晚饭。那是他昨晚从她窗口爬出去和她告别时的承诺。我怎么就给忘记了呢？他有点想不通。上帝啊，我什么都记不住了。我答应埃丝特一到华沙就给她写信。她可能都急疯了。我这是怎么了？病了还是什么？他靠着楼梯扶手，像是要在这一刻盘点一下自己的生活。他在打盹和做梦中白白浪费了一天，就像是跳过了一整段时间。太多的事情需要去做和思考，不能再这样举棋不定了。他本该计划自己的首演，但他甚至都没有开始排练。他时刻想着埃米莉亚，然而实际上却没有做出任何与她相关的确切决定。我什么都决定不下来，他对自己说，这是问题所在。昨天发生的事情——埃米莉亚在最后一刻变卦了——对他来说是个打击。她抵抗住了他催眠的威力。他离开之前，她亲吻他，并再次倾诉了她伟大的爱情，但是她的声音里带有一丝得意。我忘记约好的晚餐，也许对大家都是件好事，他对自己说。干吗让她觉得我在追求她？他突然想到：如果这就是结局呢？也许就在这一刻，她不再爱他了，或者已成为他的敌人了？

雅沙被荒唐的念头纠缠着——他在心里玩着"可能"和"或许"的游戏，就像还是个小学生时那样反复猜测：父亲是不是撒旦，老师是不是魔鬼，家庭老师是不是狼人，其他的一切是不是幻觉。他还保留着当年的习性和癖好。要是不考虑周围有人，他不会走着下楼，而是像鸟一样一级一级地蹦下去，并用食指指甲沿石灰墙一路划过去。他和别人一样害怕黑暗。他曾因打赌在墓地里待了一夜。阴影里仍会有鬼影出现，长着恐怖的脸、马鬃一样的头发、尖鼻子、眼睛像两个窟窿。他始终认为自己和那些围着他打转、帮助他、阻挠他、对他施以诡计的鬼魂之间，只隔着一层薄得不能再薄的屏障。他，雅沙，必须不停地与他们搏斗，不然他就会从钢丝绳上摔下来，说不出话来，身体变得虚弱，失去性功能。

他来到楼下，看见了泽芙特尔。她披着一条围巾，站在大门口的一根灯杆下面。街灯把一道黄色的光晕印在她脸上。她看上去和往常一样：一个刚到华沙的外省妇女。她把头发梳成两个圆髻，一边一个，显然是想让自己看上去年轻一些。她脸上流露出一种不确定的神情，那种离开了故土，对自己都感到陌生的人所特有的神情。

"你来啦？"雅沙说。

泽芙特尔吓了一跳。"我在想你不会下来了。"

她动了一下身子，像是要亲吻他，但不知为什么却没有那么做。一位家庭主妇提着一桶从水井打来的水，一边走一边叹气和自言自语。她撞到了泽芙特尔，水洒在泽芙特尔鞋面有扣子的鞋上。

"哦，见鬼了！"泽芙特尔轮流抬起脚，用围巾的一角把水擦干。

"什么时候到的？"

她想了想他的问题，好像不太明白。这段长途旅行似乎把她给搞糊涂了。

"我动身,然后就到了。你想什么呢,拿了你的钱,我会什么都不干吗?"

"有这个可能。"

"皮亚斯基不再是个城市了,它成了一片墓地。我把东西全卖了。我吃了点亏。你能指望那些小偷什么?能活着跑出来已经很幸运了。"

"你住在哪里?"

"一个帮别人找用人的女人那里。她答应帮我找份工作,但目前什么都没有。现在的情况是用人比主妇还要多。我得和你谈谈。"

"我的晚饭马上做好了。"

"雅沙尔,我找你找得好苦啊!没有人知道街名,也不知道门牌号码。大晚上的,怎么查看号码?要不是碰到那个去叫你的小女孩,我差点就没命了。我不想上楼去你家。我知道另一位在那儿。一个袋子里装不了两只猫。"

"她刚烧好饭。要不再等半个小时?"

"现在就跟我走吧,雅沙尔。我在哪儿等啊?随时都有醉鬼经过。他们觉得每个姑娘都是干那一行的。我们买点吃的。好吧,你是大名鼎鼎的华沙魔术师,我只是个乡下姑娘,但是,俗话说,我们并非路人哪,大家都问你好,瞎子梅切尔、伯里希·维索克尔,还有查姆-莱布。"

"非常感谢。"

"谢有什么用。我拿你的谢干什么？我和你说话时，你心都不在这里。你全都忘记了，还是怎么了？雅沙尔，是这么回事。"她改变了语气，"我去找那个女中介，她说：'你来得不是时候。所有人都在找保姆这方面的工作，但所有的夫人都去乡下了。'我拿起篮子往外走，她把我喊了回来。'你去哪儿啊？'她好像放债给姑娘们吃利息。不管怎么说，她帮我打了个地铺，我躺下休息。我边上躺着三个女厨子，在打呼噜。其中一个呼噜打得特别响，闹得我一夜没合眼，只好躺在那里流眼泪。和雷布斯一起的时候，不管怎么说，我都可以当自己的家。早晨我刚打算出门，进来一个男人，一个挂着怀表、衬衫袖口上系着链扣的花花公子。你是谁？他问。我就一五一十地跟他说了。'是这么回事——我丈夫抛弃了我。我不知道他去哪儿了。'他就不停地问东问西，还说：'我知道你丈夫在哪儿！''他在哪儿？'我叫了起来。这么说吧，长话短说，这个家伙从美国来，不过好像是另一个美国[1]。总之，雷布斯就在那里。听到那个消息，我像在赎罪日上一样大哭起来。'你哭什么？'他问，'可惜你这双漂亮眼睛了。'他挺会花言巧语的，差点把你逗乐了，而且他花钱大方，请所有人吃巧克力棒和芝麻蜂蜜糖。'跟我走吧，'他对我说，'我带你去找你丈夫。他要

---

1 泽芙特尔分不清美国和美洲。

么收留你,要么跟你离婚。'他两周后回去,他会借给我买船票的钱。不过不知道为什么,我有点害怕。"

泽芙特尔突然停了下来。

雅沙吹起了口哨。

"那个家伙,嗯?"

"你认识他?"

"不需要认识。你知道皮条客是干啥的吧?他会把你拐到——天知道哪里,再把你撂在窑子里。"

"可是他说得那么好听。"

"他要是认识你丈夫,我还认识你曾祖母呢。"

他们朝德卢加大街走去,泽芙特尔牢牢抓住围巾的边儿。

"我能做什么?我必须找份工作。他把我安置在他姐姐那里。我昨晚就住在那里。"

"他姐姐?她要是他的姐姐,我还是你的叔公呢。"雅沙惊讶自己那么快就适应了泽芙特尔的腔调和土话。"很可能是个老鸨,他们分赃。他会把你卖到某个地方——布宜诺斯艾利斯或鬼知道什么地方。你会在那里活活烂死。"

"你说什么呢?他甚至提到了那个城市的名字。是在哪儿?美国?"

"管它在哪儿,压根就没有这回事。他们来这里做皮肉生意,女人的生意——他们是贩卖白种人的人贩子。他们就等着像你这样的傻瓜上钩。报纸上到处登着这样的新闻。那个姐姐住在哪儿？"

"尼兹卡街。"

"好吧，我们去那儿看看。他为什么要先借钱给你买船票？你还不明白那个家伙是什么人吗？"

泽芙特尔犹豫了一下。

"明白，这正是我来找你的原因。可是当你躺在地板上喂跳蚤，你只能尽自己所能了。他姐姐家干净。我有张床睡觉，有床单被子。她还供我吃喝。我要付她钱，但她说：'别担心，以后再说。'"

"够了。赶紧从那里搬出来，除非你想到布宜诺斯艾利斯做婊子。"

"你说什么呢？我可是个正经姑娘。要是雷布斯好好待我，我会做个好老婆的。可是他在牢里度过的时间比在家里还要长。结婚才三周，他就进了监狱。后来干脆跑掉了。我能干什么？说到底，我也是个有血有肉的女人。皮亚斯基的窃贼都在追求我。他那帮最好的朋友。不过，我不想把自己浪费在他们身上。我想你。雅沙尔，我不想强迫你。我有自己的尊严，就像老话说的，但你就在我心里。你一离开，我就开始想你。现在我走在你身边，感觉自己在飞。你还没有吻过我呢！"她不满地撅着嘴。

"刚才那里不行。所有人都坐在窗口往外看。"

"吻我一下。我还是那个泽芙特尔。"

她张开围巾等着他。

3

这就是我需要的！雅沙对自己说。真奇怪，他竟然忘记了泽芙特尔以及自己给过她来华沙的路费。他彻底忘记了她的存在。他惊讶于自己陷入的麻烦，但也从中获得了一些任性的快乐，就好像他的生活是一本童话故事，书中的情节越来越紧张，读者已经等不及要翻到下一页了。早先他感到肚子饿，现在饥饿感消失了。夜晚天气温暖，甚至有一点闷热，但他感到后背上一阵阵的冰凉，好像生病了还没痊愈就跑了出来。他必须克制住颤抖。他在找马车，但不会有马车来弗勒塔街，他只好领着泽芙特尔朝弗朗西斯卡纳街的方向走。我会先甩掉她，然后去埃米莉亚家，他做了决定。不知道埃米莉亚会怎么想。这是他第一次和她失约。他担心她真的生气了。真是一丝差错都不能出啊。他也后悔从玛格达身边跑开，并突然意识到自己变了。曾几何时，他可以同时周旋在五六个女人之间，不会出一点差错。骗起人来毫不犹豫，必要时能全身而退，良心上没有一丁点不安。现在他在为一点点小事担忧，总想把事情做好。我成圣徒了吗？他问自己。根本就不值得拿泽芙特尔同玛格达和埃米莉亚比较，不过他脑子里起决定作用的那部分，命令他待在泽芙特尔身边。他有理由去会一会那个皮条客和他所谓的姐姐。

弗勒塔街狭窄昏暗。但弗朗西斯卡纳街却被煤气灯和商铺里的灯照得亮堂堂的，那些铺子不顾法令仍在营业。商家在交易毛皮和布匹，还有祈祷书和羽毛。连公寓的楼上也在做生意，透过窗户可以看见各种各样的工厂和作坊。人们在纺线，糊纸袋，缝床单、阳伞，编织内衣，等等。院子里传来锯木头和敲榔头的声音。仿佛是在工作日最繁忙的时段，到处传来机器的轰鸣声。面包房里热火朝天，烟囱里喷出浓烟和煤灰。宽宽的污水沟里飘出熟悉的恶臭味，让人联想到皮亚斯基和卢布林。穿着华达呢大衣、留着凌乱鬓角的青年男子腋下夹着《塔木德》。这里有一座犹太神学院，也是哈西德派的读经堂。街上驶过的两三辆马车上装满了行李，车上的乘客被行李完全遮挡住了。直到来到纳莱夫基街的拐角处，雅沙才找到一辆空马车。泽芙特尔被眼前的吵闹和拥挤弄得头昏眼花，像喝醉酒似的跟跟跄跄地跟着雅沙往前走。她爬上马车，围巾上的流苏被什么钩了一下。坐下后，她紧紧抓住雅沙的袖子。马车转弯时，泽芙特尔跟着马车一起转身。"如果有人告诉我今天我会和你同乘一辆马车，我肯定认为那是在开玩笑。"

"我也没想到。"

"这里亮得像白天一样，都可以剥豆子了。"

她死死抓住雅沙的胳膊，把他往她那里拉，就好像被灯光照亮的大街唤醒了她心中的爱情。

津沙街上，他们再次进入夜色。一辆柩车隆隆驶过，上面载着无人陪伴的尸体，驶向黑暗中的墓地。也许是个像我一样的人，雅沙心想。快到德齐卡街，妓女们在招呼过往的行人。雅沙指着她们说："那就是他想要你干的事情。"

现在尼兹卡街几乎全黑下来了。稀稀落落的灯杆上，被烟熏黑的灯罩透出昏暗的灯光。阴沟被淤泥堵住了，就好像现在不是夏天，而是住棚节后的秋雨季节。这里有几个贮木场和一两家刻墓碑的工场。泽芙特尔住的那栋房子离斯莫查街和犹太人的墓地都不远。他们经过一个木栅栏上的门进到院子里。楼梯在房子的外面。雅沙和泽芙特尔走进一间粉色的厨房，厨房里点着一盏煤油灯，灯罩上挂着纸做的流苏。所有的东西上都挂着纸流苏：炉子、橱柜和放盘子的架子。椅子上坐着一位妇人，长着一头浓密的黄头发、黄眼睛、鹰钩鼻、尖下巴。她穿着居家红拖鞋的双脚搁在一个跷脚凳上。附近有只猫在打盹。女人的手里拿着一只绷在玻璃杯上的男人的袜子，在缝补。她有点惊讶地抬起眼睛。

"米尔茨太太，这就是我跟你说过的那个卢布林人——魔术师。"

米尔茨太太把针插进袜子。

"她整天在说你。魔术师干过这个，魔术师干过那个。你看着不像一个魔术师嘛。"

"那我像什么？"

"乐师。"

"我确实拉过小提琴。"

"你拉过？很好啊，只要能挣钱，干什么不一样，要我说的话。"她把拇指在手掌里擦了擦。雅沙立刻开始用她的行话说话。

"你说的没错。钱会让人去做贼。"

"管管她吧，刚到华沙，她已经开始满世界乱跑了。"米尔茨太太转向泽芙特尔，"你怎么找到他的？我担心她走丢了。你为什么要搬到弗勒塔街住？"她对雅沙说，"异教徒才住那里。"

"异教徒不往陌生人的锅里瞅。"

"如果你盖上锅盖，连犹太人也看不见了。"

"犹太人会打开锅盖，用鼻子闻一闻。"

黄头发女人眨了眨眼睛。

"真没想到，还是个阅历丰富的人。"她一半对泽芙特尔，一半对自己说，"坐吧，泽芙特尔，搬张椅子过来。"

"你弟弟呢？"泽芙特尔问。

那个女人抬起她的黄眉毛："干什么？你要和他签合同？"

"这位先生想和他说话。"

"他在后面的房间里，在穿衣服。他马上就要出门。你为什么不把围巾摘掉。现在是夏天，又不是冬天。"

泽芙特尔迟疑了一下，摘下了围巾。

"他需要乘马车出门。有商人在等他。"米尔茨太太像是在对自己说话。

"他做什么买卖，贩牛？"雅沙问，问完他自己也大吃一惊。

"能做的生意多着呢，干吗非要去贩牛？他们那里牛倒是挺多的。"

"他也做钻石生意。"泽芙特尔插了一句。

"我也是个钻石行家。"雅沙夸口说，"看这个。"他伸出戴着大钻戒的小手指。妇人看了一眼，面露惊奇，随后这个表情转为一种非难，嘴角上浮出一丝苦笑。

"我弟弟是个大忙人。他可没工夫闲聊。"

"我不想兜圈子。"雅沙说，如此肆无忌惮，他自己都有点惊讶。

门开了，一个男人走了进来。他个子很高，很壮实，有一头和那个女人颜色相同的黄头发。他的鼻子很大，厚嘴唇，圆圆的下巴被一个裂纹分成两半。他的眼睛发黄且向外凸，额头上一块镰刀形的伤疤让他破了相。他没穿外套，只穿了长裤和没装上硬领的衬衫，漆皮鞋也没有扣上。宽阔的胸脯上长满了黄色的胸毛，胸毛茂密得都从衬衫前面的缝隙露出来了。雅沙立刻看出这是个什么样的恶棍。男人的脸上带着微笑，一个知道了谈话内容的窃听者所拥有的微笑。他看上去很客气，精明、自信，一个知道自己不可能被战胜的巨人。看到他后,那位妇人开口说道:"赫尔曼,这就是那位魔术师,泽芙特尔的朋友。"

"魔术师?不错嘛,原来是他啊。"赫尔曼和蔼地说,眼睛发亮。"晚上好。"他握住雅沙的手。这哪儿是握手啊,分明是在显示自己的力气。雅沙也较上了劲,他使出全身的力气紧紧握住赫尔曼的手。泽芙特尔在自己睡过的铁床边上坐下。最终赫尔曼松开了手。

"你是哪儿的人哪?"雅沙问。

赫尔曼凸起的眼睛里满是笑意。"哪儿的人?世界那么大。在华沙是华沙人,在罗兹是罗兹人!柏林的人认识我,伦敦人不把我当外人。"

"那你现在住哪儿呢?"

"就像《圣经》上写的:'天是我的座位,地是我的脚凳。'"

"这么说你也知道《圣经》。"

"哦,你也知道?"

"我以前学过。"

"在哪里?神学院?"

"不是,一家读经堂,跟一位导师学的。"

"上帝保佑我,我也学过《塔木德》。"赫尔曼用推心置腹的口吻亲切地说道,"不过那是很久很久以前的事了。我这个人好吃,在神学院你可以把牙齿直接存进储藏室了。我斟酌了一下,觉得它不对我的胃口。我去柏林学医,但他们语法里的双重过去时我怎么也记不住。德国姑娘倒是更合我的胃口。所以接下来我去了安特卫普[1],做起了钻石打磨,但我发现赚钱的不是打磨钻石而是买卖钻石。我喜欢掷骰子,我相信'肚皮上没有褶子'那句老话。不管怎么说,我最终去了阿根廷,最近去那里的犹太人特别多。他们扛着行李跑到那里,一转身就成了生意人。我们叫他们 quentiniks,德语里叫 hausierer,纽约人叫他们贩子,不过这又有什么差别呢?那个女中介——她叫啥来着?——她有个儿子在布宜诺斯艾利斯,他托我向她问好。我在中介所见到泽芙特尔。她是你什么人?妹妹?"

"不是,不是我妹妹。"

"关我什么事,哪怕她是你姑妈也与我无关。"

4

"赫尔曼,你该走了。"黄脸女人打断他的话,"那些生意人在等着你呢。"

"让他们等着。我等他们的次数够多的了。我们那个地方干什

---

[1] 安特卫普(Antwerp),比利时重要的港口和工业城市,欧洲主要的钻石集散地,被称为"钻石之都"。

- 131 -

么都是慢悠悠的。西班牙人遇事总爱说 mañana——就是明天,他们是懒骨头,在家里每样东西都要人拿到跟前。那里的草原——他们管草原叫 pampas[1]——有人放牛。那些高乔人[2],他们是这么称自己的,肚子饿了懒得去杀牛,他们随手捡起一把小斧头,从活牛身上割下一块牛排来。因为懒得剥皮,他们会把割下的牛排连皮带肉烤熟。他们还号称,这样吃味道更好。那里的犹太人勤快,所以他们能挣得到比索——他们管钱叫比索。那里什么都好,除了去的男人太多,而夏娃的女儿又太少。可是没有女人,男人只能算半个人哪,就像《塔木德》里说的。那里的姑娘身体有多重,就值多少重量的黄金。我这么说并没有恶意。她们一嫁人,就全结束了。如果婚姻不如意,那就什么希望也没有了,因为离婚是不允许的。哪怕嫁的是条蛇,你也得和他过一辈子——神父们就是这么规定的。那么男人该怎么办呢?穿上轻便鞋,一走了之。所以说,命运之轮转动不息。与其让你妹妹当女佣洗别人的内裤,倒不如让她跟我走,过她想过的日子。"

"她不是我妹妹。"

"如果不是,干吗管那么多?在布宜诺斯艾利斯,我们才不在乎出身呢,我们说家谱只是刻在你墓碑上的东西。去了那里,你

---

[1] pampas,即阿根廷大草原"潘帕斯"。
[2] 高乔人(gaucho),南美大草原上的牧人,属于西班牙人和印第安人的混血人种。

就像重生了一样。你变什么样的戏法？"

"各种各样的。"

"玩纸牌吗？"

"偶尔玩玩。"

"在船上什么也干不了。如果不玩牌，你会发疯的。热得像烧着了一样，船穿过——你们叫它什么来着？——赤道时，热得气都喘不过来。太阳就在你头顶上。晚上热得更厉害。如果走到甲板上，你就像进了烤箱。所以说还能干什么呢？纸牌。来这儿的途中，有个家伙想要蒙骗我。我看着他，说：'兄弟，你袖子里露出来的是啥？第五张 A 吗？'他想吓唬我，但我可不是那么容易被吓着的。回到老家，每个人都随身带着枪。你要是精明过头了，身上就会落满窟窿眼儿。所以，像别人那样，我也带着一把枪。你想看一眼阿根廷左轮枪吗？"

"为什么不看看？我也有一把。"

"你要枪干什么？玩把戏？"

"也许吧。"

"不管怎样，他发现和他打交道的不是个小毛孩。他企图在牌上做记号，但被我捉住了。泽芙特尔说，你会玩纸牌把戏。你会玩什么？"

"不作弊。"

"那是什么呢？"

"拿副牌来，我玩给你看。"

"赫尔曼，你得走了。"米尔茨太太不耐烦地说。

"等一下，别催我，我的生意跑不掉，跑掉了，我也不在乎。你懂什么？我们去另一个房间吃点点心吧。"

"我不饿。"雅沙撒谎说。

"不用等到饿了才吃呀。老话说得好，胃口是吃出来的。在波兰，你们这些人根本就不懂得怎样吃。面条煮鸡汤，鸡汤煮面条。什么是面条？——除了水什么也没有。你们只是填饱肚皮罢了。西班牙人一顿能吃掉三磅牛排，那样吃才强身健骨。你去一个西班牙人家里，他大白天躺在家里，睡得像一截木头。屋里热得像地狱，苍蝇像蚂蟥一样吸你的血。夏天的生活从晚上开始。对我们来说，如果口袋里的钱只够吃一顿饭或嫖一次妓，那就嫖一次吧。尽管这样，也没人挨饿。你喜欢伏特加吗？"

"偶尔喝一点。"

"那就来一杯吧。丽特莎，给我们弄点吃的。"赫尔曼对那个黄脸女人说，"西班牙人非常喜欢魔术，为了一场精彩的把戏，他们可以卖掉自己的灵魂。"

客厅的家具由铺着油布的桌子、一张沙发和一个衣柜组成。天花板上吊着一盏快要熄灭的煤油灯，赫尔曼把灯芯往上捻了捻。房间里散乱地摆放着贴了标签的旅行包和成堆的箱子。一张椅子的椅背上挂着一件外套，椅子上放着一个衬衣硬领和一根银头手杖。房间里洋溢着大洋彼岸的异国情调。墙上挂着两张照片，一张是一位留着白胡子的男子，另一张是一位戴着全套假发的女子。

"坐吧，"赫尔曼说，"我姐姐马上就会端点好吃的过来。她租得起更好的公寓，不过她在这里住惯了，不想搬家。老家的房子没这么大，什么事情都在院子里做。他们管院子叫 patio。西班牙人不喜欢爬楼梯。他们和家人坐在外面喝马黛茶。大家用同一根吸管吸上一口，吸管从这个人的嘴里传到那个人的嘴里。刚开始，你喝不出茶的味道，就像喝掺了甘草汁的泉水，不过什么都会习惯的。在北美，比如说，大家嚼烟草。有件事你必须知道——世界上哪儿都一样。布宜诺斯艾利斯的人也不吃人。你看我——没有被人吃掉吧。"

"也许你吃过人。"

"嗯？——说得妙！谁都骗不了你；脑子灵光，手脚快的人总能捞到油水。你是皮亚斯基人吧？"

"不是，卢布林人。"

"泽芙特尔说你是皮亚斯基人。"

"你自己才是小偷呢。"

赫尔曼大笑起来。

"嗨，你可真行。不是每个皮亚斯基人都是小偷，就像并非每个海乌姆[1]人都是傻瓜一样。只不过是一种说法而已。话说回来，

---

1 海乌姆（Chelm），波兰卢布林省的一座小城。

有谁不偷盗？我母亲，愿她安息，过去常说：'诚实的路不是一条容易走的路。'只要懂得怎么干，什么都能干成。就像我现在，什么都尝试过了。泽芙特尔说，什么样的锁你都能撬开。"

"那倒是真的。"

"我可没有那样的耐心。能把门砸开，干吗还要去捣鼓锁？门靠什么固定在门框上？铰链而已。不过那都是从前的事了。我已成为别人嘴里的模范公民。我有老婆孩子。泽芙特尔把什么都告诉我了，说她丈夫抛弃了她，以及其他所有的事情。如果离了婚，她可以嫁给最有钱的南美人。"

"谁批准她离婚——你吗？"

"什么是离婚？——一张纸而已。所有东西都是一张纸，老伙计，连钱都是纸做的。我是说大把的钱，不是口袋里的零钱。那些握笔杆子的人——写。摩西是个男人。这就是为什么他写一个男人可以有十个老婆，但如果一个女人看其他男人一眼，就必须被石头砸死。如果握笔杆子的是一个女人，她会写完全相反的东西。我的话你听懂了吧？斯塔夫卡街上有个抄写犹太经文的人，是我们一伙的，如果你给他十个卢布，他会给你一份完美的离婚证书，而且有证人的签字，绝对的合法。不过我从来不强迫别人。我愿意预支她的船票钱……"

雅沙突然扬起眉毛："赫尔曼先生，我不是傻瓜。别管泽芙特尔的事了。她不是你要的货。"

"说什么呢?你现在就可以带她走。我已经在她身上花了几个卢布,不过我会一笔勾销的,就算是做点善事吧。"

"不用对我们网开一面。她花了你多少钱?我会全部付清的。"

"别往心里去,干吗那么紧张。喝茶吧。"

5

他们喝着茶,吃着饼干和黄油蛋糕。米尔茨太太和泽芙特尔也坐到了桌旁。赫尔曼往自己的茶里加了果酱,他吃着蛋糕,不时拿起搁在茶碟上的大雪茄抽上一口。他递给雅沙一根,雅沙拒绝了。

"你走遍华沙都弄不到这样的雪茄。"赫尔曼抱怨说,"这是正宗的哈瓦那雪茄。不是你抽的那些替代品,是来自古巴的真货。别人特意给我捎来的。在柏林,买一根这样的雪茄需要两个马克。我什么都喜欢一流的,但什么都得花钱;而当你付钱时,你已经付得太多了。哈瓦那雪茄是什么?烟叶,又不是黄金。漂亮姑娘又是什么?也不过是个有血有肉的人而已。西班牙人爱忌妒,你朝他老婆笑一下,他转身就去找刀子,可是只隔两条街的地方,他却养着一个情妇和她的孩子。过了一阵,他对她也腻味了,就再去找个新鲜的。我在这里看波兰报纸,总忍不住想笑。完全在胡说八道!一个姑娘晚上出门挤一罐牛奶,过来一辆四轮马车,她被抓进了马车。后来，他们把她带到布宜诺斯艾利斯，在市场上把她像卖一头小母牛一样卖掉。可是我在这里好几个星期了，怎么没见到这样的马车啊。而且你怎么把一个姑娘运出国？去哪儿弄船？胡扯，愚蠢。事实上，她们都是自愿出去的。你去那样的地区，能见到来自世界各地的女人。你要一个黑的——就有一个黑的，你要一个白的——就能得到一个白的。如果你要找的是一个来自维尔诺[1]或阿希肖可的立陶宛姑娘，你都不用去找；如果你渴望华沙的本地货，你的要求会被满足的。至于我自己，我不去那样的地方。我用得着去那里吗？我有老婆孩子。可是报纸需要读者。就像我一直说的，一切取决于谁握着笔杆子。我可以告诉你一件事：有男人把自己的老婆往那种地方送。你知道为什么吗？因为他们太懒了，自己不想干活。怎么样，变几套把戏吧？这儿有副牌。"

"你要是玩起牌来，哪儿也别去了。"黄脸女人说。

"还有明天。"

赫尔曼开始洗牌，雅沙立刻明白自己面对的是一个作弊老手。一张张纸牌像是有生命似的从赫尔曼手中飞出来。原来……你是个赌棍！雅沙对自己说。好吧，很快就会让你知道谁更高明。

雅沙让他表演了几套纸牌戏法：三张牌的戏法，四张七的戏

---

[1] 维尔诺（Vilno），即立陶宛首都维尔纽斯。

法，换牌的戏法。雅沙一边摇头，一边"啧啧啧"地咂着舌头。他差点说出口，这种戏法小姑娘都会变。

他提醒自己不早了，如果还想去见埃米莉亚，现在就得离开；然而他仍然坐着。既然她那么自命清高，就让她等着吧！他心里的另一个声音，一个恶狠狠的声音说道。雅沙非常清楚，自己最大的敌人是无聊。为了摆脱它，他做过不少蠢事。这些蠢事像无数的鞭子在抽打他。他也因此承担了各种各样的重负。但是现在，他一点儿也不觉得无聊。他从赫尔曼手里接过牌。实际上，赫尔曼丢下等他做生意的人，和他雅沙一起消磨时间，这本身就说明赫尔曼染上了与雅沙同样的毛病。正是这种毛病把下层社会和上流社会捆绑在了一起——贼窝里的牌手和蒙特卡洛赌场的赌徒，布宜诺斯艾利斯的皮条客和客厅里的花花公子，杀人凶手和干革命的恐怖分子。洗牌时，雅沙用指甲在牌的边上做了记号。

"挑一张牌。"他对赫尔曼说。

赫尔曼选了张梅花老K。

雅沙熟练地把整副牌弯了一下。

"把那张牌放回去，洗牌。"

赫尔曼照他说的做了。

"现在，我会给你找出那张梅花老K。"

说着，他用拇指和食指抽出了那张梅花老K。

"让我们瞅一眼你的指甲。"

雅沙玩一套，赫尔曼立刻玩另一套。赫尔曼显然熟悉所有的纸牌戏法。他的黄眼睛里闪烁着被当成新手的行家特有的狡诈。他屋里不止这一副牌，他有一打的牌。

"看来你还藏着一手啊。"雅沙评论说。

"纸牌让我着迷。不过都过去了。金盆洗手了。"

"不再玩了？"

"只和我太太玩玩'六十六点'。"

"尽管这样，我想再给你看点别的玩意儿。"

说罢，雅沙又拿起牌来。

"挑一套同花色的牌。"

这一次，雅沙表演了几套赫尔曼似乎不熟悉的戏法。他带着疑惑的微笑看着雅沙。他皱着眉头，用长着黄毛的大手捏住鼻子，捏了好一会儿。米尔茨太太睁大了眼睛，好像不相信有人会比赫尔曼更聪明。泽芙特尔朝雅沙眨眨眼，吐了吐舌尖，又朝他送去一个飞吻。

"哎，丽特莎，你家里不会连一根胡萝卜[1]都没有吧？"赫尔曼问。

"非要胡萝卜，红萝卜不行吗？"她挖苦道。

已经十一点了，但两个男人还在不停地用纸牌互相变戏法。

---

[1] 这里赫尔曼是在向丽特莎要酒喝。犹太人习惯用胡萝卜、红萝卜或白萝卜下酒。

有些绝活要用到碟子、杯子、纸箱、硬纸板,以及戒指、手表和花盆。两个女人不停地拿来所需的道具。赫尔曼全身发热。他用手擦去额头上的汗珠。

"咱俩一起干,一定能干出点名堂来。"

"干什么呢?说说看。"

"我们可以去闯荡世界。"

丽特莎拿来伏特加,男人碰了碰杯,时髦地说了声"祝你健康!"丽特莎给泽芙特尔和自己倒上带甜味的白兰地。他们吃着鸡蛋饼干、黑面包和瑞士奶酪。赫尔曼开始用跟自己人说话的亲密口吻说话。

"我在用人中介处见到泽芙特尔。她人长得漂亮,也够机灵,不过我怎么知道她的底细?她说她丈夫离开了她,我心想:'让他安心走吧。我来帮她找条出路吧。'她后来才跟我说起你。她提到一个魔术师,可是不是所有的魔术师都一样啊。那些拉着管风琴在庭院里转悠的人也称自己是魔术师。但是,你,雅沙先生,你是一位艺术家!一流的!顶尖的!不过我虚长你几岁,我可以告诉你在这儿你什么也干不了。有你这样技能的人属于柏林、巴黎,甚至纽约。伦敦也是个不错的城市。英国人喜欢被人愚弄,而且会为这样的特殊待遇付钱。跟我回南美洲,你会被奉为上帝的。泽芙特尔说,你能让人入睡——那叫什么来着——催眠力?那到底是啥玩意儿?我听说过,我听说过那个。"

"催眠术。"

"你懂那个？"

"懂一点。"

"我在哪儿看到过。被催眠的人真的能睡着了？"

"像根木头。"

"这么说你可以让罗斯柴尔德睡着，然后抢走他的钱？"

"我是魔术师，不是罪犯！"

"是的是的，那当然了，不过还是……你是怎么做的？"

"我把自己的意愿强加给别人。"

"但怎么做到的？世界之大，总有新鲜玩意儿。我曾经有过一个女人，我让她做什么，她就做什么。如果我让她生病，她真的就病了。如果我让她康复，她马上就康复。我让她去死时，她闭上了眼睛。"

"啊，这太过分了！"过了一会儿，雅沙说。

"千真万确。"

"赫尔曼，你说上蠢话了。"丽特莎说。

"她碍我的事。爱情是个好东西，但是太多了就不好了。她像蛇一样缠着我，缠得我喘不过气来。她比我大两岁，怕我离开她。有一次我走在街上，她像往常一样跟在我后面。我感到很窒息，就对她说：'再这样下去，我受不了了。''那你想怎样？'她问我，'我该去死吗？''别再跟着我了。'我说。'我做不到。'她说,'你要是让我那样,我只有去死。'刚开始,我有点害怕,但是她把我逼疯了,我觉得不是她死就是我死。我开始考虑……"

"我不想再听一个字!我不想再听一个字!"丽特莎用手捂住耳朵。

一阵寂静,可以听见灯芯吸煤油的声音。雅沙看了一眼表:"亲人们,我困得眼睛都睁不开了。"

"多晚了?"

"平丘夫[1]这会儿天都亮了,好了,我得先走一步了。泽芙特尔,你再在这儿待一两天。一切费用由我来付。"雅沙说,"这些人不会伤害你的。"

"当然了,当然了,我们会安排好的。"丽特莎说。

"你这是急着去哪儿?急着去哪儿啊?"赫尔曼问道,"这儿的人稍微晚一点就慌得不行。有什么好害怕的?在布宜诺斯艾利斯,我们整夜不睡。不管冬天还是夏天。去剧场看戏,散场要到凌晨一点。完了,我们还不回家,找一家咖啡馆或餐馆,先吃一块牛排,然后才开始真正地喝酒。等回到家,天已经大亮了。"

"那你们什么时候睡觉呢?"泽芙特尔问。

"谁需要睡觉?二十四小时里睡上两小时就足够了。"

雅沙起身离开。他感谢他们的招待。丽特莎用询问和深思熟

---

[1] 平丘夫(Pinchev),波兰圣十字省的一个小城。

虑的眼光看着他。看上去甚至像是在向他暗示什么。她把一根手指头在嘴唇上放了一会儿。

"别把自己当外人，"她说，"我们这里不吃人的。"

"你什么时候再来？"赫尔曼问，"我有事要和你商量。咱俩得弄个协定什么的。"

"我有空会来。"

"别忘了。"

丽特莎拿着煤油灯照着雅沙下楼。泽芙特尔走在他边上。她拉住他的胳膊。雅沙心里涌起孩子气的喜悦。他喜欢说意第绪语，穿着便装变魔术。这里就像皮亚斯基，甚至更让人兴奋。赫尔曼显然是个贩卖白种女人的家伙，丽特莎是他的同伙。难以理喻的是，没几个小时他们就混熟了。赫尔曼表现得像是对雅沙心服口服。丽特莎显然对他也有好感。谁知道这样的女人能给男人带来怎样的性爱乐趣，到达欲仙欲死时又会发出什么异乎寻常的呻吟？有那么一阵，煤油灯的灯光照亮了堆着原木和木材的院子。后来，楼上的门关上了，院子又是一片漆黑。泽芙特尔紧紧依偎着雅沙。

"我可以跟你去那儿吗？"

"去哪儿？——今天不行。"

"雅沙尔，我爱你！"

"等着我，事情由我来处理。我让你做什么，你就做什么。"

"我想跟你走。"

"我们会在一起的。我出国的时候会带上你。对我好的人,我都会回报的。不过你要做好准备,什么也别问。如果我让你用头站立,你照着做就行了。明白了吗?"

"明白了。"

"你会照我说的做吗?"

"会,全照你说的做。"

"上楼去。"

"你要去哪儿?"

"还有件小事需要处理一下。"

6

尼兹卡街上空无一人,根本就雇不到马车。雅沙一路往前走,脚步异常轻松。街道上一片漆黑。屋顶破旧的木屋上方,郊外的天空繁星密布。雅沙望着天空陷入了沉思。打个比方,那儿的人会怎么看我?他穿过整条尼兹卡街来到德齐卡街。他告诉泽芙特尔,还有一件小事需要处理。但是件什么样的小事呢?他睡了一整天,现在像早晨刚起床一样精神抖擞。他突然冒出一个奇怪的愿望:去见埃米莉亚。简直是疯狂。现在她肯定已经睡着了。此外,院门也锁上了。不过昨晚从她家窗户爬出来的时候,他就发现那些门对他来说形同虚设。公寓有一个阳台，不用一分钟他就能攀爬上去。埃米莉亚抱怨说，她睡眠不好。她会听见他的到来。更何况他还会用意念促使她等着他，为他打开阳台的落地玻璃门（如果不是已经打开了的话）。他有种预感，今天她不会再拒绝了。就像穿上了神奇的"七里格靴[1]"，他走得飞快。刚才还在德齐卡街，转眼已经走在里马斯卡街上了。他瞟了一眼路边的银行。一根根石柱像高大的守夜人，守护着大楼。大门紧闭，所有的窗户都黑咕隆咚的。存放金银财宝的保险库就在附近某个地下室里。可是究竟在哪儿呢？这栋庞大的建筑像一个城市那么大。要想顺利地做成这件事，需要一个漫长的冬夜。这时，雅沙想起埃米莉亚的女佣亚德维嘉告诉他的一件事，有个叫卡齐米日·察鲁斯基的上了年纪的地主，他多年前就把自己的房产卖掉了，现在把钱全都放在自己住的公寓的铁质保险柜里。他住在马歇尔科夫斯卡大道上，靠近普罗兹纳街，平常家里只有一个耳聋的女佣，她和亚德维嘉是朋友。亚德维嘉讲这个故事时，雅沙懒得记下那个人的住址。他从来没往那方面想，而且肯定自己不会牵涉亚德维嘉去过的人家。现在他又想起了那个故事。今晚我必须干点什么，他对自己说。今晚我有这种魔力。

---

[1] 七里格靴，类似中文"风火轮"的意思。里格（league），旧时长度单位，通常被认为是三英里，即 4.827 千米。

尼兹卡街和克罗莱夫斯卡街之间有一段距离，但雅沙只用了二十分钟就走完了那几俄里。华沙在沉睡，只有零星的守夜人在检查店铺的门锁，或用手里的棍子敲敲人行道，好像在确认没有人正在挖地道。再怎么看守也无法保证万无一失，雅沙对自己说，不管是女人还是财产。谁知道呢？也许就连埃丝特也可能有对他不忠的时候吧？他胡思乱想起来。要是他偷偷溜进埃米莉亚的卧室，发现她正和一个情人待在一起，那怎么办？这样的事情不是没有。此刻他正站在她的窗下朝上看。几分钟前，从阳台爬上去的想法在他看来不仅可行，而且也是万无一失的，现在，站在窗下的他却觉得那个想法很荒唐。总是存在惊醒她的可能，她会误把他当作梁上君子，大声喊叫起来。亚德维嘉也可能听见他的动静，或者哈利娜。埃米莉亚肯定不会原谅他。骑士年代早过去了，现在是毫无诗意的19世纪。雅沙已经在心里命令埃米莉亚醒来并走到窗前，但他显然还没有掌握催眠术的那一部分。哪怕那种方法被证明是有效的，过程也会很慢。

他开始沿着马歇尔科夫斯卡大道朝普罗兹纳街走去。既然不可避免，他对自己说，干吗不在今晚下手呢？显然这是注定的事情。怎么说来着？——命中注定？如果说事出有因，就像哲学家声称的，而人只不过是一台机器，那么所有的事情都像事先定好的。他来到普罗兹纳街，这条街上只有一栋住着人的房子，街对面有一栋正在修建的建筑，四周堆放着砖块、沙子和石灰。住人的房子由干货店和楼上两套带阳台的公寓组成。老地主住的公寓显然面朝前方,但是两套里的哪一套呢?雅沙突然知道了是右边的那一套。左边那套公寓的窗户一部分被窗帘遮住,一部分被帷幔遮住;右边那套只挂着旧窗帘,那种守财奴家里才挂的旧窗帘。好吧,机不可失,时不再来!雅沙心里有个声音在敦促他。既然已经来了,那就动手吧!反正他又不能把钱带进坟墓。夜晚不会永远持续,那个声音再次提醒他。用的几乎像是传道士的语气。

爬上阳台很容易。干货店的门闩凸在门外面,阳台搭在三个雕像的头上。整栋房子的外面点缀着人像和装饰物。雅沙一只脚踩在门闩上,伸手抓住一个女神雕像的膝盖,一纵身就吊在了阳台的边缘上,他荡了一下身体,像没有重量似的翻上了阳台。他在阳台上站了一会儿,不由笑出声来。不可能变成了可能。打开那扇落地玻璃门倒是有些麻烦,门是从里面锁上的。他使劲拉了一下门,用随身带着的万能钥匙挑起闩门的链条。一声大的响动,他推断,要比一连串的索索声好。他停下来看看有没有人叫喊,然后进到房间里,同时闻到了房子里的霉味。很显然,这里的窗户难得打开。

没错,就是这儿,他心里一阵高兴。你都能闻到一股霉腐味!由于有街灯的光照进来,屋里不是那么黑。他并不害怕,但心仍然像杵锤一样捣个不停。他像生了根似的站了一会儿,惊讶这么快就把想法变成了行动。奇怪,亚德维嘉描述的那个保险柜居然就在他身边。它立在那里，又黑又高，像一口棺材。主宰命运的力量把他直接领到了察鲁斯基的宝库跟前。

7

不许失败，他敦促自己。既然采取行动，就必须干到底。他侧着耳朵听了听。卡齐米日·察鲁斯基和聋子用人就睡在边上那几个房间里。他没有听见声响。要是他们醒来了，我该怎么办？他问自己，但他并没有答案。他把手放在保险柜上，感受着金属的冰凉。他迅速找到了钥匙孔，用食指摸索着锁孔，想确定锁的型号和轮廓。接着他把手伸进口袋里去掏刚才还拿在手里的万能钥匙，但钥匙不见了。毫无疑问，他把它塞进另一个口袋里了。他开始翻口袋，但还是找不到。能把它放在哪儿呢？厄运已经开始了！他又把口袋翻了几遍。是不是掉在地板上了？如果掉在地板上，怎么没发出响声？钥匙应该就在手边的，但他怎么都找不到。他又把手伸进口袋里翻找——找了一遍又一遍。关键是别慌！他提醒自己。就当你是在演出。他又开始摸索，心平气和且从容不迫，可那把万能钥匙就是不见了。见鬼了？他半开玩笑、半认真地轻声说道。他全身燥热，汗水都要渗出来了，但他强忍着不让汗冒出来，身上仍然热烘烘的。好吧，找个其他的东西吧。他跪下来，解开一根鞋带。鞋带的两端包着金属，雅沙曾用这样的金属尖撬开过一把锁。不过不行,不够硬,打不开铁质保险柜,他在解开鞋带的过程中得出结论。厨房里可能有螺旋开瓶器或拨火棍,但是现在摸进厨房肯定会招来灾祸。不行,我必须找到那把万能钥匙!他弯下身子,这才意识到地板上铺着地毯。他用手掌在地毯上来回摸着。难道是精灵在跟他开玩笑?精灵真的存在吗?他突然想到:保险柜肯定有钥匙,而且老头肯定会把钥匙放在他睡觉的枕头下面。雅沙知道,从老地主枕头底下取出钥匙很冒险。他可能会醒来。而且雅沙有多大把握钥匙真的在那里?公寓里有很多可以藏东西的地方。但是雅沙认定那把钥匙就压在察鲁斯基的枕头下面。他甚至想象出了那把钥匙的样子:扁平的头,下方是钥匙齿。我在做梦吗?我会发疯吗?他思考着。但是多年来控制着他的那些无形的力量命令他走进卧室。"这么做更容易,"它们鼓励他,"门就在那儿。"

雅沙踮着脚尖站起来。但愿门不要发出吱呀声,他默默祈祷。房门半开着。进门后,他发现自己站在卧室里。卧室比另一个房间要暗,因为无法确定窗户的位置,他只能揣测,随后他的眼睛开始适应房间里的黑暗,一些东西的轮廓逐渐浮现出来,床、被单、枕头上的脑袋——一个光秃秃的脑袋,没有眼睛,取而代之的是两个窟窿眼,就像骷髅架上的眼睛。雅沙僵住了。这个老头还在喘气吗?雅沙听不见他的喘气声。他醒着吗?他是不是恰巧在这一刻咽气了?他不会在装死吧?也许他躺在那儿在做攻击我的准备？老头子的力气通常都很大。这时老头突然打起呼来。雅沙走近床边。他听见当啷的金属声，知道那是什么——万能钥匙。可能它刚才勾在纽扣上了，现在掉到了地上。没吵醒老头吧？

雅沙在床前站了一会儿，准备一有响动就冲出去。我不能杀他！我不是杀人犯。不过老头子又睡熟了。雅沙弯腰去捡万能钥匙——他绝不能留下任何蛛丝马迹，可是钥匙又不见了。那根铁丝和他玩起了捉迷藏。好吧，我看出来了，这是个倒霉的夜晚。恶魔势力选中了我。他心里有个声音在求他赶紧逃走，因为运气已经弃他而去，但他反而朝床前走了几步。想办法找到他的钥匙，雅沙固执地对自己说。

他伸手摸向枕头，不小心碰到了老头的脸。他像被烫着似的缩回手。这个守财奴叹了一口气，好像一直在装睡。雅沙停顿了一下。他做好了攻击的准备，准备卡住察鲁斯基的脖子掐死他。不对，那个人睡着了，鼻孔里发出微弱的笛声。他显然是在做梦。雅沙现在看得更清楚了。他把手伸到枕头底下，确信能摸到钥匙——但是没有。他把枕头连同枕在上面的脑袋稍稍往上抬了一点，还是找不到钥匙。这一次，他的直觉辜负了他。他只剩下一条路——逃走！他心里有个声音在劝他。什么都不对劲了！然而，他又在地上找那把万能钥匙，尽管知道这么做是在招来灾祸。押上自己最后一块钱，却扔掉了王牌。他想起了那句古老的意第绪谚语，就像半夜里想起《圣经》经文和犹太小学的课文一样。突然他全身上下都在往外冒汗，好像有人兜头浇了他一大盆水。他感到自己像是进了蒸汽浴室，又热又潮湿。可是他继续寻找着那把万能钥匙。也许你应该掐死那个老杂种！某个精灵，部分在他体内，部分在他体外，在唆使他，这一部分虽然没有最终决定权，但总是在他最需要调动自己所有能力的时候，给他出馊主意，开恶意的玩笑。

算了，彻底没戏了。我现在就离开，他喃喃自语道。他站起来，从半开着的门退了出来。这里比卧室亮多了！什么都能看清楚，就连墙上的画——画框，不是画布，都看得清清楚楚。一个五斗橱像是从地板上冒上来的，他看见上面放着一把剪刀。这正是我需要的！他拿起剪刀，走到保险柜跟前。现在锁孔的轮廓被街上的光亮勾画出来了。重新平静下来后，他用剪刀尖探查着锁眼的内部，倾听锁里面的转动声。这是一种什么锁？不是英国的。剪刀尖太宽了，他无法插进去很深。这把锁显然不复杂，但里面还是有些构造稚沙弄不明白。这像小孩子玩的字谜，如果不能立刻解开，就会为难你好几个小时。他需要一个可以接触到锁的关键部件的工具。

他突然有了主意。他从胸前口袋里掏出笔记本，撕下几页，搓成一个硬纸锥。这样的工具虽然撬不开锁，但可以穿进锁眼。可是纸做的锥子不结实，也缺少金属的弹性。他发现用它什么也弄不清楚。算了，只能改天再来了。我可不敢等到天亮！他扫了一眼通向阳台的门。失败！惨败啊！有生以来的第一次！这是个可怕的夜晚。他害怕了。他知道，从内心深处，厄运不会仅限于今晚。多年来，那个敌人一直潜伏在他体内。每一次，雅沙都要凭借武力和智谋，凭借护身符和每个人为了保护自己必须学会的咒语才能赶走它。现在，它占据了上风。雅沙感觉到了它的存在——一个附鬼[1]，一个撒旦，一个让他在变戏法时不知所措、把他推下钢丝绳、让他失去雄风的无情对手。他战栗地推开阳台的门。大汗淋漓的身体颤抖着，好像冬天突然降临了。

8

雅沙刚要从阳台上往下爬，就听见下方有人在说俄国话。肯定是巡逻的人。他赶紧把头缩回来。或许他爬上来的时候就已经被人看见了？这个巡逻的也许在等他。他站在黑暗中侧耳倾听。如果他们知道我在这儿，我就被困住了——不对，没人看见过他。爬上来之前，他每个方向都看过。这个巡逻的只是碰巧经过这里。他还是不能原谅自己失败得如此惨重。也许我应该再去找找那把万能钥匙？他想。他回到卧室，一个输光了的赌徒，不会害怕再

---

[1] 附鬼（dybbuk），犹太传说中一种会附身的恶灵。据说，如果死者生前有罪，那死后便会成为游魂，还能进入生者的体内，并控制其行为。

冒一次险的。他站在打开的房门前,惊呆了。老头躺在床上,满脸是血。枕套、床单和老头的睡衣上也都是血。全能的上帝啊,这是怎么一回事?他被人杀了?难道我的运气差到了这种程度,雅沙心想,偷到了一个发生凶杀案的人家?——可是我刚才还听见他在喘气啊!凶手就藏在屋里?雅沙站在那里,吓得全身发麻。接着他笑了。哪是什么血,是朝阳晒下的光。窗户是朝东的。

他又开始找那把钥匙,但是黑夜还滞留在地板上,所有的东西都被黑暗包裹着。雅沙漫无目的地搜索着。他感到一阵疲惫,膝盖发软无力,头也疼痛起来。尽管醒着,他却开始在脑子里编织美梦——那些捕捉不到的思绪,只要一伸手就消失得无影无踪。算了,肯定找不到了。老头随时会醒来。那个狡猾的守财奴在装睡的念头又回来了。他正要起身,手指却碰到了万能钥匙。不管怎样,现在不会留下任何痕迹了。他轻身退回到前面的房间,曙光已经照进来了。墙壁变成了纸灰色。空气中飘浮着灰尘。他迈着颤抖的双腿来到保险柜前,把万能钥匙插进锁孔,开始探测。但是他的意志、力量和野心都已经耗尽,脑子昏昏沉沉。他不再有能力打开那把老式的锁。显然,那把锁是附近某个普通锁匠装配的。要是有蜡的话,我至少可以给这个奇怪的玩意儿做个蜡模。他站在那里,彻底失去了激情,不确定哪种情绪更让他惊讶——早先的贪婪还是现在的冷漠。他又捣鼓了几下,听到哼的一声,意识到那是从自己的鼻孔里发出的。万能钥匙卡住了，不能左转也不能右转。他已打算撇下钥匙不管了，随后又试了一次，钥匙拔出来了。

　　他走到阳台上。那个巡逻的不见了。街上空无一人。尽管街灯还亮着，屋顶上的黑暗已不同于深夜了，而更像是阴天的昏暗，或破晓前的黯淡。空气凉爽潮湿。鸟儿开始啼鸣。是时候了，他对自己说，口气里有种决断，而且给人一种双关的感觉。他开始往下爬，但是他的脚不像往常那样有把握。他想踩在一个雕像的肩膀上，但够不着。有那么一阵，他就吊在阳台边上，觉得自己快要睡着了——人还悬在半空中。接下来，他把一只脚塞进墙上的一个凹槽里。——千万别往下跳，他提醒自己，可是，尽管他想到了，人还是掉下去了，并且立刻就知道自己的左脚着地太猛。——这正是我需要的一切，在离演出还有一周的时候！他站在人行道上检查自己的脚，直到这时，他才感到了疼痛。就在这时，他听见了叫喊声。声音听上去苍老、沙哑和惊恐。是那个地主在叫？他抬头往上看，但是叫喊声是从街上传来的。他看见一个白胡子守夜人朝他跑来，手里挥舞着一根粗短棍。那个人吹响了哨子。他显然在暗中看到了从阳台上下来的雅沙。雅沙忘记了脚上的伤痛，毫不费劲地飞跑起来。警察随时会赶到。他不知道自己在往哪个方向逃窜。从他奔跑的速度看，没有人会想到他的脚受伤了，但是跑着跑着，他就感到左脚使不上劲，脚脖子下面靠近脚趾的地方有一种刺痛。他不是韧带拉伤了就是断了根骨头。

我这是在哪儿？——他沿着普罗兹纳街奔跑，跑到了格尔采鲍夫广场。他听不见叫喊声和哨子声了，但仍然需要躲起来，因为警察可能会从另一个方向追过来。他赶紧朝格诺那街走去。这条街上的排水沟里塞满了淤泥和粪便，而且街上黑咕隆咚的，就好像太阳还没有在这一带升起来。街灯的灯光刺眼，雅沙被一辆解了套的马车的车杠绊了一下。城市的这个部分是一个大杂烩，货场、市场和面包房混在一起。到处都是油烟味。雅沙差点被一辆运肉的马车撞倒，马儿离他那么近，都能闻到它们嘴里的恶臭。赶车的人咒骂了几句。一个看门人朝他挥舞着扫帚，一副义愤填膺的神情。雅沙走上人行道，看见一所犹太会堂的庭院。大门开着，一位年迈的犹太人正往里走，腋下夹着装祈祷巾的布袋。雅沙飞奔进院子。——他们不会搜查这里！

他经过会堂，显然还没开门（没有光线从拱形窗户透出来），走到一间习经室。院子里放着几个大木箱，里面装满了从圣书上撕下来的散页。尿骚味刺鼻难闻。雅沙拉开门后发现，这间习经室似乎也被当作济贫院使用。领诵人经架旁点着一根纪念蜡烛，借助摇曳的烛光，他看见一排排的人躺在长凳上，有人光着脚，有人穿着破旧不堪的鞋子，有人盖着破布，有人半裸着身体。空气里有一股牛脂、灰尘和蜡的气味。——不会，他们不会来这里搜查，他反复对自己说。他来到一个空着的长凳前，坐了下来。他茫然地坐在那里，让受伤的脚休息一下。他的鞋子和裤子上沾着斑斑点点的马粪。他本想把马粪抖落干净，但在这个圣洁的地方，这么做是亵渎神灵的。有一阵，他听着乞丐们的呼噜声，简直无法相信刚才发生过的事情。他的目光移向房门，倾听前来抓捕他的警察的脚步声。他好像听见了马蹄声，一队逼近的骑警，不过他知道那只是他的幻想。终于，传来一声沙哑的叫喊声："起来，起来，你们这帮懒骨头！"会堂执事到了。人影陆续坐起来，站起身，伸懒腰，打哈欠。会堂执事划着一根火柴，他的红胡子刹那间被照亮了。他走到一张桌子跟前，点燃了一盏煤油灯。

就在那一刻，雅沙突然想起了察鲁斯基保险柜上的锁的类型和打开的方法。

9

那些无家可归的人拖着脚步，一个接一个地走出习经室，信徒们慢慢聚集起来。晨光里，煤油灯的灯光似乎很微弱。房间里既不黑暗，也不明亮，而是弥漫着一种破晓前的朦胧之光。有的信徒已经开始吟诵开场祈祷词，其他人则在来回踱步。模糊的身影让雅沙想到一种传说：尸体在深夜来到犹太会堂祈祷。这些影子晃晃悠悠地走动着,单调低沉地吟唱着非尘世的圣歌。他们是谁?为什么起这么早?雅沙想知道。他们什么时候睡觉?他坐在那里,像一个脑袋挨了一记重拳、然而却知道自己神志不清的人。他虽然醒着,但身心的某个部分却还像在午夜一样沉睡。他检查了一下他的左脚,让它歇着。疼痛漫延开了,刺痛和发炎的感觉从左脚的大脚趾开始,越过脚踝向上,一直传到膝盖那里。雅沙想起了玛格达。回家后怎么跟她交代?他们在一起的这些年里,他经常残酷地对待她,但他知道她这一次受到的伤害比以往任何一次都要严重。他确信如果自己的脚受伤了,将无法举行首场表演,但他不去想它。他把目光转向约柜的上檐,认出了匾上刻着的"十诫"。他想起来就在昨晚(或许还是同一天?)他告诉赫尔曼自己是个魔术师,不是小偷。但没过多久,他就犯下了入室偷窃罪。他感到麻木、困惑,理解不了自己的行为。那些信徒披上祈祷巾,戴上经文匣,他们系好经文匣的皮带,再把头盖住,他惊讶地观察着他们,就好像他,雅沙,是个从未见过这种场面的异教徒。第一批信徒已经集合完毕,他们在默诵祈祷词。留着长鬓角、头戴便帽、束着腰带的年轻人在桌旁坐下,开始研习《塔木德》。他们摇头晃脑,打着手势,做着鬼脸。很长一段时间里,全体会众沉默不语。他们在默诵《十八祝福词》。没过多久,领诵人开始缓慢而庄重地吟诵起《十八祝福词》。他的每一个字在雅沙听来都异乎寻常地陌生,又异乎寻常地熟悉:"感谢主。我们的上帝和我们列祖的上帝，亚伯拉罕的上帝，雅各的上帝，以撒的上帝……你赐予慈爱和拥有一切。你以慈爱支持活着的人，以伟大的仁慈让死者复活，扶住将要跌倒的人，治愈病人，释放被束缚的人，信任长眠于尘土的人。"

雅沙把这些希伯来话翻译过来，逐字斟酌。真是这样吗？他问自己。上帝真有那么好吗？他太软弱了，无法回答自己的问题。有一阵，他不再听到领诵人的声音。他似醒似睡，尽管眼睛一直睁着。他又惊醒过来，听到领诵人的吟诵："心怀仁慈，回到耶路撒冷，那座城，如你所说的，定居在那里……"

唔，这些话他们已经说了两千年了，雅沙心想，但是耶路撒冷仍然是一片荒野。他们毫无疑问还会再说上两千年，不对，一万年。

红胡子执事走过来。"如果你想要祷告的话，我去给你拿祈祷巾和经文匣。你得付一个戈比。"

雅沙本想拒绝，但却立刻从口袋里掏出一个硬币。执事想找给他钱，雅沙说："不用找了。"

"谢谢。"

雅沙想一走了之。他已有好多年——天知道多少年——没戴经文匣了，而且他从来没有披过祈祷巾。可是没等他起身，会堂执事已经拿着祈祷巾和经文匣回来了，还带给他一本祈祷书。

"要念祈祷词吗？"

"祈祷词？——不用。"

他连站起来的力气都没有，就好像全身的力气都被抽空了。他还在担心，也许警察就在外面等着他？装祈祷巾的袋子就放在他身边的凳子上。雅沙小心翼翼地取出祈祷巾。他用手指触摸着袋子里的经文匣。他觉得所有的人都在看他，等着看他怎么做。他恍惚觉得，一切都取决于他怎样披祈祷巾和戴经文匣。如果做得不对，那将证明他在躲避警察……他开始披祈祷巾，寻找祈祷巾上有刺绣图案或条纹的地方，那个部位应该盖在头上，但他找不到刺绣或条纹。他笨手笨脚地整理着祈祷巾上的礼穗，一根穗子甚至扫到了他的眼睛。他心中充满了青春期少年特有的羞耻和恐惧。他们在嘲笑他。全体会众在他身后咯咯地笑着。他尽了最大的努力把祈祷巾披上，但祈祷巾还是从肩膀上滑落下来。他取出经文匣，无法确定哪一个戴在头上，哪一个戴在胳膊上。还有应该先戴哪一个？他在祈祷书上寻找着说明，但上面的文字在他眼前变得模糊了。他眼前火星飞舞。千万别晕倒，他提醒自己。他感到恶心想吐。他开始祈求上帝：天父啊，可怜我吧！什么都可以，千万别让我这样！他想要摆脱眩晕，掏出一块手帕，朝里面吐了一口唾沫。火星还在眼前飞舞，拉锯似的升上去又落下来，有红色的、绿色的和蓝色的。耳朵里叮当作响，像是有人在摇铃铛。一位老人走到他跟前，对他说："我来帮你。把袖子卷起来。左胳膊，不是右……"

哪一只是左手？雅沙问自己。他开始卷左边的袖子，祈祷巾再次从他的肩膀上滑落下来。一伙人聚在他身边。要是让埃米莉亚看见这个！他突然想到。他现在已经不是魔术师雅沙，而是个笨手笨脚、需要别人帮助并成为别人笑柄的乡巴佬。嗯，上帝的惩罚降临了！他焦虑不安地对自己说。

他心里充满了懊悔和谦卑。直到这一刻，他才意识到自己原先想干的是什么，上帝又是怎样阻止他的。这对他就像一个启示。他任凭别人随心所欲地摆布，就像一个骨折了的人听凭别人给他包扎一样。那位老人把皮带缠绕在他的胳膊上。他背诵着祝福词，雅沙像小孩子一样跟着他念。老人让雅沙低下头，把那个应该戴在头上的经文匣固定在他头上。他把皮带绕在雅沙的指头上，绕成希伯来字母 Shadai[1]。

"你肯定很久没有祷告了。"一个年轻人说。

"很久了。"

"嗯，还不晚。"

同样是这一群犹太人，刚才他们还带着成年人的嘲笑望着他，现在却带着好奇、尊敬和慈爱的表情看着他。雅沙明显感受到了从他们心里流向他的爱的暖流。他们是犹太人，我的同胞，他对自己说。他们知道我是个罪人，但仍然原谅我。他再次感到羞耻，

---

[1] 意为全能的上帝。

不是因为自己的笨拙，而是因为他背叛了这个群体，玷污了它，随时准备抛弃它。我到底怎么了？不管怎么说，我是世代敬畏上帝的犹太人的后裔。我的曾祖父是一个殉道者。他记得父亲临终前把他叫到身边，对他说："答应我，你永远要做一个犹太人。"

他父亲握着他，雅沙的手，直到咽气。

我怎么能够忘掉这些？怎么能够？

那圈犹太人散开了，雅沙独自站在那里，披着祈祷巾，戴着经文匣，手里拿着祈祷书。他感觉到左脚的肿胀和撕疼，但他继续祈祷，把希伯来语翻译给自己听："赞美主，世界因他的话而存在。赞美主，他是世界之初的创造者。赞美主，他的言行。赞美主，他的裁决和执行。赞美主，他的仁慈和对敬畏他的人的赏赐。"

奇怪的是，现在他相信这些话了：上帝创造了这个世界。他确实怜悯他的创造物。他确实赏赐敬畏他的人。雅沙一边吟诵这些字句，一边反省自己的命运。多年来，他一直在回避犹太会堂。出乎他的意料，几天的时间里，他两次误打误撞地走进会堂，第一次是他在路上遭遇雷暴雨时，这是第二次。多年来，他很轻易就撬开最复杂的锁，而现在，随便一个撬保险柜的窃贼瞬间就能打开的简简单单的锁，却难倒了他。他上百次毫发无损地从高处跳下来，而这次跳下一个并不高的阳台却伤了脚。很显然，天上的神灵不想让他犯罪，抛弃埃丝特，改变信仰。也许连他已故的父母也在为他求情。雅沙再次抬起眼睛,看着约柜的檐口。他已经背叛,或企图背叛"十诫"中的每一诫!他差一点就掐死了老察鲁斯基!他甚至贪恋哈利娜,已经编织好引诱她的罗网。他已经坠入邪恶的深渊。这是怎么发生的?从什么时候开始的?他的本性是善良的。冬天,他把面包屑撒在屋外喂鸟。遇到乞丐他定会施舍。他对骗子、背信弃义的人和江湖郎中深恶痛绝。他一直为自己的诚实和公道感到自豪。

他站在那里,双腿弯曲,被自己的堕落震惊了,更糟糕的或许是,他缺乏洞察力。他焦躁、烦扰,忽视问题的本质。他把别人拖下水,却看不见——假装看不见——自己怎样在泥潭里越陷越深。只剩下一根细线拴着他,使他免于坠入万丈深渊。不过怜悯的力量齐心协力,让他披上祈祷巾,戴上经文匣,手拿祈祷书,站在一群纯正的犹太人中间。他吟诵着"以色列啊,你要听[1]",用手蒙住眼睛。他背诵《十八祝福词》,思索着里面的每一个字。早已忘却的童年的虔诚回来了,一种无须印证的信仰,一种对上帝的敬畏,一种对自己犯下的罪行的悔恨。他从世俗的书本里学到了什么?世界是自己创造出来的。太阳、月亮、地球、动物和人都来自一团水汽。但这团水汽又是从哪里来的?一团水汽怎么能

---

1 此句出自《圣经·申命记》第六章第四节:"以色列啊,你要听!耶和华我们的上帝是独一的主。"

创造出一个有五脏六腑和大脑的人来？他们嘲笑把一切归功于上帝的信徒，却把所有的智慧和力量归功于一个意识不到自身存在、视而不见的自然。雅沙感到有一道光从经文匣进入到他的大脑里，打开了里面的房间，照亮了黑暗，解开了一个个死结。所有祈祷词说的都是同样的话：有一个无所不见、无所不闻的上帝，他怜悯世人，他遏制自己的震怒，宽恕罪行，他要世人忏悔，他不仅在这个世界，也在另一个世界上惩恶扬善。

是的，存在另一个世界，雅沙始终这么认为。他几乎都能看见它们了。

我一定要做一个犹太人！他对自己说，和其他犹太人一样的犹太人！

第七章

1

雅沙走出会堂,外面阳光明媚,格诺那街上挤满了拉货的平板马车、马匹、外地的商贩和经纪人,以及沿街叫卖的男女小贩。"烟熏鲱鱼!"他们大声吆喝着,"刚出炉的硬面包圈!""热鸡蛋!""鹰嘴豆和芸豆!""土豆馅饼!"一辆辆马车满载木材、面粉、板条箱、木桶,以及用草席、被单、麻袋盖着的各种货物,从敞开的大门驶出。路边的店铺经营着食油、酸醋、绿皂和车轴润滑油。雅沙站在犹太会堂的门口,看着眼前的一切。刚才还在狂热地崇拜和大声吟唱"永远祝福那个伟大的名字,阿门"的那些犹太教徒四散开了,各人回到自己的商铺、工厂或作坊。有的是雇主,有的是雇员,有的是师傅、有的是做零工的。在雅沙眼里,街道和会堂互不相容。如果一个是真的,那么另一个肯定是假的。他知道这是恶魔的声音在作祟。但是他披着祈祷巾、戴着经文匣站在祈祷室里产生的虔诚,现在开始冷却和消散了。他原打算今天斋戒一天的,就像在赎罪日一样,但是总得先消除啃噬他的饥饿感吧。他的太阳穴在突突地跳动,早先对宗教的不满又回来了。干吗那么激动?他心里有个声音在质问。有什么可以证明上帝的存在吗?有谁在听你祈祷?世界上有无数的宗教,它们互相矛盾。是的,你没能打开察鲁斯基的保险柜,而且还把脚伤了,但那又能说明什么呢?只能说明你心慌意乱、精疲力竭、头晕目眩罢了……雅沙想起刚才祈祷时下的决心和发下的苛刻誓言,但只不过在这里站了几分钟,那些决心和誓言的根据都消失不见了。他真能像他父亲那样生活吗?他真能放下他的魔术、他的风流韵事、他的书刊报纸、他的时装吗?他在习经室发的誓言,现在听上去就像高潮时对女人的低声呓语,有点太过分了。他抬头看着苍白的天空。如果你想要我侍奉你,上帝啊,显一下灵吧,显示一个奇迹,让我听见你的声音,给我一些迹象吧,他屏住呼吸说道。就在这时,雅沙看见一个瘸子朝他走来。他是个小矮子,头歪向一边,像是要把它从自己的脖子上扭下来似的。弯曲肿胀的双手也一样——它们像是就要从手腕上断了似的,哪怕是在捡别人施舍的钱的时候。他的双腿显然只有一个结果:变得越来越扭曲。他的胡子看上去也是歪歪扭扭的，正在把自己从下巴上揪下来。每个手指弯向不同的方向，像是要从一棵看不见的树上采摘一颗看不见的果子。他迈着诡异的脚步，一瘸一拐地走着，一只脚在前，一只脚擦着地面拖在身后。一根扭曲的舌头从歪斜的嘴里耷拉下来，夹在两排歪歪倒到的牙齿中间。雅沙掏出一个银币，想放在这个乞丐的手里，但发现自己受不了那副古怪的长相。另一个魔术师！他心想，感到一阵厌恶，有种跑开的冲动。他想尽快把那个银币扔给他，但那个瘸子似乎有自己的打算——他挨近了一点，试图去碰雅沙，像一个麻风病人决心要把麻风病传给别人一样。雅沙的眼前又出现了点点火花，好像它们始终都在伺机出动似的。他把硬币扔在乞丐的脚下。他想跑，但两条腿开始颤抖和扭曲，像是在模仿那个瘸子。

他看见一个给穷人提供食物的食堂，走了进去。地板上撒着锯末。尽管还早，顾客们已经在吃饭，饭菜有鸡汤面、油炸馅饼、牛肉香肠、羊杂碎和胡萝卜炖肉。食物的味道让雅沙恶心想吐。不能一大早就吃这些东西，他告诫自己。他回头看了一眼，像是要往外走，一个壮实的女人挡住了他。"别走啊，年轻人，这里没有人会咬你。我们的肉食都是现宰现做的，完全符合教规。"

上帝和宰杀之间有联系吗？雅沙心里纳闷。那个女人拉过一把椅子，他在长桌旁坐下，那张桌子上已经有几个客人在用餐。

"一杯伏特加和一个鸡蛋饼干？"她建议说，"或者碎肝加白面包？鸡汤加荞麦片？"

"有什么上什么吧。"

"哦？放心吧，我不会给你下毒的。"

她拿来一瓶伏特加、一只酒杯和一小筐鸡蛋饼干。雅沙拿起酒瓶，但是他的手在颤抖，洒了一点伏特加在桌布上。和他一起用餐的客人叫了起来，半是提醒，半是开玩笑。他们是外地来的犹太人，穿着被太阳晒褪色的打着补丁的华达呢外套和没有扣上的内衣。有个人的黑色络腮胡子都快长到眼睛那里了。另一个人的胡子是红颜色的——像公鸡的肉垂。长桌往前一点，坐着一个犹太人，身穿一件带流苏的衣服，头戴一顶便帽。他让雅沙想起第一位教他《摩西五经》的老师。也许真是他？雅沙心想，他非常确定那位老师已经去世了。也许是他儿子？刚才，和虔诚的犹太人待在一起的时候，他很愉快，但现在坐在他们中间却让他感到不自在。在喝伏特加前要念几句祝福词吗？他寻思着。他动了动嘴唇。他呷了一口杯子里的伏特加，酒辣得像刀子在割他，眼前一阵发黑。他的嗓子在冒火。他伸手去拿一个鸡蛋饼干，却掰不下一块来。我这是怎么了？我病了吗？什么病？他感到一种敌意和尴尬。女店主给他端来碎肝和白面包时，他知道应该去行洗手礼，但这里没有洗手的地方。他咬了一口白面包，那个穿带流苏衣服的人问道："能先行一下洗手礼吗？"

"他呀，早行过了。"长着黑胡子的人讥讽地回答。

雅沙一声不吭地坐在那里，惊讶自己早先的热诚已转化成恼怒、骄傲，只想独自待着。他转过身不去看别人，那些人随即谈论起自己的事情来。他们马上海阔天空地聊开了：买卖、哈西德教派、神迹——太多的奇迹了，然而还是有那么多的贫穷、疾病、瘟疫，雅沙思考着。他一边吃着麦片鸡汤，一边驱赶苍蝇。他的脚一直在疼。他觉得肚子在发胀。

现在我该干吗？他问自己。去看医生？医生帮得了我吗？他们只会一个办法——打石膏。碘酒我自己也能擦。可是如果脚好不了怎么办？脚伤成这样，你怎么在钢丝绳上翻跟头？雅沙越想心情越沉重。他几乎身无分文——受了伤，他怎样谋生！他能跟埃米莉亚说什么？昨天他没去见她，她肯定急疯了。而且他回家后怎么跟玛格达解释？他能说自己在哪儿过夜吗？如果一个男人的一切——甚至连爱情，都取决于一只脚，那他还有什么价值？是时候了断自己了。

他付完账走出去，又看见那个瘸子。那个人像是要把自己的头撞进一堵看不见的墙里似的，还在那儿扭动着转圈。难道他不觉得累吗？雅沙心想。仁慈的上帝怎么能够让一个人经受那样的折磨？雅沙脑子里冒出了去见埃米莉亚的念头，他渴望她的陪伴，需要跟她说会儿话。但他总不能就这样去见她吧，脏兮兮的，胡子拉碴，裤脚上还沾着马粪。他扬手拦住一辆马车，吩咐车夫去弗勒塔街，他把头靠在车厢壁上，想打个盹。就当我已经死了，在去为自己送葬的路上，他心想。透过闭上的眼皮，他能看见白天的光亮，这里一片粉色，那里一片清凉的阴影。他听着街上的声音，吸着刺鼻的气味。他不得不用双手抓牢，免得从车上摔下去。不行，我必须改变。这不是生活！他对自己说。我心里不再有片刻的安宁。我必须放弃魔术和女人。一个上帝，一个妻子，像其他人一样……

他不时微微睁开眼睛，看看自己到哪里了。他们正经过银行所在的广场，一天前那栋建筑还显得那么寂静，充满着不祥的预兆，此刻却挤满了士兵和平民。一辆载着钞票的大车驶进大门，由坐在外面的武装警卫把守着。当雅沙再次抬起眼皮朝外看时，他看见特洛麦卡街上一座新建的犹太会堂，改良派的犹太教徒在那里做礼拜，拉比们用波兰语而不是意第绪语布道。

他们也信教，雅沙思索着，但他们不让乞丐进来做礼拜。他再次朝外张望时，雅沙看见了那座古老的波兰军火库，俄国人已经把它改造成监狱。铁栏杆背后坐着和雅沙同样的人。他在弗勒塔街下了车，上楼回自己家。这时他第一次感觉到了自己的伤势有多严重。他被迫把身体的重量放在那只没受伤的脚上，拖着另一只脚往上走。每抬一次脚，他都能感到脚后跟附近的剧痛。他敲了敲门，但玛格达没有来开门。他敲得更响了。生那么大的气？寻短见了？他用拳头敲门，等着。他没带钥匙，把耳朵贴在门上。他听见鹦鹉在尖叫。这时他想起了那把万能钥匙。它仍在他的口袋里，但他厌恶这个羞辱了他的东西。尽管这样，他还是把它掏出来，打开了门。家里没有人。床是铺好的，但看不出昨晚有没有睡过。雅沙走进那个养动物的房间。他的出现使它们兴奋起来。每个动物似乎都想用自己的语言对他说上几句。每个笼子里都放着水和食物，所以说它们并不饥渴。窗户是开着的，好让空气和阳光进来。"雅沙！雅沙！雅沙！"那只鹦鹉在厉声尖叫，然后啪嗒合上弯弯的尖嘴，带着埋怨的神情斜视着他。在雅沙看来，那只鸟想要说的是："你只是伤害了你自己，而不是我。我总能吃上几粒谷子的。"那只猴子上蹿下跳，那张长着一个扁平鼻子和一双周边布满皱纹的棕色眼睛的小脸上，流露出一本故事书中男主人公的悲伤和忧虑，那个人是魔术咒语的牺牲品，咒语让他变得像野兽一样凶残。雅沙觉得那只猴子好像是在问他："难道你不知道这只是一场虚幻吗？"那只乌鸦也想说话，但只能从嗓子眼里发出一阵模仿人说话的呱呱叫声。雅沙想象那只鸟在训斥、嘲笑和说教。

他想到了那两匹母马。它们养在院子里的一个马厩里。守门人安东尼在照料它们，但雅沙现在想去看看它们——卡拉和希瓦——灰尘和灰烬。他也亏待了那两匹马。这样的好天气，它们本该在绿油油的牧场上吃草，而不是在闷热的马厩里站着。

他回到卧室，没脱衣服就躺倒在床上。他打算脱掉鞋子，用冷水敷敷脚，但他累得什么都不想做。他闭上眼睛，像昏过去了一样躺在那里。

2

直到醒来,雅沙才知道自己睡得有多沉。他睁开眼,不知道自己是谁,人在哪里,干了什么。有人在使劲敲门,尽管听到了敲门声,雅沙并没有想到要去开门。他的脚疼得很厉害,但是怎么弄的,他却想不起来了。他身体的每个部分都像是瘫痪了,但他知道记忆很快就会恢复,他躺着,对自己的僵硬感到惊讶。他又听见了敲门声,这次他知道他必须去开门。他想起了发生过的事情。是玛格达吗?可是她有钥匙呀!他四肢麻木,又在那里躺了一会儿,才振作精神爬起来,走过去开门。他的左脚几乎动不了。脚显然肿起来了,他感到鞋子在挤脚,脚在发烫。他打开门,门口站着沃尔斯基,他穿着浅色西装、白皮鞋,头上戴着一顶草帽。他脸色蜡黄,满脸皱纹,像是没睡好觉。他用闪米特人的黑色眼睛盯着雅沙看,露出一丝会心的嘲笑,好像知道雅沙昨晚干了什么。雅沙立刻失去了耐心。

"怎么了?你笑什么?"

"我没在笑。我收到一封来自埃卡特里诺斯拉夫[1]的电报。"

他从口袋里掏出一封电报。雅沙注意到沃尔斯基的手指被烟

---

[1] 埃卡特里诺斯拉夫(Ekaterinoslav),乌克兰中东部的一座城市,位于第聂伯河畔,现称第聂伯罗。

熏黄了。他接过电报念了起来。那是埃卡特里诺斯拉夫一家剧场的邀请，邀请他去那里演出十二场。他们保证可观的酬金。剧场经理要求立刻回复。雅沙和沃尔斯基走进另一个房间。雅沙走路时尽量不拖着那只脚。

"玛格达呢？"

"出去买东西了。"

"你怎么穿得这么正式？"

"你想要我怎么样，赤身裸体？"

"你大清早是不穿西装打领带的啊。谁把你的裤子撕破了？"

雅沙似乎丧失了说话能力。"哪儿破了？"

"这儿。还有你全身脏兮兮的。和别人打架了，还是怎么了？"

直到现在，雅沙才注意到他裤子膝盖那里撕破了，而且还沾上了石灰。他犹豫了一下。"我被一伙流氓打了。"

"什么时候？在哪儿？"

"昨天晚上，津沙街。"

"你去津沙街干什么？"

"见一个人。"

"什么样的流氓？他们怎么会去撕你的裤子？"

"他们想抢劫我。"

"什么时间？"

"凌晨一点。"

"你答应过我早睡觉,可你却整夜不归,还卷入到街头斗殴里。麻烦你走几步给我看看。"

雅沙被激怒了。

"你既不是我父亲,也不是我的监护人。"

"没错。但你需要维护自己的名声呀。我像你父亲一样一门心思扑在你身上。你开门的那一刻,我就看出来你的腿瘸了。请把裤腿卷起来,干脆把裤子脱了吧。骗我对你没一点好处。"

"是的,我反抗了。"

"你大概喝醉了。"

"当然了。我还杀了几个人。"

"嗨!离开演只剩一周了。你好歹有了点名气。如果你在埃卡特里诺斯拉夫登台演出,整个俄国都会向你张开双臂的。然而你却四处游荡,天晓得在哪儿,深更半夜的。把裤腿往上拉一拉。衬裤也往上拉。"

雅沙照他说的做了。他左膝盖下方有一块瘀伤,乌青的,皮也擦掉了一大块。衬裤上也有血。沃尔斯基带着无声的责备看着他。

"他们把你怎么了?"

"他们踢我。"

"裤子上还沾着石灰。底下是什么?马粪?"

雅沙不吭声。

"你干吗不在伤口上敷点什么？至少用点冷水吧？"

雅沙不回答。

"玛格达呢？她从来不这么早出门。"

"沃尔斯基先生，你不是公诉人，我也还没有站在证人席上。不要盘问我！"

"对，我既不是你父亲，也不是公诉人，但我对你有责任。我不想侮辱你，但别人信任的是我，不是你。当年你找到我的时候，只是个普普通通的魔术师，为了几个小钱在市场上表演。是我把你从贫民窟救出来。现在我们眼看着就要成功了，你却跑到外面喝得酩酊大醉，鬼知道你还干了什么。上个星期你就应该开始排练了，可是剧场里连你的影子都见不着。海报贴满了整个华沙，说你是个无与伦比的魔术师，可是你却摔断了腿，甚至都不去看医生。你从昨天起就没有脱过衣服。说不定你是从哪个窗口跳下来的。"沃尔斯基说话的口气变了。

雅沙的脊背打了个冷战。

"为什么说跳窗？"

"一定是从某个结了婚的女人家逃走。可能是她丈夫突然回来了。这种事情我们都知道。这方面我是老手了。脱了衣服上床去吧。除了自己，你糊弄不了别人。我去叫医生。所有的报纸都在刊登你在钢丝绳上翻跟头的事，已经成为全城的话题了。谁能想到你会干出这样的事情。如果你现在失败了，一切都完了。"

"等到演出伤就好了。"

"可能会好,可能不会。把衣服脱了。既然是跳窗,整条腿我都要检查一下。"

"几点了?"

"十一点十分。"

雅沙还想说点别的,这时他听见了钥匙转动的声音,是玛格达。她走了进来,雅沙的眼睛睁大了。她穿着自己最好的衣服,戴着去年的草帽,上面点缀着鲜花和樱桃,脚上穿着一双高跟纽扣鞋。她看上去像一个进城帮佣的乡下女人。一夜之间,她变得更瘦,更黑,也更老了,脸上布满溃烂的伤口。看见沃尔斯基,她吃了一惊,开始往门口退。沃尔斯基脱下帽子,他的头发像一团弄皱了的假发。他点了点头,带着父辈关心的黑眼睛从雅沙身上快速转向玛格达,下嘴唇困惑地耷拉着。

3

"玛格达小姐,"沃尔斯基打破了沉默,口气则像一个在说教但又有点勉强的人,"我俩说好你要照顾好他,他是个孩子。艺术家都像小孩子,有时候比小孩子还要难伺候。你看他把自己搞成了什么样子!"

"求你了,沃尔斯基先生,别说了!"雅沙打断了他。

玛格达没有回答，一声不响地看着雅沙的光脚和脚上的伤痕。

"这么早你去哪儿了？"雅沙问她。他立刻意识到自己说漏嘴了，泄露了昨晚上不在家的事实，但已经来不及收回了。玛格达吓了一跳，她的绿眼睛在发光，恶狠狠的，像一只被激怒的猫。

"待会儿我会一五一十地告诉你的。"

"你俩这是怎么了？"沃尔斯基问他们，像长辈一样。没等他们回答，他接着说道："好吧，我得去找一位医生，先冷敷一下。家里有碘酒吧？没有的话，我从药剂师那里带点回来。"

"沃尔斯基先生，我不想看医生！"雅沙厉声说道。

"为什么？离开演只有六天了。人们已经提前买好票。已经卖出去一半的票了。"

"我不会耽误演出的。"

"那只脚不会那么快就自己好的。你为什么怕看医生？"

"今天我还得去一个地方。过后我会去看医生。"

"有什么非去不可的地方？脚都伤成这样了，不能到处乱跑了。"

"他非得跑去见他的一个婊子！"玛格达咬牙切齿地说。她的嘴唇在颤抖，眼睛看着别处。这是沉默害羞的玛格达平生第一次这么说话，而且当着外人的面。她说的话带着乡下口音，尽管声音不大，却像尖叫一样刺耳。沃尔斯基一脸苦相，像是吞下了什么似的。

"我不想掺和你们的事情。哪怕我想掺和,也没有这个资格呀。不过做什么事情都有先后。为了这一天,我们等了好几年了。这是你的机会:你会出名的。别像老话说的,胜利就在眼前,却丢掉了手里的枪。"

"我什么都不会丢掉!"

"求你了。让我去请个医生。"

"不行。"

"好吧,不行就不行吧。我做经纪人快三十年了,见过艺术家是怎样自杀的。他们摸爬滚打好多年,眼看就要登顶了,却把自己摔了个稀巴烂。为什么会这样?我也不知道。也许他们更喜欢贫民窟吧。我跟库扎斯基怎么说?他问到了你。剧场里有人跟你过不去。而且,我又怎么答复埃卡特里诺斯拉夫的经理?我得回他的电报。"

"明天我会给你一个答复。"

"明天什么时候?有什么事情你现在还不知道的,非得等到明天?你俩又为什么争吵?你们得一起干,得像往年一样排练哪。如果有什么不同,那就是今年要更加努力。除非你们想让你们的对头看你们的笑话。"

"一切都会顺利的。"

"好吧,既然命中注定了,那就这样吧。我什么时候再来?"

"明天。"

"我明天一早过来，不过你得治一治你的脚。走两步，给我瞧瞧。你的腿瘸了！你骗不了我。不是扭伤了就是骨头断了。用热水浸泡。要是我的话，不会等到明天的。医生可能要给你的脚打上石膏。那你怎么办？那帮暴徒会把剧场掀翻的。你知道夏季剧场的观众是什么样的。那里不是歌剧院，经理走到幕前，向尊贵的观众宣布首席女歌唱家的嗓子不舒服。在那儿，他们立刻就会往台上扔臭鸡蛋和石块。"

"我跟你说了，一切都会顺利的。"

"好吧，希望如此。有时候我真后悔自己没去做鲱鱼生意。"

沃尔斯基朝雅沙和玛格达鞠了个躬。他在走道里又咕噜了几句，出门时使劲带上了门。

一个基督徒，却像犹太人一样爱抱怨，雅沙自言自语道。他忍不住想笑，用眼角瞟了一眼玛格达。她昨晚没在家过夜，他得出结论。她一直在四处乱逛。可她去哪儿了？她这是在报复我吗？他心里交织着忌妒和厌恶。他恨不得揪住她的头发，把她在地板上来回拖。你去哪儿了？哪儿？哪儿？哪儿？他想说。但是他克制住自己。他想象她脸上的红疹每一秒钟都在恶化。他松开拳头，低下头，盯着自己裸露的腿。他愤怒地看着玛格达。

"去抽水站给我打点冷水来。"

"自己去打。"

接着,她"哇"地大哭起来。她飞跑出房间,猛地甩上门,震得窗玻璃咔咔地响。

我还是再躺半个小时吧,雅沙对自己说。

他回到卧室,在床上舒展开四肢。他的伤腿僵硬得几乎都伸不直了。他躺在那里,透过窗户看着外面的天空。一只鸟在高处飞翔。它看上去小得像一颗浆果。这样的小动物伤了腿或翅膀后会怎样?只有一条出路——死亡。人也一样。死亡是一把扫除所有罪恶、所有疯狂、所有污秽的扫帚。他闭上眼睛。那只脚在抽搐、胀痛。他想把鞋子脱掉,但鞋带打成了死结。越来越肿了!他感到脚趾头上的肉变得像海绵一样肿胀。这只脚可能会坏疽。也许不得不把它锯掉。不行!宁可去死!唉,我七年的好运到头了!他们不可靠!他大叫道,不知道他指的是女人还是异教徒,或是两者的结合。毫无疑问,埃米莉亚的心里也住着恶魔。他躺在那里,脑子里一片空白,暖洋洋的疲倦把他送进了梦乡。他梦见在过逾越节,吃完塞德餐[1]后听见他父亲说:"是不是有点好笑?我丢了一个铜子!""爸爸,你说什么呢?今天是逾越节!""哦,过节酒喝多了,我有点醉了。"

那个梦只持续了几秒钟。他一下子惊醒了,门开了,玛格达端着一盆水走进来,还带着一块冷敷用的餐巾。她怒气冲冲地瞪

---

[1] 塞德餐(seder),逾越节第一天晚上犹太人的家宴,纪念他们的祖先离开埃及。

着他。

"玛格达,我爱你。"他说。

"人渣!色鬼!害人精!"她又突然落下泪水。

4

雅沙很清楚他的想法有多疯狂,但是他非得去见埃米莉亚。他像一个被催眠了的人,必须完成主人交给他的任务。埃米莉亚在盼望他,她的盼望像磁铁一样吸引着他。玛格达又出门了。他知道现在是走的好时机。隔一天或许就太晚了。他爬起来,决定不去管他的脚;他需要刮胡子,洗澡,换衣服。我必须把一切都告诉她,他对自己说,我不能把她悬在半空中。去刮胡子的时候,他发现刮胡刀不见了。玛格达有藏东西的习惯。每次她收拾完房间,都有东西找不到了。她可以把领带藏到炉子里,拖鞋藏在枕头下面。乡下人就是乡下人!雅沙想。他换了一件干净的衬衫,但一个链扣从袖子上掉了下来,不见了。链扣显然滚到衣柜底下了,但他无法弯身。他还有一副链扣,但在哪儿呢?玛格达甚至把钱塞在奇奇怪怪的地方,有时候过了好几个月才找到。雅沙趴在地板上,用手杖在衣柜底下划拉,但这番努力的结果是那只伤脚痛得像针扎一样,接着他的肚子也痛起来了。这帮恶魔已经下手了,他对自己嘀咕道。现在除了厄运我什么也没有。

玛格达回来了,她已经换下了那件好看的衣服。看得出来她出去买菜了,手上的篮子里露出两条鸡腿。

"你要去哪儿?我正准备做午饭呢。"

"做给你自己吃吧。"

"又去找你那个皮亚斯基的婊子?"

"我想要去哪儿就去哪儿。"

"我俩结束了。我今天就回家。你这个肮脏的犹太佬!"

她似乎被她自己的话吓到了,张大嘴巴站在那里,举着手像是要抵挡什么打击似的。雅沙脸色煞白。"好,散伙!"

"对,散伙。是你引出我心里的恶魔的!"

她扔下手上的篮子,轻声哼起一首农人的哀歌,像是在遭受折磨。那只鸡躺在地上,昂着血淋淋的脖子,四周散落着洋葱、甜菜、土豆。玛格达飞快地跑进厨房,雅沙听见一阵咔咔声,好像她在呕吐或被卡住了脖子。雅沙已经站起来了,手里还握着用来找链扣的手杖。他莫名其妙地走过去,把地上的鸡摆正了,并用一片甜菜叶盖住鸡割开的脖子。他继续寻找着链扣。他想去厨房看看玛格达,但忍住了。要不了多久,埃米莉亚肯定会用同样的话诅咒我,他心想。是的,所有一切都像纸牌搭起的房子一样在垮塌。

他总算穿好了衣服。经过走廊时,他透过关着的房门听见玛格达在刷锅。他一瘸一拐地走下楼,每走一步都痛得钻心。他好不容易来到理发店,但店里没有人。他大声叫喊,用没受伤的脚跺着地，用拳头捶墙，但是没有人出来。他们就这样扔下一切跑了！他嘟囔着。这就是你们的波兰。他们还抱怨这个国家四分五裂呢。也许跑去打牌了，这帮赌鬼！胡子刮不成了，我只能这样去见她了。让她看看我沦落到了什么地步。他站在路边等马车，但等不到。这个国家就是这个样子，他嘟哝道，他们只会每过几年造一次反，然后锒铛入狱。

他硬撑着走到德卢加大街，看见一家理发店，走了进去。理发师正忙着给一位顾客理发。"桶里装满白菜后，你不能再往里塞，"理发师说，"白菜和亚麻不一样、不能挤压。桶装满了就是装满了。要是面团的话，先生，那就更糟糕了。我想起来一件事，有个女人想给她妈做个蛋糕。她揉好面团，加了酵母和其他东西。最后一刻，她决定把面团带到普拉加她母亲家，在那里烤，因为她自己炉子的烟囱堵住了，或是漏烟了。她把面团放在篮子里，上面盖了一块布，拎着篮子去乘公共马车。马车上很热，面团开始发酵。面团像是活过来似的从篮子里往外爬。她想把它推回去，但面团这东西硬往里推是没有用的。她从一边压，面团从另一边鼓出来。盖着的布顶掉了。篮子撑大了，'嘭'的一声爆开了。反正我觉得是爆开了。"

"面团有那么大的劲？"椅子上的男人问。

"当然有了。马车上乱作一团。车上还坐着几个自以为聪明的傻瓜和……"

"肯定是面团里酵母放多了。"

"问题不在酵母，主要是车上太热。那是个大夏天，而且……"

他们干吗胡扯这些？再说了，他是个谎话精，篮子绝不会爆开，雅沙想。不过我的鞋子会！我的脚在肿胀。他们为什么不跟我打招呼？也许我是个能看见别人，别人看不见我的隐身人！

"要等很久吗？"他问。

"要等我理完这一位呀，先生。"理发师说，礼貌中带着奚落，"我只有一双手。我没法用脚来理发，即便可以，我拿什么来站呢？用我的头？您说呢，米奇斯拉夫先生？"

"你说得太对了。"他的客人答道。那是个身材矮小的男人，长着个大脑袋，后颈笔直，亚麻色的直短发让雅沙想到了猪鬃。那个人转过身来，鄙视地看着雅沙，淡蓝色的小眼睛陷得很深。很显然，理发师和他的顾客已经结成了同盟。

尽管这样，雅沙还是等着理发师给那位顾客理完发，又给他的胡子尖上了蜡。突然，理发师的态度来了个大转变，跟雅沙亲热地聊起天来。

"天气真好，对不？夏天，真正的夏天！我喜欢夏天。冬天有什么好？天寒地冻，会得黏膜炎！有时候夏天太热，出汗太多，但那不会要你的命。昨天我在维斯瓦河里游泳，亲眼看见一个人淹死了。"

"浴场里？"

"他本想露一手，想从男浴场游到女浴场。他们怎么着也不会让他进去的,因为女人都光着身子洗澡。所以说这么做有什么意义?值得为开玩笑送命吗?别人把他拖出来的时候,他看上去就像是睡着了。我没法相信他已经死了。这样白白送掉一条命有什么意义呢?还不是为了显摆自己有本事。"

"可不是,大家都疯了。"

5

今天,我要对一切都做个决断,坐在马车里的雅沙对自己说。今天是我的最后审判日。他闭上眼睛,摒除杂念,沉浸在自己的思绪里。但马车走过一条又一条街道,他一个决定也没有做出来。闭着眼睛的他再次听到了这个城市的声音,也嗅到了它的气味。赶车的人在吆喝,鞭子甩得噼啪响,孩子们欢闹不已。庭院和集市上吹来的暖风里充斥着马粪味、炸洋葱味、污水味和屠宰场的血腥味。劳工们在拆除木板人行道,把鹅卵石换成方石子,安装煤气街灯,挖沟铺设下水道和电话线。城市的内脏被重新安排了。有时候,雅沙睁开眼来,感到马车就要陷进沙坑了。大地即将坍塌,大厦倾倒,整个华沙即将遭受所多玛和蛾摩拉[1]的命运。现在

---

[1] 所多玛(Sodom)和蛾摩拉(Gomorrah),《圣经·创世记》中的两城市名。据载,这两个城市的居民罪恶深重,耶和华降硫黄与火毁灭两城。

他怎么做得出决定？马车经过格诺那街的犹太会堂。我什么时候来这儿的？他脑子里一片混乱。今天？还是昨天？这两天搅和在了一起。他当时披着祈祷巾，戴着经文匣在那里祈祷，曾经附着在他身上的虔诚现在变得那么陌生，像一场梦。是什么力量在支配我？当时我肯定被吓破了胆！马车来到埃米莉亚家门口，雅沙付给了马车夫一个荷兰盾，而不是通常的二十个铜子。马车夫找钱给他，雅沙摆了摆手。他是个穷人，他想，让他留着额外的十个铜子吧。每件好事都会提升你在天堂的地位。

他慢腾腾地走上台阶，他的脚不像刚才那样难受了，他拉响门铃，亚德维嘉前来开门。她面带笑容，亲切地说："夫人在等您，从昨天起就在等您了。"

"有啥新鲜事吗？"

"什么都没有。哦，对了，有一件！雅沙先生也许还记得我告诉过您的老察鲁斯基和他的聋子女佣吧，她是我的朋友。唉，他们家昨天被盗了。"

雅沙嘴里发干。"钱财被偷了？"

"没有，那个小偷慌了神，跑了，是从阳台上跳下去的。守夜人看见他了。别提多可怕了！那个老头子大吵大闹！太可怕了！他要辞退我的朋友。警察也来了。我的朋友伤心透了。三十年——在同一家干了三十年哪！"

说这些话的时候，亚德维嘉异乎寻常地高兴。朋友的不幸带给她某种内心的满足。她眼睛里闪烁着雅沙此前没有见过的恶毒。

"是呀,华沙从来就不缺小偷。"

"唉,大把的钱财在诱惑他们。请您进客厅等候。我去禀告太太您来了。"

雅沙觉得亚德维嘉变得年轻了,现在她不是在走路,而是连蹦带跳地一路小跑。他走进客厅,在沙发上坐下。绝不能让她们注意到我的脚有问题。如果注意到了,我就说我摔伤了。也许我先说出来会更好。这样反而不会引起过多的怀疑。雅沙以为埃米莉亚会立刻来见他,但她比平时用的时间更长。她在为昨晚的事报复我,雅沙想。他总算听到了脚步声。埃米莉亚打开门,雅沙看见埃米莉亚又穿了一件色彩鲜艳的长裙,这件显然是新的。他站起来,但没有马上迎上去。

"好漂亮的裙子!"

"喜欢吗?"

"太漂亮了!转过身去,让我从后面看看!"

埃米莉亚照他说的转过身,雅沙利用这个时间一瘸一拐地走近她。

"太美了!"

她转身面向他。

"我还担心您不喜欢呢。昨晚您干吗去了?因为您,昨晚我一宿没睡。"

"那你干吗了？如果不睡觉。"

"这种时候还能干什么？我看书，到处走。真的，我担心得要命。我以为您已经……"埃米莉亚失声哭了起来。

卧室里没有亮灯怎么看书？雅沙想。他本想揭穿她，但意识到那么做的同时也暴露了自己的行踪，便忍住了。她打量着他，脸上露出好奇、怨恨和挚爱的神情。借助某种难以察觉的力量（或预兆），雅沙知道了她在为那天拒绝他的事后悔，现在她已准备好纠正自己的错误。她皱起额头，像是要弄清楚他的想法。他打量着她，觉得她老了很多——不是几天，而是好几年，就像有时候一个人得了场重病，或是遇到了巨大的不幸。

"昨天遇到了一件倒霉的事情。"他说。

她的脸色煞白。"什么事？"

"排练的时候摔了下来，脚受伤了。"

"有时候我就在想，您是怎么活下来的，"她责备地说，"您想要做个超人。就算您有这样的才能，也没必要白白浪费呀，特别是为了那一点点报酬。他们根本就不赏识您。"

"是这样，我确实太卖力了。不过我天生这样。"

"嗯，是缺点，也是优点……您看过医生了吗？"

"还没呢。"

"那您还等什么？没几天您就要首演了！"

"是的，我知道。"

"坐下。我就知道出事了。您本该过来的,但没有来。我也不知道为什么,就是睡不着。我一点就醒来,再没合过眼。我有种奇怪的感觉,觉得你遇到了危险……"她突然用比较随便的"你"来称呼他,"我跟自己说,这种担心很可笑。我不想疑神疑鬼,但摆脱不了那种感觉。什么时候出的事?你什么时候摔的?"

"准确地说是在夜里。"

"一点钟?"

"差不多吧。"

"我就知道!尽管想不出来是怎么一回事。我坐在床上,无缘无故地,开始为您祈祷。哈利娜也醒了,来我房间里。我俩之间有种奇怪的联系。我睡不着的时候她也睡不着,尽管我小心不弄出声响。怎么出的事?是往下跳的时候吗?"

"是的,我跳了一下。"

"您必须立刻去看医生,如果他说不要演出了,您必须听他的。这种事情不能大意,特别是您这样的情况。"

"剧场会破产的。"

"随它去。谁也免不了出事故。要是我们已经在一起了,我会照顾您的。你看上去很不好。您理发了?"

"没有。"

"看上去像是理过。我知道您会觉得很可笑,但我这几天一直有种预感。您不用担心。我没有预见到大的灾难,不过肯定会出点事。我在强打精神。今天早晨听不到您的消息,我简直绝望了。我甚至想上您家去。这种事情怎么解释?"

"没法解释。"

"我可以看看您的脚吗?"

"等会儿吧,现在不行。"

"好吧,亲爱的。不过有件重要的事情我必须和您商量。"

"什么事?告诉我吧。"

"我们必须做出明确的计划。也许我要说的话不中听,但我们都不是小孩子了。再这样等下去,我实在受不了了,那种所有事情都悬在半空中的感觉。这样的处境让我觉得不舒服。我天生不是一个没有责任感的人。我必须确切地知道自己的处境。哈利娜必须复学,不能再耽搁她一个学期了。您承诺过上千次,但还是一切照旧。现在您已经把我们的打算告诉哈利娜了,她跟我闹个没完。她是个聪明的小姑娘,但孩子毕竟是孩子。我知道我不该在您受伤的时候和您说这些,但再怎么说您都体会不到我所承受的。除此之外,我还想您想得要命。每次和您说完再见关上门,我的痛苦就开始了。我有种奇怪的不安感,好像待在一块浮冰上,它随时可能破裂,我会掉进水里。我开始相信自己已经变得粗俗不堪和不知羞耻了。"

埃米莉亚停下了她滔滔不绝的那一番话。她站在那里,低着头,颤抖着,像是羞得无地自容似的垂下眼睑。

"你是指身体上吗?"雅沙犹豫了一下,问道。

"都有。"

"好吧,我们把所有的事情都定下来吧。"

6

"您每次都说我们要做决定。需要决定的事情有那么多吗?如果我们打算走,我必须放弃我的公寓,卖掉家具。尽管它们不值钱,但也许能卖几个钱。不过我们也可以把家具寄到意大利去。这些都是我们必须做的很具体的事情。嘴上说说什么用都没有。我们也该去申请护照了,俄国人处处刁难人。我们应该定下来究竟哪个星期哪一天离开。还有经济上的问题。我此前没和您商量这个问题,因为我很反感这个话题。每次不得不提起的时候,血就直往脸上涌,"(她的脸确实涨红了)"但没有钱我们什么也做不了。我们也说起过您的——嗯,您确实答应过信奉天主教——我知道这只是一种形式,信仰不是靠往身上洒几滴水就能得到的。但不这样我们就结不了婚。我跟您说这些是基于您做出这些承诺时是真诚的。如果不是那样,为什么要把这出闹剧演下去?我们不再是小孩子了。"

埃米莉亚停止了说话。

"你知道我说的每一句话都是算数的。"

"我什么都不知道。我对您又能了解多少？有时候我连自己都不了解。过去听见这种事情，我总是指责另一个女人。不管怎么说，您确实有一个妻子，尽管上帝知道您对她不忠，而且您的行为，一般来说，是那种不受拘束的男人的行为。我也有罪，但我忠于我的信仰。按照天主教的观点，一个人改信我们的信仰后，他就重生了，他过去的所有关系也就作废了。我不认识您妻子，也不想认识她。另外，您的婚姻是一个没有子女的婚姻。一个没有子女的婚姻只能算作半个婚姻。我也不年轻了，但我仍然可以生孩子。我愿意为您生儿育女。您会笑话我的，但是就连哈利娜也在说这个。有一次，她跟我说：'您和雅沙叔叔结婚后，我想要个小弟弟。'像您这样有才能的男人，绝不能没有后代。马祖尔是个很不错的波兰姓。"

雅沙坐在沙发上，埃米莉亚坐在他对面的一张躺椅上。他看着她，她也在看他。他突然意识到，不能把事情再拖下去了。此刻，他必须说出那些不得不说的话。但他还没决定说什么和怎么说。

"埃米莉亚，有些事情我必须告诉你。"他开了个头。

"说吧，我听着呢。"

"埃米莉亚，我没有钱。我所有的财产就只有卢布林的那栋房子，但我不能从她那儿拿走。"

埃米莉亚想了一会儿。

"为什么您以前只字不提呢？您的做派给人的印象是钱不是

问题。"

"我一直觉得我会在最后一刻弄到钱。如果首演成功了，我就有出国演出的机会。这里总有外国来的剧院老板——"

"对不起，但是我们的计划完全不是这样的。您怎么肯定一定能在意大利找到工作？他们也许跟您签约去法国或美国演出。如果我们结婚了，您不得不待在一个地方，而哈利娜和我却在另一个地方，那不是很荒唐吗？哈利娜必须在意大利南部待一段时间。比方说，在英国待一个冬天，会要她的命的。再说，您原来计划休息一年时间，学习欧洲的语言。如果不懂他们的语言就在欧洲巡演，他们对您不会比波兰这儿好多少。您把我们计划好的全忘了。我们原计划在那不勒斯附近买一栋带花园的房子。那才是我们的计划。我不想以任何方式指责您，但如果您希望改善自己的境况，那就必须按照一个精确的计划行事。像这样过一天算一天，按照你们演艺人的说法，是走着瞧，对您没什么好处。您自己也承认。"

"是的，你说得没错，不过我必须弄到一笔钱。这一共需要多少钱？我是说，最少需要多少？"

"我们不是早就算过了吗？至少需要一万五千卢布。再多一点当然更好。"

"看来我不得不去弄笔钱。"

"怎样弄？据我所知，华沙的天并不下卢布。我印象中您已经攒下了所需的资金。"

"没有。我一无所有。"

"好吧，那也只能这样了。千万不要以为我对您的感情就此改变了。可是我们的计划显然不能还像过去那样了。我已经告诉一些和我关系近的人，我将要去国外。哈利娜不能永远待在家里。她这个年龄的女孩子必须去上学。再说了，在这里我和您不能住在一起。那样对我俩都是不明智的。您有家庭，天晓得还有别的什么。像现在这样，我都因同情你的妻子而睡不着觉，不过要是离开了这个国家，我就会觉得她离得很遥远。偷走别人的丈夫，还要担心她找上门来哭闹，这太让我受不了了！"

她否定地摇着头，强调她的拒绝，同时打了个寒战。

"我会弄到钱的。"

"怎样弄？抢银行？"

哈利娜走了进来。

"啊，雅沙叔叔！"

埃米莉亚抬起头。

"我和你说过多少遍了，进门前先敲门。你不是三岁小孩了。"

"如果打扰你们了，那我走就是了。"

"一点也不打扰，"雅沙说，"你这身衣服真漂亮！"

"有啥漂亮的？一条已经快穿不下的裙子。不过是白色的，我喜欢白色。我希望我们意大利的房子也是白色的。为什么房顶不能也是白色的呢？哦，那会有多美呀——一个白屋顶的房子！"

"也许你希望扫烟囱的也穿一身白衣服?"雅沙逗她说。

"干吗不呢?可以把煤炱也变成白色的嘛。我读到过,每当选出一位新教皇时,梵蒂冈的烟囱里就会冒出白烟,那么,如果烟是白色的,煤炱也可以是白色的。"

"是的,一切都会为你安排好的,但现在回你自己的房间。我们正在商量事情!"

"你们在商量什么?不要皱眉头哇,母亲大人。我现在就离开。我口渴得要命,不过不要紧。走之前,我只想说一件事——你的情绪好像不太高嘛,雅沙叔叔。怎么了?"

"我打翻了一大罐酸牛奶。"

"什么?这算是笑话吗?

"一句意第绪谚语。"

"我想学意第绪语。我想学所有的语言:中文、鞑靼语、土耳其语。有人说动物也有它们自己的语言。我有一次路过格日博夫广场,那些穿长袍留黑胡子的犹太人看上去真好笑。犹太人是什么样的人哪?"

"我跟你说了,快出去!"埃米莉亚提高了嗓门。

哈利娜转身刚要走,响起一声敲门声。门口站着亚德维嘉。

"来了位男士,想跟太太说话。"

"男士?他是谁?他有什么事?"

"不知道。"

"你为什么不问他名字?"

"他不肯说。他看上去像是邮局或什么地方的。"

"哦,又一个讨厌鬼。等一下。我出去看一下。"埃米莉亚走进了过道。

"会是谁?"哈利娜问道,"我从学校图书馆借过一本书,弄丢了。其实不是弄丢的,书掉进阴沟里了,我觉得恶心,就没有去捡。我害怕把它带回家,要是妈妈看见这么脏的书,她会狠狠地骂我一顿。她有时好,有时非常不好。近来,她的行为有点古怪。她晚上不睡觉,而且只要她睡不着,我也睡不着。我爬到她床上,和她躺在一起,像两个丢了魂的人那样聊天。偶尔她会坐在一张小桌子跟前,把手放在桌子上,等着桌子预测她的命运。哦,有时候她很好笑,但我爱她爱得要死。夜里她那么好。有时候我希望永远是夜里,而且你,雅沙叔叔,和我们待在一起,我们一起生活。也许你现在愿意催眠我?我太想被催眠了。"

"你为什么需要催眠?"

"哦,因为生活太没意思了!"

7

"你母亲不让我这么做,我不会去做她反对的事情。"

"在她回来之前就结束。"

"没有那么快,不过你已经被催眠了。"

"什么意思?"

"啊,你已经身不由己地爱上我了。你会永远爱我。你绝不会忘记我。"

"是的。绝不会!我喜欢胡说八道。我可以胡说八道吗?趁妈妈不在房间?"

"可以,继续。"

"为什么不是所有的人都像你那样,雅沙叔叔?别的人都那么自负,自以为了不起。我爱妈妈,爱她爱得要死,不过有时候我恨她。她情绪不好的时候会对我发火。'别来这里!''别站在那儿!'有一次我不小心打碎了一个花盆,她一整天都不跟我说话。那天晚上我梦见一辆公共马车——马儿、售票员和乘客,应有尽有——径直穿过我们的公寓。我在梦里犯了糊涂:马车为什么要穿过我们的公寓?这些人要去哪儿?马车又是怎样穿过公寓的大门的?可是那辆马车就那么朝前走,一站一站地停靠,我心想:妈妈回来看到这些,会大发雷霆的。我忍不住大笑起来,把自己笑醒了。现在想到那个梦,我还忍不住想笑。可这是我的错吗?我也梦见你了,雅沙叔叔,不过既然你那么小气,不肯催眠我,我就不告诉你那个梦。"

"你梦见我什么了?"

"我不告诉你。我的梦要不很滑稽,要不就是彻底的疯狂。你可能会觉得我疯了。就是一些可怕的念头。我想把它们赶走,但做不到。"

"什么样的念头?"

"我不能告诉你。"

"你不用对我藏着掖着。我爱你。"

"噢,你只是嘴上说说。实际上,你是我的敌人。你甚至可能是个伪装成人的魔鬼。也许你像芭芭雅嘎[1]那样长着角和尾巴?"

"是的,我确实长着角。"

说着,雅沙把两根手指头竖在头顶上。

"别那样,我害怕。我是个胆小鬼。到了夜里,我就害怕得要死。我怕鬼,怕邪恶的幽灵那样的东西。我们的一个邻居,有个六岁的女儿,亚宁卡。一个漂亮的小姑娘,长着金色的卷发和蓝色的眼睛,像个小天使。她突然得了猩红热,死了。妈妈不想让我知道,但我什么都知道。我甚至从窗口看见他们把她的棺材抬出去——一口点缀着鲜花的小棺材。噢,死亡太可怕了。白天我不去想它,可是天一黑,我就开始想。"

埃米莉亚走进房间。她从雅沙看到哈利娜,然后评论道:"哦,你俩真是美妙的一对啊!"

"来的是谁?"雅沙询问,有点被自己的鲁莽吓到了。

---

[1] 芭芭雅嘎(Baba Yaga),俄罗斯、波兰等斯拉夫国家民间传说中专吃小孩子的女巫。

"我要是告诉您,您会觉得好笑——尽管这不是件好笑的事情。我们有个熟人住在附近,一个有钱的老头,察鲁斯基,一个放高利贷的吝啬鬼。其实他算不上熟人,只不过亚德维嘉和他的女佣是朋友,因为那个关系他开始和我打招呼。昨天晚上有人闯进他家。小偷是从阳台进去的,守夜人看见他从阳台上下来。守夜人去追他,但那个人跑掉了。他没能打开保险柜。他好像留下了一个笔记本,上面有他准备偷窃的公寓的地址,我的地址也在上面。一个侦探刚才过来提醒我。我直截了当地告诉他:'这里没什么他能偷的东西。'您说奇怪不奇怪?"

雅沙感到上颚发干。

"他为什么要留下地址簿呢?"

"显然是掉在那里的。"

"嗯,你得多加小心。"

"怎么小心?华沙已变成贼窝了。哈利娜,回你的房间去!"

哈利娜没精打采地站起来。"好好好,我走。我们俩刚才说的话你一定要保密哦!"她对雅沙说。

"好,永远的秘密。"

"好吧,走了。赶我走,我能有什么选择。不过你还不走吧,雅沙叔叔?"

"不走,我还要再待一会儿。"

"再见!"

"再见！"

"Au revoir[1]。"

"Au revoir。"

"Arrivederci[2]！"

"快点！"埃米莉亚不耐烦了。

"嗯……我在走。"哈利娜走了出去。

"您和她有什么秘密？"埃米莉亚半开玩笑地问。

"重大秘密。"

"我有时候后悔生了个女儿而不是儿子。男孩子不总待在家里，而且不掺和他母亲的私事。我爱她，但有时候她惹我生气。您必须记住她还是个孩子，不是大人。"

"我像对待小孩子那样和她说话。"

"那个小偷也真奇怪，难道就找不到比我更有钱的人家了？他们的信息都是从哪儿来的？肯定是溜进大门查看人名和地址。我怕小偷。小偷很容易就变成杀人犯。大门上倒是有把挂锁，但通向阳台的门只有一条链子。"

"你住三楼，对入室盗窃的人来说太高了。"

"是的。你怎么知道察鲁斯基住在二楼？"

---

1 法语的"再见"。
2 意大利语的"再见"。

"因为我就是那个小偷。"雅沙说，声音沙哑，他被自己说出的话惊呆了。他的喉咙发紧，眼前一片漆黑，他又看见了火星。好像有个附鬼在他体内说话。一阵战栗顺着他的脊梁往下走，他再次感到了晕厥前的恶心。

埃米莉亚停顿了一会儿，说："哎，这个主意不错。既然您能从窗户爬下去，应该也可以爬上阳台。"

"我可以，真的。"

"什么？我没听见您说的。"

"我说，'我可以，真的'。"

"那么，您为什么不打开保险柜呢？既然动手了，您就应该干到底呀。"

"有时候做不到。"

"您为什么说那么轻？我听不清您说的。"

"我说，'有时候做不到'。"

"俗话说：'明知做不到，何必瞎忙活。'真滑稽，刚才我还在想小偷可以破门进入他的公寓呢。大家都知道他把钱放在家里。那些钱迟早会被人偷走的。所有守财奴的命运都是那样的。不过积累财富本身就是一种欲望吧。"

"算是一种欲望吧。"

"有啥差别？从绝对意义上说，或许所有的欲望不是愚蠢到家，就是绝顶聪明。我们又知道什么呢？"

"不知道，什么都不知道。"

他俩都沉默不语。最终她打破了沉默。

"您怎么了？我必须看一下您的脚！"

"现在不行，现在不行。"

"为什么不行？您怎么摔下来的？告诉我。"

她不相信我，她以为我在开玩笑，雅沙想。唉，反正一切都结束了。他看着埃米莉亚，但像是透过一层雾气在看她。房间里光线很暗。窗户是朝北的，挂着深红色的窗帘。他心里涌起一种奇怪的冷漠，是那种要去自杀或冒着生命危险去犯罪的人才有的冷漠。他知道自己将要说出的话会毁掉一切，但他已经不在乎了。

他听见自己在说："我的脚是从察鲁斯基家的阳台上跳下来时受伤的。"

埃米莉亚扬起眉毛："说真的，现在可不是开玩笑的时候。"

"千真万确。"

8

在接下来的沉默中，雅沙能听见窗外的鸟鸣。好吧，最糟糕的已经过去了，他对自己说。他现在明白自己的目的——对整件事情做个了结。他肩上的负担太重了。他需要切断所有的牵连。他瞟了一眼房门，像是准备不辞而别。他没有垂下眼睛，而是正视着埃米莉亚,眼睛里没有自豪,只有恐惧,那种经受不了恐惧的人感到的恐惧。埃米莉亚也在看着他,脸上没有愤怒,只有一种混杂着鄙视的好奇神情,那是一种人在发现自己所有的努力都是白辛苦后的神情。她像是在忍着,以免笑出声来。

"说实话,我不相信……"

"是的,这是真的。昨晚我就在你家门口。我甚至想上来见你。"

"可是您却去了那里。"

"我不想吵醒哈利娜和亚德维嘉。"

"我希望您是在和我开玩笑。您知道我很容易上当受骗。容易相信别人。"

"我没在开玩笑。我听亚德维嘉说起过他,我觉得这会是解决我们问题的办法。但我慌张了。我显然不是干这种事情的料。"

"您是来向我坦白的,是这样吗?"

"是你问我的。"

"我问什么了?——不过又有什么差别呢,全都一样。如果您不是在闹着玩,我只能可怜您,也就是说,可怜我们俩。如果您是在开玩笑,我只会鄙视您。"

"我不是来这儿闹着玩的。"

"谁知道您会做什么,不做什么?您显然不是一个正常的人。"

"不正常。"

"我刚在书上看到有个女人心甘情愿让疯子勾引自己。"

"你就是那个女人。"

埃米莉亚眯起了眼睛:"这就是我的命。斯蒂芬,愿他安息,他也是一个神经病。是另一种类型的。显然,这样的男人才对我有吸引力。"

"千万别责怪自己。你是我见过的最高贵的女人。"

"您还见过谁?垃圾里生长出来的还是垃圾。原谅我说话粗鲁,但我只是说明一个事实。要怪只能怪我自己。其实您没有隐瞒任何东西,我什么都明白,但希腊戏剧里有一种命运——不对,有另一个名字——在那种情况下,一个人尽管知道将要降临的是什么,但他还是不得不去完成自己的使命。尽管看见了深渊,但他还是陷了进去。"

"你陷得还不深。"

"深得不能再深了。如果您还算个男子汉,就不该让我遭受这最后的耻辱。您本可以一走了之,不再回来。我不会派人去追您的。那样的话,至少还给我留下一点回忆。"

"对不起。"

"不用说对不起。您告诉过我,您是结了婚的。您甚至承认玛格达是您的情妇。您还告诉我您是个无神论者,您当时是怎么说来着?如果这一切我都能接受,我就没有理由害怕一个小偷。可笑的是,您居然是个如此不称职的小偷。"埃米莉亚发出一声干笑。

"也许我还有机会证明自己是个称职的小偷。"

"谢谢您的许诺。我只是不知道该怎么跟哈利娜说。"埃米莉亚的声调一变,"我希望您明白您必须离开,永远别再回来了,也不许写信。对我来说,您已经死了。我,也死了。但死人也有各自的地盘。"

"好,我走。请放心我绝不会……"说着,雅沙做出起身的动作。

"等等!我看您站都站不起来了。到底伤到哪里了?脚脖子扭了?脚骨折了?"

"受了点伤。"

"不管是什么伤,这一季您是演不成了。您有可能要瘸腿一辈子了。您肯定和上帝签订了契约,因为他当场就惩罚了您。"

"我只是手脚太笨了。"

埃米莉亚用手捂住脸。她低下头,像是在沉思着什么。她甚至用指尖按摩着自己的额头。她把手移开后,雅沙大吃一惊,他看见一张变了样的脸。短短几秒钟的时间,埃米莉亚变了个样。她眼睛的下方出现了眼袋。她像一个刚从短短的沉睡中醒来的人一样,连头发也凌乱了。他发现了她额头上的皱纹和黑发中的白发。就好像是一个童话,她丢弃了让她永葆青春的魔法。她的嗓音也变得单调沉闷和无精打采。她困惑地看着他。

"您为什么要留下地址簿?而且为什么偏偏有我的地址?难

道……"埃米莉亚没有说下去。

"我没有留下任何地址。"

"侦探不会编造故事的。"

"我不知道,我向上帝发誓我不知道。"

"别向上帝发誓。您肯定做了个名单,它从您口袋里掉出来了。您还算公平,没把我排除在外。"她疲倦地微笑着,一种人在面对悲剧时往往会流露出的笑容。

"真的,这真的是个谜!我开始怀疑我的头脑是否正常了。"

"是的,你有病!"

就在那时,他想起了当时发生的事情。他从笔记本上撕下几页纸,做成一个锥子来探测锁眼。显然他把那个纸做的锥子落在那里了,名单上有埃米莉亚的地址。天晓得上面还写着谁的地址?一刹那间,他意识到留下那几张纸无异于自我告发。沃尔斯基的地址很可能也在上面,还有剧院经理、演员、剧场老板以及他购买设备的公司的地址。那上面也可能有他自己的地址,因为有时候他喜欢写下自己的街名和门牌号,再花里胡哨地画上一些像头发、尾巴一样弯弯曲曲的东西来装饰一下,并以此来自娱自乐。他并不害怕,不过在暗自发笑。他第一次作案,就把自己出卖了。他属于那种无能之辈,什么都没偷到,却留下足以让警察找到他的线索。警察和法院对这样的傻瓜绝不会手软。他想起了埃米莉亚说过的那些看见了深渊但还是陷进去的人。他为自己的笨拙感到害臊。这意味着我不敢回家了。他们也会知道我在卢布林的地址。是的,加上这只脚还……

"好了,"他说,"不打扰你了。我们就此结束吧。"他站起身要走。

埃米莉亚也站了起来。

"您去哪儿?您又没杀人!"

"要是可以的话,请您原谅我。"

雅沙开始一瘸一拐地朝房门走去。埃米莉亚也走过去,像是要拦住他。

"一定要去看医生。"

"好的,谢谢你。"

她好像还要对他说点别的,但他迅速退到走道里,抓起他的帽子和外套,走了出去。

埃米莉亚在他身后喊了句什么,但他砰地带上了门,不顾脚上的伤痛,一口气跑下了楼。

第八章

1

雅沙在院子门口站了一会儿。外面会有警察在等着他吗？突然，他想起了那把万能钥匙。不对，钥匙不在他穿着的衣服里，而在他昨天穿的衣服里。但是，如果他家被搜查了，钥匙也就被发现了——算了，现在无所谓了。让他们把我关起来吧！反正明天的报纸上会登满我的新闻，埃丝特发现后会怎么说？皮亚斯基那帮窃贼会开心死了，他们会觉得这是个绝妙的讽刺。赫尔曼会怎么想？还有泽芙特尔？还有玛格达——更别提她那弟弟了！沃尔斯基又怎么办？还有阿尔罕布拉剧场的观众？不管怎样，我会被送到监狱的医院。雅沙能感觉到脚因为肿胀在挤鞋子。而且我也失去了埃米莉亚，他对自己说。他走出院门，但外面并没有警察在等他。也许那个人埋伏在马路对面？雅沙考虑进入萨克森花园，但没这么做；在窗口盯着看的埃米莉亚可能会看见他。他朝格拉尼奇纳街的方向走去，又拐上了格诺那街，从一家钟表店的橱窗里，他看见现在才三点五十分。上帝啊，这一天究竟有多长啊！感觉像是过了一年了！他觉得自己非坐下不可了，想再次进入那间习经室。他拐进犹太会堂的院子。我这是怎么了，他感叹道。突然地，我成了一个地道的进会堂的犹太人！会堂里正在进行晚祷。一个立陶宛犹太人在吟诵《十八祝福词》。祷告的人们穿着短外套，戴着硬顶帽。雅沙笑了起来。他是波兰哈西德派的后裔。卢布林几乎没有任何立陶宛犹太人，但华沙有很多。他们的穿着不一样，说话不一样，祷告也不一样。尽管是个大热天，会堂里却有一种阳光也驱散不了的寒气。他听见领诵人吟诵着："心怀仁慈，回到耶路撒冷，那座城，如你所说的，定居在那里。"

是这样吗？他们也希望回到耶路撒冷？雅沙对自己说。他从小就一直把立陶宛犹太人当作半个犹太人，一个外国的教派。他勉强能听懂一点他们说的意第绪语。他看见会众里有人把胡子刮得干干净净。刮掉胡子然后祷告？这算什么？他问自己。也许他们是用剪刀剪的——那会被看作较轻的罪过。不过既然相信上帝和《托拉》，为什么要折中呢？如果存在一个上帝，而且他的律法是正确的，那就必须不分昼夜地侍奉他。在这个腐烂的世界上，一个人究竟能活多久？雅沙走进习经室，里面全是人。人们在研读《塔木德》。阳光透过窗户投射出一道道光柱，光柱里尘埃飞扬。留着长鬓角的年轻人摇头晃脑地读着《塔木德》，叫喊，吟唱，用手比画着，指指戳戳。有个人一脸苦相，像是肚子痛；另一个人在摇晃大拇指；还有个人在捻着腰带上的流苏。他们的衬衫上满是污垢，领口敞开着。有几个人还没老，牙齿就掉了。有个人长着一撮撮的黑胡子——这儿一撮，那儿一撮。另一个小个子的胡子像火一样红，他的头剃得光光的，脑袋边上垂下两绺黄色的鬓角，长得像辫子。雅沙听见他在叫嚷：他们要他赔小麦，而他只肯赔大麦。

难道这就是上帝的意愿吗？雅沙问自己。那些关于小麦和大麦的事情。这些知识只和做生意有关。他想起了反犹主义者的叫嚣：《塔木德》无非是在教犹太人怎样行骗。

这个家伙可能在哪个地方开着一间小店。如果现在还没开，他迟早会开。雅沙在书架附近发现一条没人坐的长凳。坐下来真舒服。他闭上眼睛，听着别人念诵《托拉》的声音。年轻人尖锐的声音和老人沙哑、刺耳的声音交织在一起。有人在叫喊，有人在嘀咕，有人在吟诵，有人在逐字逐句地念。雅沙想起有一次和沃尔斯基喝伏特加时他说过的话：他，沃尔斯基，不是反犹主义者，但波兰的犹太人在欧洲中部建立了一个小型的巴格达。哪怕是中国人和阿拉伯人，根据沃尔斯基的看法，也比那些犹太人要文明得多。另一方面，这些穿短斗篷、把胡子剃掉的犹太人不是热衷于把波兰俄国化，就是热衷于革命。他们经常一边剥削工人阶级，一边煽动他们造反。他们是激进分子、共济会会员、无神论者、国际主义者，企图掠夺、主宰和搞乱一切。

雅沙陷入了沉默。他可能被当作那些不留胡子的犹太人中的一员，但是他发现他们要比那些虔诚的犹太人更陌生。从小他身边就围绕着信教的人。就连埃丝特也按照犹太教规持家，有一个符合教规的厨房。这样的人或许过于亚洲化了，正如那些开明的犹太人声称的，但他们至少有信仰和一个精神家园，有历史和希望。除了管理买卖的法规外，他们有自己的哈西德文献，他们学习自己的卡巴拉神秘哲学和伦理学著作。但那些被同化的犹太人有什么？没有一样自己的东西。他们在一个地方说波兰话，在另一个地方说俄国话，在其他地方说德国话和法国话。他们闲坐在卢尔人咖啡馆、赛摩台尼咖啡馆或施特拉斯布格尔咖啡馆[1]，喝咖啡，抽烟，阅读报纸杂志，说笑话，而这些笑话引发的笑声总让雅沙感到不快。他们从事政治活动，永远在计划革命和罢工，尽管这些行动的受害者总是那些贫穷的犹太人——他们自己的教友。至于他们的女人，她们穿戴得珠光宝气，和男人调情，惹得基督

---

[1] 以上三家咖啡馆分别是俄式、法式和德式咖啡馆。

徒们眼红。

　　说来也奇怪，刚走进祈祷室，雅沙就开始评估起自己的灵魂。没错，他与虔诚的犹太人疏远了，但并没有加入到被同化的犹太人的阵营。他失去了一切：埃米莉亚、自己的谋生之道、健康和家庭。埃米莉亚的话又在他耳边响起："您肯定和上帝签订了契约，因为他当场就惩罚了您。"是的，上苍在严密监视着他。或许是因为他从来没有放弃过信仰。可是他们想要他怎样？当天早些时候，他还知道该怎么做——就是像他父亲和祖父那样，坚持走正道。现在他又疑惑了。为什么上帝需要那些带风帽的大衣、那些鬓角、那些便帽、那些腰带？犹太人还要为《塔木德》再争论几代人？还要给自己加上多少条清规戒律？他们等待弥赛亚的到来已经等了两千年，还要再等多久？上帝是一回事，而人为的教义是另一回事。但是没有那些教义，人还可以侍奉上帝吗？他，雅沙，又是怎么落到现在的困境的？如果他穿上带流苏的衣服，每天祷告三次，当然不会陷入那些风流韵事和其他的越轨行为中。宗教就像一支军队——需要纪律来调动。抽象的信仰不可避免地导致罪孽。祈祷室就像一座兵营，上帝的士兵在那里集合。

　　雅沙待不下去了。他感到燥热，可又在发抖。他显然是发烧了。他决定回家。如果他们愿意的话，就让他们逮捕我吧！他想。他甘愿饮尽杯中的最后一滴苦酒。

离开习经室之前,他从架子上随手拿下一本书;像他父亲在不确定自己该怎么做时所做的那样,翻到书中的一个地方,开始查阅。他发现那本书是普拉加的雷布拉比写的《永恒之路》。右边一页上是《圣经》里的一段诗文:"他闭眼不看邪恶事。"[1] 外加《塔木德》对此的解释:"这样的男人在女人站着洗澡时不去看。"雅沙吃力地翻译着这些希伯来文字。他明白了它们的寓意——必须有纪律。如果一个男人不去看,他就不会产生欲念,如果他没有欲念,就不会去犯罪。可是,如果一个人破坏了纪律,看了不该看的,他最终会违反第七诫[2]。他打开这本书,看见的文字正好涉及他最关心的问题。

他把书放回到架子上,过了一会儿,又把书拿下来,亲吻了一下。这本书至少向他提出了要求。它标出了一个行动路线,虽然是一条艰难的路线。但是世俗的著作什么都不要求。在这些作者看来,他可以去杀人,偷盗,通奸,毁灭自己或他人。他经常在咖啡馆和剧院里遇见一些文人,他们忙着亲吻女人的手,恭维见到的每一个人,常常大声抱怨出版商和评论家。

他扬手叫停一辆马车,吩咐车夫带他去弗勒塔街。他知道玛格达会大闹一场,不过他在脑子里默诵着他要对她说的话:亲爱

---

1 见《圣经·以赛亚书》第三十三章第十五节。
2 在"摩西十诫"中,第七诫为"不可奸淫"。

的玛格达,我死了。拿上我所有的东西——我的金表和钻戒,我仅有的几个卢布——回家吧。如果可以的话,原谅我吧。

2

马车上,雅沙感到一种从未体验过的恐惧。他在担心,但不知道在担心什么。天气很热,但他却觉得寒冷。他全身都在哆嗦。他的手指头发白、皱缩,手指尖像一个临终的病人或一具死尸的指尖一样枯萎。他的心好像被一个巨大的拳头碾碎了一样。我这是怎么了,他问自己。我的末日来临了吗?我担心被逮捕吗?我在想念埃米莉亚?他还在发抖,一阵痉挛让雅沙几乎喘不过气来。他的处境如此绝望,他只得安慰自己。好吧,我还没有彻底完蛋。少一条腿我也能活。而且我也许能找到解决的办法。哪怕被捕了,他们会把我在监狱里关多久?毕竟我只是盗窃未遂——我并没有干成啊。他往后靠在椅背上。他想把衣领立起来,但天气这么热,他实在不好意思这么做。但他还是把手指放进外套里取暖。这是怎么了?会是坏疽吗?他问自己。他想解开鞋带,但弯腰时差点从座位上摔下去。赶车的显然猜出了他的乘客有什么不对头,不停地回过头来。雅沙注意到行人也在看他。有些人甚至停下脚步盯着他看。"哪儿不舒服?"车夫担心地问道,"要停车吗?"

"不用,继续走。"

"要我送你去药房吗？"

"不用，谢谢你。"

马车停的时间比走的时间多，不停地被装着木材和面粉的平板马车和庞大的搬运车挡住道。拉车的马儿粗壮的马腿踏在鹅卵石路面上，迸出点点火星。他们经过一处时，有一匹马倒在了地上。雅沙这一天第三次经过里马斯卡街上的银行。这一次，他甚至都没有瞟一眼银行的大楼。他已经对银行和金钱失去了兴趣。现在他不仅害怕，而且也对自己充满厌恶。这种情感强烈得让他想吐。他突然觉得玛格达也许出事了。他想起自己做过的一个梦，但就在那个梦开始成形时，却一下子溜走了，没有留下一丝痕迹。那到底是个什么梦？一头野兽？一段《圣经》经文？一具尸体？有些时候，他每夜都被梦折磨。他梦见葬礼、恶魔、女巫、麻风病人。他会浑身大汗地醒来。但是最近几周他很少做梦。他会陷入沉睡，精疲力竭。不止一次，他醒来时躺着的姿势和入睡时是一样的。然而他知道那个晚上并非一夜无梦。睡着后，他过着另一种生活，一种独立的存在。他会时不时想起其中的一些梦境：自己在飞行；表演违反自然规律的特技；在做一些孩子气的荒唐事儿，是基于小孩子对事物的误解，或是基于某种文法上的错误而产生的。那些梦荒谬得难以置信，如果不是在熟睡，大脑肯定承受不了。他会在想起的同一时刻忘掉它们。

一下马车，他就冷静下来了。他靠着楼梯扶手，缓慢地上楼。

他没带家里的钥匙，也没带万能钥匙。如果玛格达不在家，他就不得不在走道上等着。不过，看门人安东尼倒是有把钥匙。敲门前，雅沙贴着门听了听。没有声音。他开始敲门，但刚碰到门把手，门就开了。他走进起居室，立刻看到一幅可怕的景象：玛格达吊在天花板上，脚下是一把踢翻的椅子。他立刻知道她死了。他没有大喊大叫，也没有割断绳子把她放下来，只是目瞪口呆地站在那里。她只穿了一件衬裙；她的脚光着，已经发青。他只能看见她的脖子和发髻，看不见她的脸。在他看来，她就像一个超大的玩具娃娃。他想移动脚步，上去割断绳子把她放下来，但他仍然站在原地，好像身不由己似的。刀子在哪里？他必须寻求帮助，他知道，但他羞于面对邻居。最终他打开门，大声喊道："救命啊！"

他的喊声不大，没有人答应。他想提高声音，但做不到。他脑子里冒出逃跑这个孩子气的念头，不过最终他没有跑，而是推开一个邻居的门，大声喊道："你一定要帮帮我。发生了一件可怕的事情！"

那间公寓里挤满了光着脚、半裸着身子的小孩子。靠近厨房的地方站着一位壮实、亚麻色头发的异教妇女，她转过身，脸上满是汗水。她正在剥洋葱。看见他后，她问道："什么事？"

"快来！我需要帮助！玛格达……"他说不下去了。

那位妇女跟着他走进他的公寓，立刻哭叫起来。她抓住他的肩膀。"把她放下来！把她放下来！"她吩咐说。

他想按照妇人吩咐的去做，但她还抓着他，在他耳边尖叫，手里还拿着削皮刀和洋葱。雅沙的耳朵差一点被割下来。很快，其他的住客赶来了。雅沙看见一个人在摆弄绳子，把玛格达往上一抬，松开绳套，把它从玛格达头上褪下来。这期间他一动不动地站着。现在大家忙着想要救活她，转动她的胳膊，揪她的头发，用水浇她。每一分钟都有人跑进来。守门人和他老婆已经在这儿了。有人跑出去找警察。雅沙看不见玛格达的脸，只能看见那个任人摆布、毫无抵抗力的软绵绵的身体。一个女人掐了一下尸体的脸庞，然后在胸前划了一个十字。两个老太婆抱在一起，像是在默默地密谋什么。直到这时，雅沙才意识到另一个房间里没有一点声音。他走进那个房间，发现三只动物全死了。显然玛格达把它们勒死了。猴子睁大眼睛躺着。乌鸦关在笼子里，看上去像是被做成了标本。鹦鹉侧身躺着，喙上有一滴干了的血。她为什么这么做？显然是怕这些动物叫起来。雅沙拉了拉一个人的袖子，给他看出了什么事。警察已经来了。他拿出笔记本，把雅沙告诉他的话记下来。

又来了几个人：一位医生、一位市政官员和另一个警察。雅沙预计自己会立刻被逮捕。他情愿被抓去坐牢，但那些官员走了，他们唯一的告诫是不要碰尸体。现在其他的男人都回去干活了——一个是修鞋匠，另一个是箍桶匠。只留下两个女人：剥洋葱的肥胖女人和一个脸上长着疣子、满头白发的干瘪丑老太婆。尸体已经被抬到一张床上，那个肥胖的女人对雅沙说："你知道她必须入殓安葬。她是天主教徒。"

"该怎么做就怎么做吧。"

"我们必须通知教区。俄国人要做尸检的。"

她们终于丢下雅沙走了。他想去卧室看玛格达，但又害怕，童年对死亡的恐惧又回来了。他猛地推开窗户，好像要与院子保持接触似的，也没去关半开着的大门。尽管他很想再看一眼那些动物，但害怕它们沉默的样子，不敢去看。死亡的寂静笼罩着公寓，这个寂静中饱含着被扼杀的叫喊声。但是走廊上仍然有叽叽喳喳的低语声。雅沙站在房间中央，透过窗户看着淡蓝的天空，有一只鸟在飞翔。突然，他听到了音乐声。一个街头乐师走进院子。他在演奏一首古老的波兰歌曲，一首讲述一个姑娘被恋人抛弃的民歌。孩子们把乐师团团围住，奇怪的是，雅沙对那位手摇风琴手充满感激。他的曲子驱散了死亡的静默。只要他在演奏，雅沙就有勇气面对玛格达。

他没有立刻走到床边，而是站在卧室门口。妇女们已用披巾盖住死去女孩的脸。他犹豫了一下，然后走过去揭开披巾。他看见的不是玛格达，而是一个用蜡或石蜡那样的没有生命的物质塑成的人像——鼻子、嘴、相貌都是陌生的。只有高高的颧骨还有点像她。耳朵像骨头一样白，眼皮皱了起来，好像下面的眼珠已经萎缩了。嗓子那里有一道绳子勒出来的青棕色的伤痕。她的嘴唇不出声，然而她在尖叫——一种常人无法忍受的叫喊。肿胀开裂的嘴在叫喊：看看你对我干的好事！看看吧！看看吧！雅沙想把她的脸蒙上，可是他的双手怎么也抬不起来了，他动也动不了。这个玛格达应该就是今天早晨还在跟他吵架的玛格达吧，她后来从水井里给他打来一罐水；但他可以请求那个玛格达的原谅和安抚。而这一个，毫无生气地躺在床上，已经永生了，无论善与恶，都一刀两断了。她已经越过了桥梁无法跨越的深渊。雅沙触摸了一下她的前额。额头既不冷也不热，已经不能用温度来衡量了。雅沙翻起她的一个眼皮。眼珠似乎和活人的一样，但它什么都不看，甚至都不在反省自己。

3

来了一辆柩车，玛格达被抬了出来。上来一个围着蓝围裙的大高个，头上戴的油布帽只能盖住他乱蓬蓬的黄头发的一部分，他像拎一只小鸡一样用一只手拎起玛格达，把她丢在担架上，再用一个麻袋盖住。他朝雅沙嚷嚷了几句，递给他一份文件。他的助手是个留着卷曲胡子的小个子，他也像是在发火。助手的身上有股难闻的威士忌的味道，那个气味让雅沙也想喝酒。疼痛和恐惧已变得难以忍受了。他听着那两个人走下楼。对门传来一阵低语声。通常情况下，死者的亲戚会把尸体藏起来，不交给官方，逃避尸检。雅沙意识到他应该找个神父安排丧事，但所有这一切发生得太快了。他只好无所事事地待着。邻居们在议论他，他知道，他们对他的古怪行为感到惊讶。他甚至都没有护送玛格达的遗体上柩车，他像小孩子一样感到羞耻。如果不是要应付那些人，他早就走掉了，不过他还是站在那里等着人群散去。这时，房间里几乎全黑了。他站在那里，盯着门闩上的一个斑点看，感到自己被来自四面八方的不可思议的力量包围了。在他身后，寂静中有些沙沙声和鼻息声。他害怕转过头去。附近潜伏着一个黑乎乎的东西——一个无名且骇人的东西，它随时会跳出来，用牙齿和爪子袭击他。他从小就熟悉这样的鬼魂。它在噩梦里向他显露。他安慰自己，那只是他想象出来的东西，但尽管这样，他还是无法否定它的存在。他屏住呼吸。这样的恐怖忍受不了几秒钟。

外面的吵闹声静了下来，雅沙冲到门口。他试图拉开门，但门怎么也拉不动。他们不让我出去？他惊恐地猜测。他拉了一下门把手，像是被一阵大风吹开似的，门呼啦一下打开了。他看见一团黑影窜了出去，他差点杀死一只猫。汗水湿透了他的衣裳。他猛地摔上门，像是被人追赶似的跑下楼。他看见守门人独自个儿站在院子里，他等着那个人回到自己的小屋去。现在雅沙的心脏不像刚才那样震颤了。他的头皮像针扎一样的痛。有个东西顺着他的脊梁骨往下爬。他不像刚才那样恐惧了，不过他知道自己再也不会回到那间公寓了。

　　守门人关上了房门，雅沙一路狂奔冲出院门。现在他的脚又在隐隐作痛。他贴着墙根往前走，他现在最大的愿望是不被别人看见，或者至少感觉不到别人在看他。他来到弗朗西斯卡纳街，像一个逃学的小男孩一样，急急忙忙地转了个弯。过去二十四小时发生的事情似乎又把他变成了一个学童，一个受到惊吓、深感内疚的小学生，被自己不能泄露的恐惧和外人无法理解的纠葛折磨着。与此同时，他又有成年人的清醒——一个做梦时知道自己在做梦的人的清醒。

　　一醉方休？附近有酒馆吗？弗勒塔街上倒是有好几家，但那里的人都认识他。另外，弗朗西斯卡纳街上只住着犹太人，没有喝酒的地方。他记得布加埃街上有一家酒吧，但不穿过弗勒塔街怎么去那里？他朝新尼瓦斯卡街走去，从一条叫博莱斯[1]的街道拐出来。所有的街道都应该叫这个名字，他对自己说。整个世界就是一个巨大的痛苦。他已经走过了布加埃街，他掉头往回走。尽管天还没有全黑，妓女们已经站在灯杆下面和大门口，不过没有一个对他有所表示。我就那么令人厌恶，连她们都对我不感兴趣？他想不通。一个身穿格子夹克、头戴蓝帽子、脚穿低帮靴子的高个子工人走过来。他长着一张狭窄凹陷的脸，半边脸已经烂

---

[1] 博莱斯（Bolesc），在波兰语中意为"痛苦"。——原注

掉了，本该长鼻子的地方贴着一张用绳子绑着的黑膏药。一个矮个子妓女，身高刚到那个男人的腰部，走到他跟前，把他领走了。雅沙能看见他的腿在打抖。那个女孩最多十五岁。他害怕什么？雅沙心里有个声音大笑着在问：梅毒？

雅沙来到布加埃街，但他记得的那家小酒馆不见了。难道关门了？他想找个过路的问一下，但又不好意思。我这是怎么了？我为什么像进到菜地里的山羊那样不好意思？他问自己。他一直在找那家小酒馆，他知道它就在附近，却躲着他。就因为他一心不想让别人看见，所有的人都盯着他看。这儿的人认识我吗？他们当中有人去过阿尔罕布拉剧场吗？不可能。他们在小声议论他，当面嘲笑他。一只小狗一边低声吼叫，一边咬住他的裤腿不放。他不好意思驱赶这么小的动物，但这条狗狂怒得口吐白沫，叫声大得完全不像一只小动物。报复雅沙的魔鬼显然还不满足。它不停地给雅沙增加烦恼。突然，雅沙看见了那家小酒馆。他就站在酒馆旁边。就好像大家都参与了这场恶作剧，突然，所有的人都哈哈大笑起来。

他现在甚至都不想进去了，他情愿重找一家酒馆，但觉得自己不能就这么掉头走掉。那么做将表明自己投降了。他走上三级台阶，推开门，迎面扑来一股热浪和水汽。伏特加和啤酒的臭味混合着某种油腻发霉的气味。有个人在拉手风琴，很多人跑来跑去，摇摆、鼓掌和跳舞。看来这里就像是一个大家庭。他的眼睛模糊了，有一阵什么都看不见。他想找张桌子，但没有，连凳子都找不到。

他觉得两眼发花,就像路上有根拐杖或绳子在绊他的脚。他总算走到吧台前,但他挤在吧台前喝酒的人群中动不了,不过无所谓了,反正酒保已经走到吧台的另一头去了。雅沙把手伸到裤兜里找手绢,但没找到。他往前往后都走不动,就好像落进了陷阱。豆大的汗珠从他额头上往下滴。他喝酒的欲望,在一瞬间,变成了厌恶。恶心又回来了,眼前火星飞舞:两个几乎有煤球那么大的火星。

"你要什么?"吧台后面有个人问他。

"我?"雅沙回答道。

"还有谁?"

"我想要杯茶。"说完后,他也被自己的话惊呆了。另一个人迟疑了一下。

"这里不是茶馆!"

"那就伏特加吧。"

"一杯还是一瓶?"

"一瓶。"

"一夸脱还是一品脱[1]?"

"一品脱。"

"四十度还是六十度?"

---

1 一夸脱等于两品脱,约为一升。

"六十度。"

奇怪的是,竟然没有人在笑。

"来点吃的?"

"吃点也无妨。"

"咸面包?"

"行。"

"坐下吧,我端给你。"

"坐哪儿?"

"你想坐哪儿?"

这时雅沙突然看见一张桌子。这一切就像他在杂志上看到的、他自己不止一次表演过的催眠术里展示的一样。

4

直到在桌旁坐下,他才意识到自己有多累。他再也忍受不了左脚上的鞋子,他把手伸到桌子底下,想解开鞋带。他想起了《摩西五经》里的一段话:"我将要死,这长子的名分于我又有什么益处呢?[1]"

---

1 见《圣经·创世记》第二十五章第三十二节。该节讲述了以扫从田野回来累昏了,答应其弟弟雅各,拿他长子的名分同雅各交换一碗红豆汤。

突然，恐惧、焦虑、尴尬离他而去。他不再顾虑是否被别人盯着看或嘲笑了。他解不开鞋带，使劲一拉，鞋带扯断了。他脱掉鞋子，袜子冒出一股难闻的热气——没错，生坏疽了……我很快就会和她会聚！他摸了摸脚，它肿得就像那天早些时候理发师说的面团。不知道这个地方什么时候关门？不会早。他只想做一件事——坐着休息。他闭上眼睛，把自己笼罩在自身的黑暗中。玛格达现在会在哪儿？他们对她做了什么？他们一定已经切开了她的身体。学习解剖学的学生们。他像是被恐怖的重负压垮了。她母亲会说什么？她弟弟呢？这么多的惩罚一下子全都来临了！

有人给他端来一瓶伏特加和一个杯子，还有一小筐咸面包。雅沙给自己倒了半杯伏特加，一口喝了下去，像是在喝药一样。他的鼻子在冒火，喉咙和眼睛也在冒火。也许我该用它擦擦脚，他想。酒精应该能缓解这样的状况。他往手里倒了一点伏特加，弯下腰，把酒擦在脚踝上。唉，太晚了！他随后又喝了一杯酒。酒劲上头了，但他并没有觉得好受一点。他想象玛格达的头被切了下来，肚子被剖开。仅仅几个小时前，她还从市场上买回一只鸡，准备为他做晚饭。她为什么要这么做？为什么？他心里有个声音在尖叫。他以前离开过她。她知道他所有的秘密。她一直容忍他。简直难以置信，昨天的这个时候，他还很健康，计划在钢丝绳上表演翻跟头，而玛格达和埃米莉亚还是他的。祸从天降，就像约伯[1]经受过的。一步走错，他就失去了一切……一切……

现在只有一条出路——是时候了，该去看看大幕的背面都有些什么。但怎么去看？跳维斯瓦河自杀？但那样会让埃丝特痛苦。不行，他不能让她成为一个弃妇。他至少要安排好她重新嫁人……他忍着不让自己吐出来。是的，死神是他的主人。生活已将他抛弃。

他拿着酒瓶，但再也喝不动了。他坐在那里，醉醺醺的，嘴唇紧闭。手风琴手一直在演奏那首古老的波兰玛祖卡舞曲。小酒馆的喧闹声更大了。他已经下决心去死了，但尽管这样，他仍需要一个地方度过今晚。还有些事情需要仔细想一想。拖着这只脚，他能去哪儿？要是白天就好了！现在所有地方都关门了。找一家旅馆？哪一家呢？脚肿成这样，他怎么去？这附近不太可能叫到马车。他想把脚伸进鞋子里，但鞋子不见了。他用脚尖在四周探了探，但鞋子不在了。被人偷走了？他睁开眼，看着身边那些疯狂的眼睛和通红的面孔。手在挥舞，身体在不停地旋转，虚弱的手臂在找人打架；很多人在接吻拥抱。穿着油腻围裙的侍者来来往往，端着食物和伏特加。手风琴手

---

[1] 《圣经》中的人物，耶和华用各种天灾人祸来考验他，但他仍然坚信上帝。详见《圣经·约伯记》。

在演奏,他的黑头发和细胡须几乎碰到了他的琴,他紧闭着眼睛,表情疯狂。他的身体弯得几乎贴到撒着锯末的地面上。小酒馆显然还有一个房间,因为能听见钢琴的声音。蒸汽萦绕着煤油灯。雅沙对面坐着一个大块头的男人,脸上长满了麻点,嘴唇上留着长长的八字胡,短鼻子上长着粉刺,额头上有道伤疤。他一直在对雅沙做着鬼脸,兴奋地转动着水汪汪的斗鸡眼,那种快要疯掉的人才有的狂喜。

雅沙的脚碰到了他的鞋子,他弯腰去捡。他想把皮鞋穿上,但已经穿不上了。这让他想起了小学时学过的尼禄[1]的故事,尼禄听到他父亲的死讯后,发现他的鞋子太小,穿不下了,因为据书上说:"好消息让骨头发胀。"如今看,那是多么遥远的事情啊:他的老师雷布·摩西·戈德莱、那些学童、那本包含圣殿毁灭故事的《塔木德》,那是在犹太历埃波月第九日[2]之前学习的。——好吧,我不能在这儿坐到关门!我必须找个地方睡觉。

他把脚硬塞进鞋子里,但没有系鞋带,然后用酒杯轻轻敲着酒瓶来引起侍者的注意。对面坐着的巨人咧开嘴大笑着,雅沙看见一嘴残缺不全的牙齿。好像他和雅沙一起在搞一个恶作剧似的。这样的人怎么活着?雅沙问自己。他是喝醉了还是疯

---

1 尼禄(Nero, 37—68),古罗马皇帝,十七岁即位,是臭名昭著的暴君。
2 埃波月(Ab),犹太历十一月,在公历七、八月间。该月第九日为圣殿被毁日。公元70年的那一天,耶路撒冷的圣殿被罗马人摧毁。

掉了？他在这个世界上有亲人吗？他做事吗？或许我正经历的事情，他早已经历过了。口水从那个巨人的嘴角往下流，他笑得眼泪都流出来了。然而他也是某个人的父亲、丈夫、兄弟、儿子。他的五官上打着野蛮的烙印。他还处在人类起始的原始森林里。这样的人是大笑着死去的，雅沙对自己说。侍者终于过来了。雅沙付了账，站起身来。他几乎走不动路，每走一步都很痛苦。

天已经很晚了，然而布加埃街上人还是很多。妇女们坐在门前的台阶上，坐在凳子和箱子上。几个鞋匠把他们的工作凳搬到户外，在烛光下钉鞋子。就连小孩子也没睡觉。从维斯瓦河吹来一阵阵带硫黄味的微风。阴沟里冒出一股股臭气。屋顶上方，天空发着红光，像是在反射远处的大火。雅沙想找辆马车，但很快意识到他会等上一整晚的。他沿着赛尔娜街往前走，然后走上斯维耶托扬斯卡街，来到城堡广场。他走几步就要休息一下。他热得透不过气来，恶心得想吐。每一扇大门前，每一根灯柱旁都站着一群妓女。他周围的醉鬼走得跌跌撞撞，好像在找一个可以扶住他们的人。一个妇女坐在阳台底下一扇打开的门前。她的头发乱蓬蓬的，眼睛里燃烧着疯狂的欢乐，怀里搂着一个塞满破布的篮子。雅沙低下头，他打了一个嗝，尝到了一种不熟悉的苦味。我知道，这就是人世！每两三栋房子里就有一具尸体。成群的人在街上闲逛，睡在长凳上，躺在维斯瓦河污浊的岸边。城市被墓地、监狱、医院和精神病院包围着。每条街道和小巷里都隐藏着凶手、小偷和堕落的人。警察随处可见。

雅沙看见一辆马车，他招了招手，但赶车的打量了他一番后，继续赶车。又来了一辆马车，也没有停下。第三辆经过的马车总算停下了，尽管有点勉强。雅沙爬了上去。

"送我去旅馆？"

"哪一家？"

"随便哪一家。是旅馆就可以。"

"克拉科夫斯基可以吗？"

"可以——就克拉科夫斯基吧。"

车夫甩了一下鞭子，马车沿着波德瓦尔街往前走，拐上米德街，又拐上新议员街。剧院广场上仍然挤满了人，塞满了马车。显然，歌剧院的一场特别演出刚刚结束。男人们大喊大叫，女人们在欢笑。这些人里面没有一个人知道一个叫玛格达的人上吊死了，也不知道一个卢布林的魔术师正在饱受痛苦的折磨。欢笑和狂欢会继续下去，直到他们也变成尘土，雅沙对自己说。现在他觉得很奇怪，他曾把自己所有的精力都用来娱乐这群乌合之众。我为了什么？就为了让这群在坟墓上跳舞的人给我几声喝彩吗？这就是我成为小偷和杀人凶手的原因吗？

马车停在克拉科夫斯基旅馆门口，就在那一刻，雅沙意识到这一趟白跑了——他没带身份证。

5

雅沙付了车夫车钱，让他等着。尽管没带身份证，他想说几句好话，让管客房的人租一间房给他，但柜台后面长得像小矮人的职员很坚决。

"我不能这么做。明令禁止的。"

"一个人弄丢了他的证件该怎么办？他只能去死吗？"

职员耸了耸肩。"我在奉命行事。"

判断力，这些人是没有的——雅沙心里有个声音替他援引了这句话，他父亲曾这样形容俄国的法律。

雅沙出来时正赶上马车驶离，有人出钱比他多。他坐在相邻一栋楼的台阶上。他已经连续两个晚上在街头游荡了。事情发展得真快，他想，或许明天晚上我就将睡在我的坟墓里。这里也有妓女。他看见街对面有一个身穿黑色衣服的女人，戴着长耳环。她看上去像一个中年家庭主妇，但像妓女那样向他抛了个特别的媚眼。显然，她是个没有注册的妓女，只能在院子和门洞里接客。她直勾勾地看着他，像是要把他催眠了；她恳求的目光一直停留在他身上，好像在说既然我们命运相同，为什么不待在一起呢？路灯灯光给她罩上了一层黄色，雅沙能看见她脸上的皱纹、前额上的深沟、擦在颧骨上的胭脂、涂在黑色大眼睛周围的睫毛油。他连同情的力气都没有——唯一能感受到的是惊奇。原来那些神秘力量是这样运作的,他想,他们作弄一个人,然后像扔掉垃圾一样把他丢在一边。但为什么偏偏选中了他?又为什么是这个女人?她哪儿比不上那些坐在包厢里看歌剧、用长柄望远镜观看下方观众的养尊处优的贵妇人?难道这一切都凭机遇吗?如果是那样,那么机遇就是上帝。但机遇究竟是什么呢?宇宙也是机遇吗?如果不是,它的一部分会是吗?

他看见一辆马车,扬手向赶车的示意。马车停了下来,他爬了上去。马路对面的女人责备地看着他。她的眼神像是在对雅沙说:你也丢下我不管了?车夫转过头来,但雅沙想不出来该告诉他什么。他想去医院,但听见自己在说:"尼兹卡街。"

"几号?"

"不记得了。我会指给你。"

"好吧。"

他知道在深夜这个时间去拜访那个黄脸女人和她弟弟——来自布宜诺斯艾利斯的皮条客——是在发疯,但他没有别的选择。沃尔斯基有老婆孩子,雅沙明白他不能在这种情况下贸然闯进他家。也许我应该去叫醒埃米莉亚?他想。不行,就连泽芙特尔也不愿意见我。他几次想坐火车回卢布林,但他打消了那个念头。他必须安排好玛格达的葬礼。他不能丢下那具尸体一走了之。反正警察肯定知道了昨晚闯进察鲁斯基家的是他。在华沙被捕比在卢布林要好。至少埃丝特不会看到那个情景。此外,博莱克还在皮亚斯基等着他呢。他不是好多年前就警告过雅沙，说要杀了他？最好的方法是离开这个国家。也许去阿根廷。但是脚成了这个样子，他怎么……

马车沿着特洛麦卡街、列什诺街往前走，然后是艾恩街。从那儿拐上斯莫特哈街。雅沙没有打盹，只是弓着身体坐在车里，像发烧了一样全身发冷。现在，比起失去玛格达的悲伤和失去脚的恐惧，他更担心在这个时候去见泽芙特尔是否恰当，还有把自己的处境暴露给她和她的房东有多丢脸。他从口袋里掏出一把梳子，梳了梳头发。他整理了一下领带。想到自己经济上的窘境，他吓坏了。一场葬礼需要好几百卢布，而他一无所有。他可以把两匹马卖掉，但是警察在追捕他，只要他走进弗勒塔街的公寓，他们就会逮捕他。最聪明的做法是向警察自首。他会得到他需要的一切：睡觉的地方，医疗护理。是的，这是唯一的出路，他告诉自己。但他该怎么做呢？叫住一个警察？请人用车把他送到警察局？刚才在别的街道上倒是见过司法人员，但现在一个也没有。这条街上空荡荡的，所有的大门都锁上了，窗户都关得严严实实。他想吩咐赶车的把他送到最近的警察局，但又觉得太丢人，实在做不出。他会认为我疯了，雅沙觉得。就连我一瘸一拐都引起了他的怀疑。尽管忧心忡忡，雅沙还是无法摆脱自己的自尊和虚荣。——最好的办法就是死！我要一了百了。也许就在今晚！

他突然平静下来，主意已定。他好像已经停止了思想。马车拐上了尼兹卡街，向东朝着维斯瓦河往回走，不过雅沙不记得是哪一栋房子了。他确切记得有一道带院门的栅栏，但看不见这样的院子。赶车的停下马车。

"也许更靠近奥科波瓦街。"

"也许是吧。"

"我没法掉头。"

"我就在这儿下吧，我自己去找。"雅沙说，知道这么做很愚蠢，他每走一步都很费力。

"随你的便。"

他付了车钱，爬下马车。他伤腿的膝盖麻木了。马车驶离后，雅沙才意识到这里有多黑。街上只有几盏冒烟的街灯，相距都很远。街道没有铺设，到处坑坑洼洼。雅沙四周看了看，什么也没有。这条街就像是一条乡村小路。或许这根本就不是尼兹卡街？会是米拉街或斯塔夫卡街吗？尽管知道自己没有带火柴，他还是伸手在口袋里摸了摸。他一瘸一拐地朝奥科波瓦街走去。来这儿本身就是在发疯。一了百了？怎么做得到？你无法在大街中央上吊或服毒自杀吧。去维斯瓦河？——但离这儿有好几俄里呢。从墓地吹来一阵微风。突然，他想放声大笑。有谁身处过如此两难的境地吗？他一瘸一拐，终于走到了奥科波瓦街，但他要找的房子消失不见了。他抬起头，看见一个布满星星的黑色天空，它只对天上的事务感兴趣。谁会在意一个自陷罗网的尘世间的魔术师？雅沙一瘸一拐地朝墓地走去。这些人的生命结束了，他们的账目结清了。如果他能找到一个门开着的空墓穴，他愿意躺进去，为自己举办一个符合犹太习俗的葬礼。

他还有别的出路吗？

6

最终，他还是沿着原路往回走。他已经习惯了脚上的疼痛。让它撕裂，让它灼痛，让它脓肿吧！走到斯莫查街后，他继续往前走。突然，他看见了那栋房子。就在那儿：栅栏，入口。他碰了一下院门，门开了，露出通向赫尔曼姐姐住的公寓的楼梯。屋里的人还没有睡，灯光从窗户透出来。好吧，命运还不想让我现在就去死！他为自己的不请自来感到羞愧，一瘸一拐，蓬头垢面，但他鼓励自己：反正这也不是第一次了。他们不会撵我走的。哪怕他们这么做，泽芙特尔也会跟我走的。她爱我。黑暗中亮着的灯光使他恢复了生气。他们会处理一下我的脚的。也许这只脚还能保住。他想大声叫泽芙特尔，好让他们对他的到来有所准备，但又觉得这么做很蠢。一瘸一拐地走到楼梯口，他开始爬楼。他尽量弄出些响声，好通报他的到来。他已经准备好了开场白：一个不速之客！发生了一件奇怪的事情。但是里面的人显然太专注于自己的事情,没有留意到外面发生的事情。嗯,没有过不去的坎,雅沙安慰自己说。那个金匠的戒指上刻的是什么字来着?——"一切都会过去的。"他轻轻地敲了敲门,但没人应答。他们在另一个房间,他判断。他加大了敲门的声音,但还是听不见脚步声。他站在那里,羞愧、卑微,随时准备交出自己仅剩的一丝骄傲。就用这个来抵偿我的罪孽吧,他心里有个声音在说。他又敲了三下门,非常响,可还是没人来。他等着,听着。他们睡着了还是怎么了?他转了一下门把手,门开了。厨房里点着一盏灯。泽芙特尔躺在铁床上,身边躺着赫尔曼。他俩都睡着了。赫尔曼的呼声深沉响亮。雅沙体内所有的声音都安静了下来。他站在那里,目瞪口呆,随后闪到一边,生怕两人中的一个会睁开眼。这时,一种从未体验过的耻辱涌上他的心头——不是替床上那一对,而是替他自己感到羞耻,一个聪明过人且阅历丰富的人在意识到自己是个傻瓜后的耻辱。

事后,他想不起自己在那里站了多久:一分钟?几分钟?泽芙特尔面对墙壁躺着,一只乳房露在外面,头发乱蓬蓬的,像是被赫尔曼庞大的身躯完全压垮了。赫尔曼没有全裸——他穿着一件外国的内衣。整个场面中最令人惊叹的或许是,那张不结实的床居然支撑住了那么大的重量。两人的脸上没有一点生命的气息,要不是赫尔曼在打呼,雅沙会以为这一对被人杀害了。两个筋疲力尽的身体,一对疲惫不堪的木偶,躺在一张毯子下面。那个姐姐跑哪儿去了？雅沙问自己。他们为什么点着灯？他有点纳闷，甚至在他纳闷的时候，他也在纳闷自己为什么纳闷。他感到悲哀、空虚，一种无能为力的感觉。这种感觉和几个小时前发现玛格达死了的感觉很相似。同一天里，那些隐藏得最深的事物两次呈现在他面前。他看到了死亡和纵欲的真实面貌，且发现它们是相同的。就在他站在那儿睁大眼睛看的时候，他明白了自己正经历着某种转变，他再也不会是原来的那个雅沙了。过去的二十四小时与他经历过的任何一天都不一样。它们总结了他过往所有的生活，还贴上了封条。他看见了上帝的手。他走到了路的尽头。

尾声

1

　　三年过去了。埃丝特和两位女裁缝待在前房里，正叽叽喳喳地给一件婚纱做收尾工作。这件婚纱非常宽大，裙裾又特别长，铺满了整个工作台。埃丝特和姑娘们像给巨人制作盔甲的小矮人一样忙碌着。一个姑娘在用长针脚粗缝，另一个在缝绲边。埃丝特挥舞着熨斗，不停地用手指测试熨斗的温度，她在熨平荷叶边之间的皱痕。她不时把水罐里的水喷在要熨的地方。尽管她在大热天也不容易出汗，但额头上还是冒出了汗珠。有什么比在婚纱上烧出个洞更糟糕？只要一个褐色的焦痕，所有的工作都白干了。尽管这样，埃丝特的黑眼睛在发光。虽然她的手很小，手腕又细，使起熨斗来却相当稳当。她可不是个随便烫坏衣服的人。

　　每隔一小会儿,她会从朝向院子的窗户往外瞟上一眼。那座砖石砌成的小房子,或按照埃丝特的说法——监狱——已经建在那儿一年多了,但她还是不怎么习惯。有时她会暂时忘掉过去发生的事情,误以为那是为了住棚节在室外搭起的棚子。通常她不拉开那扇窗户的窗帘,但今天她需要亮光。这三年里埃丝特老了很多。眼睛下方的皮肤起了皱纹,越来越宽的脸上平添了没有生气的红晕。她像平时一样围着头巾,但现在露出头巾的头发已不是黑色而是灰色的了。只有她的眼睛还显得年轻,像黑樱桃似的闪着光。三年来,她的心情一直很沉重。今天的心情也不轻松,然而她还是和她的助手们开着玩笑,扯些人们常说的与新郎新娘有关的笑话。姑娘们会意地交换着眼色;这里已不再是一间普通的作坊了,那间只有一扇小窗而没有门的小砖屋无时无刻不在提醒人们它的存在,窗后坐着忏悔者雅沙——这是现在别人对他的称呼。

　　这个奇观刚出现时,曾在城里引起轰动。雷布·亚伯拉罕·艾格曾召见雅沙,告诫他不要照他的计划去做。没错,一个立陶宛的隐修者曾把自己砌在小屋里,但虔诚的犹太人并不赞成这样的做法。上帝创造世界是让人运用自由意志,亚当的子孙必须不断地在善恶之间做出选择。为什么把自己禁锢在砖石堆里?生命的意义在于自由选择和避免作恶。被剥夺了自由的人无异于死尸。但雅沙可不是那么容易被劝阻的。在他苦修赎罪的一年半里，他学到了很多。他聘请了一位私人老师教授他《密西拿》[1]、《塔木德》中的传说和轶事、《米德拉什》[2]，甚至还学了《佐哈尔》[3]，他给那位拉比举出了形形色色的范例——那些因害怕无法拒绝诱惑而给自己加上种种限制的圣徒。不是有一个圣人挖掉自己的眼睛，这样他就不能看见他的罗马情妇了吗？不是有一个什切布热申[4]的犹太人因担心诽谤别人而发誓禁言吗？不是有一个来自科夫莱的乐师，为了不去看另一个人的妻子而假装失明三十年吗？严厉的法律只不过是约束人犯罪的栅栏。当年雅沙和拉比辩论时，在场的年轻人还在议论那些。难以置信的是，在一年半的时间里，这个江湖骗子、这个浪荡公子居然从《托拉》里吸收了那么多。拉比像与一个同等水平的人辩论一样和他争辩。雅沙的决心始终没有动摇。最终，拉比把手放在雅沙的头上，祝福了他。

"你的行为是为了荣耀上帝。愿主保佑你！"

他还送给雅沙一个铜烛台，他可以在晚上或阴天点上蜡烛照明。

---

[1] 《密西拿》（Mishnah），犹太教口传律法集《塔木德》的前半部分和条文部分。
[2] 《米德拉什》（Midrash），犹太教讲解《圣经》的布道书卷。
[3] 《佐哈尔》（Zohar），犹太教卡巴拉密教文献，以古老的阿拉米语写就，13世纪开始流传于世。
[4] 什切布热申（Shebreshin），波兰卢布林省的一个小镇。

在皮亚斯基和卢布林的小酒馆里，很多人在打赌，看雅沙会在这活人的坟墓里坚持多久。有人估计一个星期，有人说一个月。至于市政当局，他们就雅沙行为的合法性进行了辩论。就连总督本人也在持续关注这件事。泥瓦匠砌墙的时候，雅沙平静地坐在一张椅子上，埃丝特的家里挤满上百个看热闹的人。小孩子们爬到树上，蹲在房顶上。虔诚的犹太人上前与雅沙讨论他的动机，同样虔诚的上了年纪的妇女则试图说服他放弃这个念头。埃丝特哭也哭过了，求也求过了，直到她的嗓子沙哑得出不了声。后来，她在一群妇女的陪伴下，去墓地丈量墓穴的尺寸，好确定应该奉献多长的蜡烛。她希望这样的礼物会影响圣徒的灵魂来和她丈夫说情，迫使他改变自己的决定。他不能让她成为一个弃妇，尽管是个丈夫近在咫尺的弃妇。但是明智的劝告也好，痛哭也好，警告也好，什么都没用。砖屋的墙越砌越高。雅沙只给自己留了一个四肘尺[1]见方的地方。他蓄了胡须，留了鬓角，穿着一件宽大的带流苏的衣服，一件粗布长袍和一顶绒便帽。泥瓦匠干活的时候，他坐着，手里拿着书，口齿不清地念着祈祷词。屋里小得连一张床都放不下。他的私人物品只有以下几件：一把椅子、一张很小的桌子、一件用来当被子盖的长外套、拉比送给他的铜烛台、一个水罐、两三本圣书和一把用来掩埋粪便的铲子。

---

1 肘尺（cubit），古代长度单位，从肘部到中指指尖的距离，约四十五厘米。

墙砌得越高,哭声越响亮。雅沙对着妇女们高声喊道:"哭什么哭?我还没死呢。"

"要是那样就好了。"埃丝特痛苦地回敬了一句。

看热闹的人越来越多,也越来越吵闹,警察只得骑着马过来驱散他们。镇上的行政长官命令工人们白天黑夜连着干,好早点结束这场闹剧。泥瓦匠们用了四十八小时完成这项任务。小砖屋有一个铺了木瓦的屋顶和一扇可以从里面拉上窗板的窗户。前来围观的猎奇者仍然源源不断,直到雨季开始了,人才少了下来。小窗的窗板整天都是拉上的。埃丝特请人修好了院子的栅栏,不让陌生人进来。事情很快就水落石出了,那些打赌雅沙禁闭自己不会超过一周或一个月的人输掉了他们的赌注。一个冬天过去了,接着是一个夏天,然后又是一个冬天,但魔术师雅沙,现在被称作"忏悔者雷布·雅各布",仍然待在他自己打造的监狱里。每天三次埃丝特给他送来食物:燕麦做的面包、带皮的土豆、冷水。每天三次,他从冥想中抽身,为了她的缘故和她交谈几分钟。

2

外面阳光明媚,是个大热天,尽管有一束阳光和暖风穿透了关上的窗户,雅沙的牢房里还是阴暗清凉。每隔一段时间,雅沙会把窗板拉开,会有一只蝴蝶或大黄蜂飞进来。各种声音进入他的耳朵里:小鸟在啼鸣,母牛哞哞叫,孩子在哭闹。中午他不需要点上蜡烛。他坐在小桌子旁的椅子上,研读《法版》[1]。那个冬天他几次想把墙推倒,把自己从阴冷和潮湿中解放出来,但都忍住了。他咳嗽得很厉害,四肢饱受疼痛的折磨,小便的次数过于频繁。到了晚上,他穿上所有的衣服,蜷缩在皮大衣和埃丝特从窗户扔进来的毯子下面,但还是暖和不起来。地上升起的寒气冷彻骨髓。他经常觉得自己已经进入了坟墓,有时甚至希望一死了之。现在夏天又来到了。小砖屋的右边长着一棵苹果树,能听到树叶的沙沙声。一只燕子在树枝上筑巢,整天忙忙碌碌,叼来草茎花梗和喂小燕子的幼虫。雅沙费劲地把头从窗户伸出去,看见了田野、蓝天、犹太会所的屋顶和一座教堂的尖顶。只要拿掉几块砖头,他就能够——他知道——扭动身体从窗户钻出去。但是想到自己随时可以获得自由,这反而打消了他离开小屋的愿望。他知道得很清楚,墙的另一边隐藏着骚动、欲念和对未来的恐惧。

　　只要坐在里面,他就受到保护,不会犯下严重的罪行。就连他的担忧也与外面的人不一样。就好像他再次成为母亲子宫里的

---

[1] 《法版》(Two Tablets of the Covenant),约柜中置有两块石版,上写有"十诫",故名法版。

胎儿，头上又发出《塔木德》中提到的光芒，其间有天使在教授他《托拉》。他摆脱了所有的需求。他一天的食物只需几个铜子。他既不需要衣服，又不需要酒，也不需要金钱。回想起住在华沙或在各省巡演时的花销，他不由得笑了。那些日子不管他挣多少钱，总还是不够花。他养的动物多到可以开个动物园。他需要成柜的衣服。他不停地增加新的支出，一直在向沃尔斯基借钱；从华沙和卢布林的高利贷者那里借钱。他不停地签本票，寻找背书人，购买礼物，欠所有人钱。他沉溺于自己的激情之中，发现自己置身于一张越收越紧的罗网之中。甚至连走钢丝都不够刺激，他不断发明更惊险的特技，而这么做一定会毁掉他。最终他落到了做贼的地步——只因一个小小的意外，才让他幸免牢狱之灾。在这里，孑然一身，所有的身外之物像外壳一样纷纷脱落，卡巴拉神秘主义者称那些身外之物为恶魔。他像是用刀子割开了这张罗网。他把自己所有的旧账一笔勾销。埃丝特挣钱养活自己不成问题。他还清了自己所有的债务：马匹和马车给了埃尔兹贝泰和她儿子博莱克，弗勒塔街公寓里的家具以及他的装备、服装和其他私人用品留给了沃尔斯基。现在雅沙除了身上的衣服以外一无所有。没错，但这足以洗清他的罪孽吗？单凭减轻负担，就能够赎清他犯下的罪孽吗？

　　只有在这里，在小屋的静谧中，雅沙才能够沉思冥想自己的罪孽有多深：他折磨过多少人，逼疯过多少人，又杀死了多少人。

虽然他不是树林里拦路抢劫的强盗，但他杀了人。对受害者而言，是怎么被杀死的又有什么区别？他可以在人间的法官（他本人就是恶魔）面前为自己辩护，但造物主既不会被收买也不会被欺骗。他，雅沙，并非无知地而是故意地毁掉了别人。玛格达在坟墓里对他哭喊。而且这还不是他唯一的恐怖罪行。现在他全部承认了。哪怕在小屋里待上一百年，他也难以赎清自己犯下的所有罪恶。仅靠忏悔无法消除如此致命的罪孽。只有通过恳求并得到受害者本人的原谅，才能获得赦免。一个人哪怕只欠世界另一端的人半个铜子，他也必须找到他的债主，了结这笔账目。圣书上就是这么写的。雅沙每天都能想起一些该由他负责的恶行。他触犯了《托拉》里的每一条律法，几乎违背了"十诫"中的每一条戒律。然而，做这些事的时候，他认为自己是个正直的人，有资格指责别人。他眼下的这点小小不适又怎么能抵消他给别人造成的巨大痛苦？他还活着，身体还算健康。就连那只脚也痊愈了，没让他残废。真正的惩罚，他知道，只会来自另一个世界，在那里，人的每一个行为、每一句话、每一个念头都记载得清清楚楚。唯一可以安慰的是：上帝仁慈且怜悯世人，而且最终审判日到来之时，善一定会战胜恶。但恶是什么？他已经跟导师学习了三年卡巴拉神秘哲学，已经知道恶只不过是上帝屈尊创造这个世界，这样他才可以被称为造物主，并对他的创造物施以仁慈。就像一个国王需要有他的臣民，所以造物主必须创造，施舍的人必须要有受惠对象。从这方面说，宇宙之主不得不依靠他的子孙。但是，仅仅依靠上帝仁慈的手的指引是不够的。他们必须学会依靠自己且自觉自愿地开辟正义的路。天国期待着人们这样去做。天使和撒拉弗[1]渴望亚当的子孙走在正道上，谦卑地祷告，以怜悯之心施舍。确实，每一件善行都在改善宇宙，《托拉》的每一句话都在编织上帝的王冠。反之，最微不足道的罪行也会在超凡脱俗的世界里引起回响，延迟拯救之日的到来。

有时候，哪怕待在自己的小屋里，雅沙的信念也会动摇。研读圣书的时候，一些念头会和他纠缠不休：怎么能够确定书上说的都是真理？也许上帝并不存在？《托拉》也许是人虚构出来的？或许我在白白地折磨自己？他听到恶魔在和自己争辩，很真切，提醒他过去的快乐，建议他重新开始花天酒地的生活。每一次雅沙都不得不采用不同的计谋来击退他。当被逼得太紧时，他会假装同意对手的意见，他应该重回外面的世界，但会推延获得自由的时间。其他时候他则会公开反驳：为辩论起见，魔鬼，我们假设上帝不存在，然而以他的名义说出的话都是千真万确的。如果一个人的好运建立在另一个人的不幸之上，那么谁都不会有好运。如果上帝不存在，人一定会像上帝那样行事。有一次，雅沙逼问撒旦：好吧，就照你说的，那么是谁创造了世界？我是从哪儿来

---

[1] 撒拉弗（seraph），《圣经》中的六翼天使。

的？还有你？是谁使得雪花飘落，风吹动起来，我的肺吸入空气，我的脑子思考？地球来自哪里？还有太阳、月亮和星星？这个具有永恒智慧的世界一定是某一只手创造出来的。既然我们可以领悟上帝的智慧——为什么就不可以相信那个智慧的后面隐藏着造物主的仁慈呢？

这样的辩论消耗了无数个白天和黑夜，雅沙快要被逼疯了。有时候恶魔也会退却，雅沙的信仰得到恢复，而且他会真正地察觉到上帝，感觉到上帝的手在支撑着他。他开始懂得善良的必要性，渐渐尝到祈祷的甜美、《托拉》的美味。他一天比一天明白，他研读的圣书将引导他走向美德和永生。它们指明了通往创造终极目标的道路，而留在身后的只是罪恶——所有的蔑视、偷盗和谋杀。没有折中的道路。只要离开上帝一步，就会坠入万丈深渊。

3

圣书提醒雅沙一刻也不能放松警惕。撒旦的进攻从不停息。诱惑一个接一个来临。一个人哪怕行将就木，萨麦尔[1]也会来到他跟前，说服他崇拜偶像。还真是这样，雅沙发现。眼下，埃丝特

---

[1] 在犹太传说中，萨麦尔（Samael）为恶灵的首领，其最重要的角色是死亡天使。

几乎每小时都在想方设法让他走出小屋，她敲击窗板，痛哭，还拿自己的烦恼来骚扰他。晚上她会叫醒他，企图亲吻他。她使出女人所有的伎俩，引诱他犯罪，让学习圣书成为笑话。好像这还不够似的，众多的男男女女开始前来拜访他，好像他是一个奇迹拉比。他们寻求他的意见，恳求他替他们调解。雅沙请求他们让他清静地待着，因为他不是拉比，连拉比的儿子都不是，只是个普普通通的人，而且还是一个罪人，但没有用。妇女们偷偷溜进院子，砰砰地敲打窗板，甚至想用蛮力把它砸下来。她们哭闹尖叫，达不到目的就诅咒他。埃丝特抱怨她们干扰了她的工作。雅沙吓坏了。他没有料想到会这样。他自己还需要别人的建议呢。根据律法，他因拒绝别人从而导致他们痛苦，这样对不对呢？这么做本身不就是在表现一种傲慢？可是像他这样的人可以像拉比一样倾听别人的请求吗？这两种做法都不对。在反复思考、度过了无数个不眠之夜后，雅沙决定给卢布林的拉比写信。他的信是用意第绪语写的，包括了所有的细节，并保证接受拉比的决定。拉比很快回了信。他的答复也是用意第绪语写成的，要求雅沙每天花两小时接待他们，但不接受赎罪费。拉比写道："凡有犹太人前来求见的人即为拉比。"

现在雅沙每天下午两点至四点接待来访的人。为了避免混乱，埃丝特把号码写在硬纸板上，分发给他们，就像在忙碌的医生的诊所里一样。但即便是这样也没用。那些家里有病人，或是近期遭受不幸的人都要求优先被接待。其他人则企图用钱和礼物来贿赂埃丝特。没多久,"忏悔者雅沙"做出的奇迹就在城里流传开了。他只要许个愿,有谣言说,病人就会康复;听说一个被征入伍的人从俄国人手中逃脱了,一个哑巴重新获得说话的能力,一个盲人重见天日。现在雅沙被妇女们称作"神圣的拉比""神圣的圣徒"。她们违背他的意愿,在他的小屋四周撒满了纸币和硬币,他只好吩咐人把钱都散给穷人。年轻的哈西德派信徒则担心雅沙夺走他们自己拉比的追随者,就嘲笑他,还写了一篇讽刺他的文章,罗列了他所有的罪行,并送了一份给埃丝特。

诱惑从未停止过。雅沙已经退出了外部世界,但是通过他留下来通风和透光的小窗户,传进来恶毒的议论、诽谤、怒骂和虚假的奉承。雅沙现在明白了,为什么古代的圣人选择出走,而且从来不在同一个地方过两次夜;他们假装是瞎子、聋子和哑巴。待在人群中是无法侍奉上帝的,哪怕用一堵墙隔开。他考虑过背上包,拿上拐杖,去一个没人知道的地方,但他知道那么做会让埃丝特遭受无法承受的悲痛。谁知道呢?她可能会因悲伤而得病。他已经注意到她的健康状况在下降。她在渐渐地步入老年。玛格达——愿她的灵魂得到安宁——已经向他表明了这样的事情是会发生的。

是的,在这个世界上是找不到安宁的。正如哲学家所说,没有悲伤就没有明天。但是与生俱有的,存于大脑和心底的诱惑比外部的诱惑威力更大。雅沙无时无刻不在受到七情六欲的困扰。只要一时忘记提醒自己，他就会被各种胡思乱想、白日梦、令人厌恶的欲念包围住。埃米莉亚的面孔会从黑暗中突然显现，赶都赶不走。她会微笑，喃喃私语，对他眨眼睛。他会想起要表演的新戏法，取悦观众的新笑话，让观众困惑的新幻觉和特技。他又在钢丝绳上跳舞，在高架的绳索上翻跟头，飞过城市的屋顶，身后是欢呼雀跃的人群。他尽自己所能驱赶那些胡思乱想，但它们仍然像撵不走的苍蝇一样飞回来。他垂涎肉、红酒、伏特加。想再看看华沙的愿望折磨着他——那些敞篷四轮马车、公共马车、咖啡馆、糖果店。尽管身患感冒和风湿病，尽管胃里经常灼痛，他的肉欲丝毫没有减弱。身边没有女人，他想犯俄南的罪行[1]。

对于这些来自内心和外部的攻击，他只有两个防御手段——《托拉》和祈祷书。他夜以继日地研读，记住了很多章节，常躺在草垫子上背诵它们。"不从恶人的计谋……这人便为有福。[2]""耶和华啊！我的敌人何其加增，有许多人起来攻击我；

---

[1] 见《圣经·创世记》第三十八章第六至九节："犹大为长子珥娶妻，名叫他玛。犹大的长子珥在耶和华眼中看为恶，耶和华就叫他死了。犹大对俄南说，你当与你哥哥的妻子同房，向他尽你为弟的本分，为你哥哥生子立后。俄南知道生子不归自己，所以同房的时候，便遗在地，免得给他哥哥留后。"因此，后人便用"俄南的罪行"指代"手淫"。

[2] 见《圣经·诗篇》第一篇第一至二节。

有许多人议论我说：'他得不着神的帮助。'细拉。[1]"他把这些段落念了一遍又一遍，嘴唇都念肿了。他在心里把魔鬼比作一条不停地又叫又咬的狗。你必须不停地用一根棍子把它轰走，把受伤的手脚从它的嘴里拔出来，用油膏和膏药医治伤口。还要时时提防藏在它皮毛里的跳蚤。而且要一直这么做，直到咽下最后一口气。

要不是偶尔有所喘息，他肯定早就死了。埃及狗并不总是凶狠地咬人。它时不时会退后一步，小睡一会儿。但你必须时刻提防，一旦养足精神，它就会重新凶猛地扑上来。

4

人们带着烦恼接二连三地来找雅沙。他们像对上帝说话一样和他说话："我老婆病了。我儿子必须去参军。一个和我争一座农庄的人出价比我高。我女儿疯掉了……"一个干瘪的小个子额头上长了个苹果那么大的包。一个姑娘已经打嗝一个星期，还停不下来：晚上，在月光下，她像猎犬一样号叫。很显然，有一个附鬼上了她的身，因为她用圣歌领唱者的嗓音反复吟唱圣歌和祈祷

---

[1] 见《圣经·诗篇》第三篇第一至二节。细拉，是希伯来文音译，一般被解释为吟唱时的休止。

词。她时不时地用自己不懂的波兰语和俄语说话,而且在这种时候,她想要找一位神父,改变自己的宗教信仰。雅沙为他们逐一祷告。但是每次他都表明自己不是拉比,只是一个普通的犹太人,还是一个罪人。祈求者们重复着他们的请求作为回答。一个弃妇,她丈夫六年前就不见了,她走遍了波兰寻找他。她对着雅沙拼命叫喊,雅沙不得不捂住耳朵。她用身体猛烈撞击小屋,像是怨恨让她铁了心,非要把小屋撞毁不可。她嘴里呼出洋葱和蛀牙的臭味。排在她后面的人要求她把抱怨的话说得简短一点,但她朝他们挥舞拳头,继续号哭叫喊。最终她被人们拖开了。"人渣,色鬼,凶手!"她朝雅沙大声叫喊。

一个忧郁的年轻人向雅沙吐露,说魔鬼与他作对,把他衣服上的流苏打上结,把卷发混进他的胡子里,打翻他准备行洗手礼的水,在他的食物里放进大把的盐和胡椒,还有蛆和山羊粪。每当他要大小便时,一个女魔鬼会来阻碍他。这个年轻人手头有拉比和其他可靠证人的信件,证明他说的是实话。还有一些有学问且老于世故的人来找雅沙讨论宗教,问他各种无法回答的问题。游手好闲的年轻人则用《托拉》上生僻的引文或迦勒底语[1]的词句来嘲弄他和败坏他的名声。他本打算每天用两个小时接待外人,但结果是他从早到晚都站在窗口。腿都站麻了,倒在草垫子上后

---

[1] 迦勒底语(Chaldaic),即建立新巴比伦王朝的迦勒底人所使用的语言。

再也站不起来，只能坐着做晚祷。

　　有一天，雅沙从前的酒友，乐师施穆尔来看望他。施穆尔抱怨自己的手疼得都没法拉小提琴了。一拿起乐器，手就开始疼。用来按琴弦的手变得僵硬，没有血色，他给雅沙看颜色发黄、皱巴巴的手指尖。施穆尔想去美国。他带来了皮亚斯基窃贼们的问候。埃尔兹贝泰死了。博莱克进了亚努夫的监狱，查姆－莱布住进了救济院。瞎子梅切尔的那只好眼睛也瞎掉了。伯里希·维索克尔搬去了华沙。

　　"还记得小个子玛尔卡吗？"施穆尔问。

　　"记得，她怎么样？"

　　"她丈夫也死了。"施穆尔说，"在监狱里被人活活打死的。"

　　"现在她在哪儿？"

　　"她嫁给了一个扎凯尔科夫的鞋匠。只守了三个月的寡。"

　　"是吗？"

　　"也许你还记得泽芙特尔吧？就是那个嫁给雷布斯·莱卡赫的姑娘。"施穆尔顽皮地说。

　　雅沙脸红了。"没错，我记得她。"

　　"她现在在布宜诺斯艾利斯当鸨母。嫁了一个叫赫尔曼的家伙。他为她抛弃了自己的老婆。他们开了一家在当地数一数二的窑子。"

　　雅沙迟疑了一下。"你怎么知道的？"他问。

"赫尔曼来华沙带回去一船又一船的女人。我认识一个乐师,和他姐姐关系很好。她住在尼兹卡街,一手操办这桩生意。"

"真的啊!"

"你怎么样?你真的是个拉比?"

"不是,不是的。"

"大家都在谈论你。他们说你可以让死人复活。"

"只有上帝才能那么做。"

"先是上帝,然后是你……"

"别胡说八道。"

"我想让你为我祈祷。"

"愿全能的主帮助你。"

"雅沙,我看见你,可是却认不出你了。我无法相信真的是你。"

"我们都老了。"

"你为什么要这么做?为什么?"

"我再也活不下去了。"

"好吧,在里面要容易一些?我想念你……日夜想念你。"

施穆尔是在傍晚的时候来的,埃丝特亲自通报了他的到来。这是个暖和的夏夜。月亮升上来了,天空中布满了星星。蛙鸣阵阵,不时传来一声乌鸦的鸣叫。蟋蟀唧唧地叫着。这对老伙伴隔着窗户,互相看着。雅沙的胡子几乎全白了,眼睛里冒着金星。两绺乱糟糟的鬓角从便帽的底下露出来。施穆尔的鬓角也花白了,面颊凹陷了下去。他悲哀地说："我对一切都厌恶了，一点也不假。我去这儿演奏，去那儿演奏。又一首婚礼进行曲，又一首祝你早安的舞曲。婚礼上的小丑重复着老掉牙的笑话。有时候事情刚进行到一半，我就想溜走……"

"去哪儿？"

"我自己也不知道。也许去美国吧。每天都有人死掉。我一睁开眼就问：'妍泰尔，今天谁死了？'她的朋友们一大清早就先来通报消息。我一听到是谁，心里就一阵阵地发痛。

"那么，美国就不死人吗？"

"那边我认识的人不多。"

"死去的只是身体。灵魂永生。身体就像一件衣服。衣服脏了或破旧了，就丢在一边。"

"我不想像别人说的那样惹你生气，但是你去过天堂吗？你见过灵魂吗？"

"只要上帝活着，所有的一切都活着。生命中不会产生死亡。"

"尽管这样，还是害怕。"

"没有畏惧，人会比动物还要坏。"

"反正已经很坏了。"

"人可以变得更好。全取决于他自己。"

"怎么变？我们该做什么？"

"不伤害任何人。不诽谤任何人。就连邪念也不能有。"

"那会有什么用?"

"如果人人都那么去做,即便是这个世界也会成为天堂。"

"永远都不可能。"

"我们每个人都必须尽力去做。"

"那么弥赛亚会来临吗?"

"没有其他的路可走。"

5

住棚节刚过完,雨季就来临了。寒风吹来,树上吹落的苹果腐烂了,树叶枯萎了。绿色的草地变黄了。鸟儿只在天亮时叫上一阵,然后一天都不出声。"忏悔者雅沙"感冒了。他的鼻子塞住了,不通气。疼痛一阵阵经过他的前额,一直进到太阳穴和耳朵里。他的声音沙哑了。晚上埃丝特听见他在咳嗽。她在床上待不住了,穿着睡袍和拖鞋去了他那里,求他离开这个自我禁闭的牢房,但雅沙回答说:"野兽必须关在笼子里。"

"你要把你自己害死的。"

"总比害死别人要好。"

埃丝特回床上去了,雅沙回到了他的草垫子上。他没有脱衣服,用毯子把自己紧紧裹住。他不再感到冷,但仍然没有睡意。他听着雨落在木瓦上的声音。地上传来一种瑟瑟声,像鼹鼠在挖洞，或者一具尸体在坟墓里翻身。他，雅沙，害死了玛格达和她母亲，给博莱克招来牢狱之灾，还让泽芙特尔成了她现在这个样子。埃米莉亚，他觉得，也同样不在人间了。过去她常说雅沙是她最后的希望。毫无疑问，她已经结束了自己的生命。那哈利娜现在又在哪里呢？他每天、每时都在想念她们。他在心里呼唤死者的灵魂，请求她们给他一些迹象。"你在哪里，玛格达？"他在黑暗中喃喃自语。"你受难的灵魂怎么了？"她知道我在想念她，在忏悔吗？还是像《传道书》上所说的："死了的人，毫无所知。[1]"要是那样的话，那么所做的一切都是白费力气。有一阵，他想象自己看见了黑暗中的一个面孔，一个身影。但一转眼就又消失在黑暗中。上帝沉默不语。天使也一样。死去的人也是那样。就连魔鬼也不说话。信仰的通道像他的鼻子一样塞住了。他听到一阵抓挠声——不过是一只田鼠而已。

他合上眼皮睡着了。死者在梦里来到他跟前，但什么也没透露，只是在胡说八道，做些疯狂和滑稽的举动。他一下子就惊醒了。他试图重组自己的梦，但刚一开始，它们就烟消云散了。有一点是肯定的——什么都不记得了。他的梦有违常理，前后矛盾——要么是孩子的咿呀学语，要么是疯子的胡言乱语。

为了打消邪念，雅沙吟诵起《祝福词指南》："黄昏自何时

---

[1] 见《圣经·传道书》第九章第五节。

起可以背诵示玛[1]？从祭司进入圣殿，开始吃举着的祭品的时候……"他念完第一段，开始念第二段时，陷入了一个新幻觉。埃米莉亚仍然活着。她在卢布林购置了一份房产，还叫人挖了一条地道，从她的卧室直通他的小屋。她前来委身于他，然后在天亮前匆匆赶回去。雅沙战栗了。他只松懈了片刻，幻想便像老鼠或妖精一样乘虚而入。它们驻扎在他心里，随时准备腐蚀他。不过它们到底是些什么？从人的生物学观点看，它们的目的又是什么？他连忙去念第二段："清晨自何时起可以背诵示玛？一旦天色能分辨青白即可。埃利泽拉比说'分辨青绿'。"雅沙想要再念几句，但是没有力气了。他用手抚摸着自己消瘦的身体、浓密的胡子、舌苔厚重的舌头和大多数已经松动了的牙齿。难道就这样直到死亡来临吗？他不确定。我将永无安宁吗？如果是这样的话，就让末日早点来临吧！

他想翻个身，但又担心弄乱盖在身上的毯子和破衣服。寒气包围着他，随时准备侵入他的身体。他又想小便，但忍住了。怎么会有这么多的尿？他振作起精神，开始小声地念第三段："沙买

---

[1] 示玛（Shema），希伯来文意为"你要听"，是《圣经·申命记》第六章第四节原文中的第一个词语，后来这一节经文就被专称为"示玛"。随着犹太教的发展，示玛的内容有所扩展，指《申命记》第六章第四至九节、第十一章第十三至二十一节，以及《民数记》第十五章第三十七至四十一节。虔诚的以色列人，在早晚祷告中，在礼拜仪式上都要诵读示玛。

派[1]学者说：'凡黄昏时分背诵示玛者均应卧下，但清晨时分则应站立，因为书上这样写着：你躺下和起身时分……'"雅沙睡着了，他梦见自己不得不去小便。他走进茅房，但埃米莉亚站在那里。尽管他有点尴尬，但她微笑着说："做你该做的吧。"

天刚亮，雨就停了，天上飘起了雪花——那是冬天的第一场雪。云彩聚集在东边，太阳升起时，天空呈现出一片粉红和黄色。朝霞的火焰点燃了一朵云彩，锯齿形的边缘像是在燃烧一样。雅沙起身，抖落夜间的疲劳，还有夜间的疑惑。他曾经在书上看到过关于雪花的知识，现在他证实了自己学到的东西。落在窗户上的每一片雪花仍然是六边形的，有完整的茎和角，图案和附件，由一只深藏不露的手制作而成，这只手无所不在——在大地和云朵上，在黄金和腐尸中，在最遥远的星球上和人们的心里。如果不把这样的力量叫作上帝，那又能叫它什么呢？如果把它称作自然，又有什么差别呢？他想起《诗篇》里的一个章节："造耳朵的，难道自己不听见吗？造眼睛的，难道自己不看见吗？[2]"过去他总想找到一个迹象，然而每一分每一秒，在他体内体外，上帝都在彰显他的存在。

埃丝特已经起床，他能看见主屋烟囱冒出的炊烟。她在为他

---

1 沙买派（The School of Shammai），犹太圣贤沙买于公元1世纪创立，主张严格解释犹太律法。
2 见《圣经·诗篇》第九十四篇第九节。

准备食物。雪还在下，不过今天鸟儿唱的时间比平时要长。这些神圣的小动物除了几根羽毛和偶尔的一点面包屑，什么都没有，却在藏身之处欢快地鸣啭。

唉，我磨蹭得够久了！雅沙说。他脱掉外套和衬衣，开始用水罐里的水洗脸。他收拢窗台上的积雪，用雪来擦身体。他做了几个深呼吸，把痰全都咳出来了。阻塞的鼻子奇迹般地通畅了。他又吸了一大口早晨凉爽的空气。他的嗓子也不那么难受了，他用响亮的声音做起晨祷："感谢上帝。""你的教义多么完美！""噢，我的上帝，你给予我的灵魂是纯洁的；你创造了它；你塑造了它；你把它注入我心里；你把它保存在我体内；而且你会把它从我身体里取走，但在我死后重新复原。"然后他披上祈祷巾，戴上经文匣。感谢上帝，他，雅沙，没有被关在一个真正的监狱里。这里，在他的小屋里，他可以大声祈祷和研读《托拉》。离他几步远的地方，有他忠心耿耿的妻子。值得尊敬的犹太人、殉道者和圣人的子孙寻求他的忠告和祝福，就好像他是一位拉比。尽管他犯下了大罪，上帝却心怀怜悯，不容许他在罪恶中丧生。命运判决他必须忏悔。难道还有比这更大的仁慈吗？一个杀人凶手还能期盼什么？而人世的法庭又会怎样审判他呢？

念完"以色列啊，你要听[1]"，他接着念《十八祝福词》。念到

---

[1] "示玛"开头第一句。

"是啊,你一定会使死人复活"那一句时,他停住了,沉思起来。一个可以造出雪花,从精子造出人体,控制太阳、月亮、彗星、地球和星座的上帝,也有能力让死者复活。只有愚蠢的人才会否认这一点。上帝无所不能。一代又一代,这种无所不能越发地显著。一些一度看来连上帝也做不到的事情,现在人就可以做到了。所有的异端邪说都基于以下的假设:人是聪明的,而上帝却是愚蠢的;人是善良的,而上帝却是邪恶的;人是活生生的,而造物主却是死的。一旦放弃这些邪恶的想法,真理的大门就会为你打开。雅沙摇晃了一下,捶打着自己的胸脯,低下了头。他睁开眼睛,看见了窗口的埃丝特。她的眼睛在微笑。她端着一只冒着蒸汽的炖锅。因为他已经念过《十八祝福词》,他向她点头致意。痛苦的念头全都消失了。他又感到了满满的爱意。显然,埃丝特从他脸上觉察到了这一点。说到底,人是能够判断的。只要愿意,什么都能看见。

除了食物,埃丝特还带来一封信。信封皱巴巴的。上面写着雅沙的名字,还有城市的名字,但没有街名和门牌号。

他把经文匣放在一边,洗了手。埃丝特给他送来了米饭和热牛奶。他坐在桌旁吃饭,把信放在一边,准备吃完饭再看。这半个小时属于埃丝特。她会站在那里,边看他吃饭边和他说话。他生怕又是老一套:他的健康啦,他要把自己害死啦,把她的生活也毁了啦,但是——错了——这个早晨她没有像往常那样发牢骚。

相反,她怀着母爱微笑地看着他,告诉他自己接到的订单,聊了一些作坊和女裁缝的闲话，还说为了过逾越节，她准备把房子粉刷一新。他不想把米饭吃完，但埃丝特坚持要他吃完，发誓说，他不咽下最后一口，她绝不走开。他感到自己的体力恢复了。他喝的牛奶来自自家的奶牛。大米产自中国的某个地方。由于成千上万双手的辛勤劳作，食物才进到他的嘴里。每一粒米都包含着蕴藏在天地间的力量。

吃完米饭，喝了兑菊苣粉的咖啡后，他撕开信封。他飞快地扫了一眼签名，眼睛就模糊了，心中悲喜交加。埃米莉亚给他写信了。这么说埃米莉亚还活着！但他没有立刻开始读信，而是先向上帝奉上赞美。然后用手帕擦了擦眼睛才开始读信：

亲爱的雅沙先生（还是该称呼您雅各布拉比？），今天早晨我打开《波拉尼信使报》，看到了您的名字——三年多来的第一次。我惊讶得没能读下去。我的第一个念头是您又开始演出了——这里或是国外——不过，接下来我急不可耐地一口气读完整篇文章，顿时悲伤得动不了身子。我记得我们经常谈论宗教，我认为您的观点属于自然神论[1]，信仰上帝，但不相信教义和启示。在您以一种不寻常的方式突然离开我们后，我多次想

---

1 自然神论（deism），兴起于17至18世纪英法等国，以约翰·洛克、卢梭等人为代表，认为上帝创造了宇宙与自然法则后，不再干涉世界的发展，听任自然法则来支配一切。

到，这件事证明了没有纪律的信仰，对陷入精神危机的人几乎是没有帮助的。您走了，不留一丝痕迹。您消失了，像俗话说的那样，石沉大海。我经常在心里给您写信。首先我想告诉您，如果您能收到这封信的话，所有的过错都应该由我来承担。您离开后，我才意识到我的行为有多恶劣。我知道您有妻子。我逼着您陷入这段私情，所以我应该负道德上的责任。我几次想告诉您这一点，但我以为您去了美国或天知道哪里。

今天的报纸描述了您怎样把自己关在石墙里面，您怎样成为一个圣人，犹太男女怎样在您的窗下等候您的祈福，所有这些都给我留下了难以磨灭的印象。因为泪眼婆娑，我无法继续读下去。我经常因为您而哭泣，不过这一次是喜悦的眼泪。十二个小时过去了，我还坐在这里写这封信，我又一次哭起来：首先是因为您的良心，其次是因为您在为我赎罪。我自己曾认真考虑过进修道院，但是我得为哈利娜着想。我不能对她隐瞒发生的事情。她也以自己的方式爱着您，非常崇拜您，对她来说这是个沉重的打击。一夜又一夜，我和她一起躺在床上哭泣。事实上，哈利娜得了重病，我不得不把她送到塔特拉山间扎科帕内[1]的一家疗养院。要不是一位人间天使前来帮助我

---

1 扎科帕内（Zakopane），波兰最南端的一个小镇，位于波兰和斯洛伐克交界的塔特拉山脉（Tatry Mountains）的北麓，也是一处高山疗养胜地。

们，我根本做不到（您一定还记得我的经济状况），他是我亲爱的亡夫的朋友，马里安·雷杰夫斯基教授。他为我们所做的一切在一封信里是说不完的。

命运做出了这样的安排，他妻子刚好在那时去世（她患哮喘病多年），当这个善良的人来向我求婚时，我无法拒绝。您不在跟前，哈利娜在疗养院，我被孤零零地留在上帝的世界里。不过我把全部的真相都告诉他了，什么都没隐瞒。他年事已高，已经退休了，但还是很活跃，整天都在阅读和写作，对我和哈利娜都特别好。这件事我就不多说了。哈利娜在扎科帕内恢复了健康，她回来时我几乎都认不出她了，她长大了，出落得像朵鲜花。她已经十八岁了，我真诚地希望她比她母亲走运。雷杰夫斯基教授对她像亲生女儿一样好，纵容她的任性妄为。这一代年轻人似乎都很自我，不受限制，一定要得到心里想要的东西。

好了，关于我就说到这里吧。对我来说，给您写信并不容易。我无法想象您像记者描述的那样，留着长胡子和鬓角。也许您连我的信都不允许看吧？如果是那样的话，请原谅我。这些年我一直在思念您，没有一天不在想您。不知道什么原因，我一直睡不好觉，人的大脑是个变幻莫测的器官。在我的幻想中，您总是出现在美国的一个大剧院或马戏场，身边围满了奢华美丽的贵妇人。但现实充满了意外。我不敢告诉您什么是对什么是错，但我觉得您对自己的惩罚太严厉了。尽管您有力量，但人的身体终究是脆弱的，千万不要损害自己的健康。实际上您并没有犯罪。您始终显示出善良温和的本性。跟您结识的那段短暂的时间，是我一生中最幸福的时光。

  这封信已经太长了。华沙人再次说起了您，但这次全都怀着钦佩之心。现在我们家里有电话了，几位知道我们之间友谊的朋友给我打了电话。雷杰夫斯基教授建议我给您写信，尽管不认识您，他还是让我代他向您问好。哈利娜知道您还活着，高兴坏了，她很快就会给您写信——还告诉我说是一封长信。愿上帝保佑您。

您永远忠诚的，
埃米莉亚

辛格年表*

1904 年　7月14日，艾萨克·巴什维斯·辛格出生在波兰华沙附近的莱昂辛（Leoncin）小镇。父亲平查斯·迈纳切姆（Pinkhos Menakhem）是一位哈西德派拉比，母亲巴斯舍芭（Bathsheba）出生在一个犹太拉比世家，受过良好的教育，以博学聪慧闻名。辛格有一个姐姐、一个哥哥和一个弟弟，姐姐欣德·埃斯特（Hinde Esther）和哥哥伊斯雷尔·约书亚（Israel Joshua）后来都成为作家，弟弟摩西（Moishe）则继承父业。此外，家中还有两个孩子死于猩红热。

1907 年　随家人移居华沙附近的拉德兹明（Radzymin）小镇，父亲成为当地犹太学校的校长。辛格去犹太儿童宗教学校上学。

---

*《辛格年表》非英文版原书所有，年表资料主要参考"美国文库"版《辛格短篇小说集》（Collected Stories）"年表"部分、珍妮·哈达（Janet Hadda）的《艾萨克·巴什维斯·辛格传》（Isaac Bashevis Singer:A Life）等。——编者注

1908 年　随家人移居华沙克鲁奇玛尔纳街（Krochmalna Street）10 号，该街道居民大多是生活贫苦的犹太人。父亲在那里主持一个拉比法庭，主要以解决街坊邻里的家庭和婚姻问题为生。童年的辛格除了阅读宗教书籍外，还喜欢阅读爱伦·坡和阿瑟·柯南·道尔的故事，以及一些流行的意第绪语小说。

1912 年　姐姐欣德·埃斯特与一名钻石切割工在柏林结婚，之后移居安特卫普。

1914 年　"一战"爆发后，哥哥约书亚为了逃避俄军的征兵，在一个雕刻家的工作室躲藏起来。姐姐一家逃难至伦敦。

1917 年　"一战"期间，辛格一家的生活每况愈下，在万般无奈之下，辛格和弟弟随母亲来到母亲的故乡毕尔格雷（Bilgoray）小镇。小镇的一草一木、历史风俗给正值青春期的辛格带来了巨大的冲击。他后来的很多作品都以这个小镇为背景。在毕尔格雷的四年里，辛格除了研读《塔木德》外，还广泛地阅读了斯宾诺莎、斯特林堡、托尔斯泰、陀思妥耶夫斯基、福楼拜和莫泊桑等人的著作。他也学习波兰语、德语、世界语和现代希伯来语等多门语言，并用这些语言创作一些幽默短剧和诗歌。

1921 年　辛格回到华沙，进入一所犹太拉比学院学习，但因感到乏味，又回到毕尔格雷，以教授希伯来语为生。其间，深入学习斯宾诺莎的《伦理学》，阅读康德《未来形而上学导论》、汉姆生《饥饿》等著作。

1922 年　因病离开毕尔格雷，去到家人在德兹克（Dzikow）小镇的住处。生活苦闷。虔诚的弟弟摩西把哈西德派宗教思想家纳赫曼（Nachman）的著作借给辛格阅读。

1923 年　辛格搬回华沙，哥哥约书亚为他在华沙一家意第绪语文学杂志《文学之页》（Literary Pages）找到一份校对的工作。其时，哥哥在华沙文学界颇有名望，游历过苏联，出版了小说集《珍珠》，为美国《犹太前进日报》（The Jewish Daily Forward）撰稿。在华沙期间，辛格经常出入犹太作家俱乐部，在那里，他与人自由地谈论文学、哲学和时事新闻，贪婪地阅读各类书籍。

1925 年　在《文学之页》发表第一篇小说《在晚年》，并获得该杂志的文学奖。用笔名"艾萨克·巴什维斯"在《今日》（Ha-yom）杂志上发表短篇小说《蜡烛》。

1926 年　认识左翼女青年卢尼娅，后来他们以夫妻相处，但从未按照犹太习俗办理结婚手续。

1928 年　辛格翻译的汉姆生小说《牧羊神》（Pan）、《漂泊的人》（Wayfarers）意第绪语版出版。

1929 年　父亲平查斯·迈纳切姆在德兹克去世。辛格和卢尼娅的儿子伊斯雷尔·扎米尔出生。辛格翻译的《罗曼·罗兰传》意第绪语版出版。

1930 年　辛格翻译的《西线无战事》《魔山》意第绪语版出版。

1932 年　与好友亚伦·蔡特林（Aaron Zeitlin）共同筹办意第绪语文学刊物《格劳巴斯》（Globus）。在针对卢尼娅的一次调查中，辛格被短暂拘押。开始撰写小说《撒旦在格雷》。

1933 年　1月至9月,在《格劳巴斯》连载《撒旦在格雷》。

1934 年　哥哥约书亚离开波兰移居美国,为《犹太前进日报》撰稿。

1935 年　辛格和卢尼娅分道扬镳,卢尼娅带着儿子奔赴苏联,而辛格则在哥哥约书亚的帮助下移居美国,跟哥哥一起住在纽约布鲁克林。然而,辛格极度不适应纽约,感觉"自己被连根拔起"了,以至于很多年都"写不出一个有价值的句子"。在哥哥的帮助下,开始为《犹太前进日报》撰稿。长篇小说《撒旦在格雷》意第绪语版在波兰出版。

1936 年　哥哥约书亚的长篇小说《阿什肯纳兹兄弟》(The Brothers Ashkenazi)在美国出版。姐姐欣德·埃斯特在华沙出版了首部小说《恶魔之舞》(The Dance of the Demons)。

1937 年　旅游签证已无法续签,在朋友的建议下,偷渡到多伦多获得加拿大的居留证后,再返回纽约获得美国的长期居留权。夏天,在卡茨基尔的一个农场度假时,辛格与未来的妻子德裔犹太人阿尔玛·海曼·沃塞曼(Alma Haimann Wassermann)相识,彼时,阿尔玛是带着两个孩子的有夫之妇。这年夏天,卢尼娅和儿子被苏联政府驱逐出境,后辗转来到巴勒斯坦地区。

1939 年　德国入侵波兰后,辛格与母亲、弟弟失去联系。哥哥约书亚成为美国公民。好友亚伦·蔡特林移民美国。阿尔玛与丈夫离婚。

1940 年　2月14日,辛格与阿尔玛步入婚姻的殿堂。但是婚后,他们的生活非常拮据，阿尔玛不得不去百货公司做推销员。

1941年　辛格一家搬到曼哈顿西103街的一套公寓中。

1943年　获得美国公民身份。在度过了漫长的创作低谷后，辛格连续发表了五个短篇小说：《隐身人》《教皇泽伊德尔》《克雷谢夫的毁灭》《未出生者日记》和《两具跳舞的尸体》。

1944年　2月10日，哥哥约书亚因心脏病突发在纽约病逝。辛格悲痛不已，他说，约书亚的去世是"我一生中最为不幸的事。他是我的父亲，我的老师。我永远无法从这个打击中恢复过来"。发表短篇小说《市场街的斯宾诺莎》。

1945年　在意第绪语杂志发表短篇小说《傻瓜吉姆佩尔》《小鞋匠》和《杀妻者》。"二战"后不久，有人告知辛格，母亲和弟弟被苏联政府放逐到哈萨克斯坦，并在建造木屋时冻死。11月，长篇小说《莫斯凯家族》在《犹太前进日报》连载，同时在纽约广播电台以意第绪语连续播出。

1947年　夏末，和阿尔玛乘船前往欧洲旅行。在英国与姐姐见面。在《犹太前进日报》发表旅行随笔。

1948年　冬季，和阿尔玛前往迈阿密海滩，后来他们经常去那里。

1950年　1月，去迈阿密旅行。10月，《莫斯凯家族》英文版由克诺夫出版社（Knopf）出版。这是辛格第一部被翻译成英文的长篇小说。出版前，英文版编辑要求大量删减，辛格颇为不快，但还是删掉了大量内容，并更换了结局。

1951 年　去佛罗里达和古巴旅行。

1952 年　长篇小说《庄园》开始在《犹太前进日报》连载。

1953 年　在欧文·豪的建议下，索尔·贝娄翻译并在《党派评论》发表了辛格的短篇小说《傻瓜吉姆佩尔》，引起美国批评界的热评。

1954 年　6 月 13 日，欣德·埃斯特在伦敦去世。姐姐是辛格家第一个写作的人。姐姐生前患有癫痫和抑郁症，加上辛格自身的抑郁状态和时不时出现的自杀念头，让辛格怀疑他们家有精神病史。

1955 年　2 月，儿子伊斯雷尔·扎米尔代表他所在的基布兹（kibbutz）访问纽约，二十年来首次见到辛格。2 月至 9 月，回忆录《在父亲的法庭上》在《犹太前进日报》连载。辛格首次去以色列旅行。《撒旦在格雷》英文版由正午出版社（Noonday）出版。

1956 年　《在父亲的法庭上》部分章节被改编成戏剧，在曼哈顿国家意第绪语人民剧院（National Yiddish Theatre Folksbiene）上演。

1957 年　长篇小说《哈德逊河上的阴影》在《犹太前进日报》连载。11 月，第一部短篇小说集《傻瓜吉姆佩尔》由正午出版社出版。

1959 年　长篇小说《卢布林的魔术师》在《犹太前进日报》连载。

1960 年　《卢布林的魔术师》英文版由正午出版社出版。辛格和阿尔玛搬到西 72 街的一套公寓中。法勒、斯特劳斯和卡达希出版社（Farrar, Straus and Cudahy, 1964 年更名为 Farrar, Straus and Giroux，以下简称 FSG，中文通常译为法勒、斯特劳斯和吉鲁出版社）收购了正午出版社，开启了这家出版社与辛格之间的长期合作关系。

1961年 短篇小说开始刊登在《小姐》(Mademoiselle)《时尚先生》(Esquire)和《智族》(GQ)等时尚杂志上，因而读者越来越多。10月，短篇小说集《市场街的斯宾诺莎》英文版由法勒、斯特劳斯和卡达希出版社出版。长篇小说《奴隶》在《犹太前进日报》连载。

1962年 《奴隶》英文版由法勒、斯特劳斯和卡达希出版社出版。特德·休斯和苏珊·桑塔格对该书大加赞赏。辛格阅读布鲁诺·舒尔茨的作品。决定成为一名素食主义者。

1964年 《卢布林的魔术师》荣获法国最佳外国小说奖。短篇小说集《短暂的礼拜五》英文版由FSG出版。同年，辛格当选为美国艺术暨文学学会（National Institute of Arts and Letters）会员。

1965年 辛格一家搬到百老汇大道与西86街交叉的贝尔诺德公寓。

1966年 2月至8月，长篇小说《冤家，一个爱情故事》开始在《犹太前进日报》连载。由欧文·豪选编和导读的《艾萨克·巴什维斯·辛格短篇小说选》出版。5月，回忆录《在父亲的法庭上》由FSG出版。插图版儿童故事集《山羊兹拉特和其他故事》英文版出版。辛格在欧柏林学院担任住校作家。

1967年 《庄园》英文版由FSG出版。插图版儿童故事《恐怖客栈》《好运气与坏运气》英文版出版。《山羊兹拉特和其他故事》荣获纽伯瑞儿童文学奖（Newbery Honor Books）。

1968年 《恐怖客栈》荣获纽伯瑞儿童文学奖。短篇小说集《降神会》英文版由FSG出版。插图版儿童故事集《当坏运气来到华沙和其他故事》英文版出版。《莫斯凯家族》荣获意大利班卡雷拉文学奖。

1969年　长篇小说《地产》和回忆录《快活的一天：一个在华沙长大的孩子的故事》英文版由FSG出版。

1970年　短篇小说集《卡夫卡的朋友》英文版，插图版儿童故事《奴隶以利亚：重述一个希伯来传说》《约瑟夫与科扎，或维斯瓦河献祭》英文版由FSG出版。《快活的一天：一个在华沙长大的孩子的故事》荣获美国国家图书奖儿童文学奖。《纽约时报》披露当时辛格的年收入已超过10万美元。

1971年　《艾萨克·巴什维斯·辛格读本》由FSG出版。

1972年　长篇小说《冤家，一个爱情故事》英文版由FSG出版。和辛格住在同一栋公寓楼里的玛格南摄影师布鲁斯·戴维森（Bruce Davidson）拍摄了一部28分钟的短片《辛格的噩梦和普普科夫人的胡子》。

1973年　由辛格同名短篇小说改编的戏剧《镜子》在耶鲁保留剧目轮演剧团的专用剧场上演。短篇小说集《羽冠》英文版、插图版儿童故事集《切尔姆的傻瓜和他们的故事》英文版由FSG出版。

1974年　长篇小说《肖莎》最初以《心灵旅程》为题在《犹太前进日报》连载，《忏悔者》也开始在《犹太前进日报》连载。插图版儿童故事集《诺亚为何选择鸽子》出版。《羽冠》与托马斯·品钦的《万有引力之虹》一同荣获美国国家图书奖小说奖。

1975年　短篇小说集《激情》英文版由FSG出版。辛格在巴德学院担任住校作家。

1976年 回忆录《寻求上帝的小男孩：或个人灵光中的神秘主义》和插图版儿童故事集《讲故事的人纳夫塔利和他的马》英文版出版。9月，理查德·伯金（Richard Burgin）拜访了辛格，在接下来的两年中，他对辛格大约进行了五十次采访。11月，菲利普·罗斯拜访辛格，一同探讨布鲁诺·舒尔茨，并把对谈内容整理发表在次年的《纽约时报书评》。

1978年 7月，长篇小说《肖莎》英文版由FSG出版。回忆录《寻求爱情的年轻人》英文版出版。10月5日，辛格因"他充满激情的叙事艺术，既扎根于波兰犹太人的文化传统，又展现了普遍的人类境遇"，获得诺贝尔文学奖。与阿尔玛、伊斯雷尔·扎米尔等人前往斯德哥尔摩。12月8日，发表获奖感言。

1979年 短篇小说集《暮年之爱》英文版由FSG出版。《卢布林的魔术师》被改编成同名电影。伊斯雷尔·扎米尔翻译的《冤家，一个爱情故事》希伯来语版在特拉维夫出版。米纳罕·戈兰（Menahem Golan）导演的《卢布林的魔术师》在威尼斯电影节上映。

1980年 2月，长篇小说《原野王》开始10个月的连载。辛格拒绝波兰文学团体的邀请，坚持不回波兰。

1981年 回忆录《迷失在美国》英文版出版。

1983年 长篇小说《忏悔者》英文版由FSG出版。《书院男孩燕特尔》被改编成音乐电影《燕特尔》，导演芭芭拉·史翠珊（Barbra Streisand）凭借该片荣获金球奖最佳导演奖。

1984 年　由《寻求上帝的小男孩：或个人灵光中的神秘主义》《寻求爱情的年轻人》和《迷失在美国》三部合集而成的《爱与流放：一部回忆录》出版。《儿童故事集》由 FSG 出版。

1985 年　辛格在迈阿密大学教授创意写作课。

1986 年　理查德·伯金编辑的访谈录《与艾萨克·巴什维斯·辛格对话》由 FSG 出版。

1988 年　短篇小说集《玛士撒拉之死》和《原野王》英文版由 FSG 出版。

1989 年　12 月，电影《冤家，一个爱情故事》上映。

1991 年　7 月 24 日，辛格在佛罗里达州瑟夫赛德镇的公寓里去世。安葬在新泽西州帕拉默斯的一个犹太公墓。为了纪念辛格，迈阿密大学设有以辛格命名的面向本科学生的学术奖学金。佛罗里达州瑟夫赛德镇有一条以辛格命名的林荫大道。波兰的卢布林有一个"辛格广场"。